7 Minuten zu spät

KATE PEPPER

7 MINUTEN ZU SPÄT

Thriller

Aus dem Amerikanischen von
Theda Krohm-Linke

Weltbild

Die amerikanische Originalausgabe erschien 2005 unter dem Titel *Seven Minutes to Noon* bei ONYX/Penguin, New York.

Besuchen Sie uns im Internet:
www.weltbild.de

Genehmigte Lizenzausgabe für Verlagsgruppe Weltbild GmbH,
Steinerne Furt, 86167 Augsburg

Übersetzung: Theda Krohm-Linke
Umschlaggestaltung: Johannes Frick, Augsburg
Umschlagmotiv: Trevillion Images, London;
Johannes Frick, Augsburg
Gesamtherstellung: CPI Moravia Books s.r.o.,
Pohorelice
Printed in the EU
ISBN 978-3-8289-8750-0

2010 2009 2008 2007
Die letzte Jahreszahl gibt die aktuelle Lizenzausgabe an.

Für Oliver, Eli und Karenna
… immer und immer wieder.

DANKSAGUNG

Matthew Bialer, mein Agent, und Claire Zion, meine Lektorin, haben hart gearbeitet, um diesen Roman in die richtige Richtung zu lenken; für ihre Geduld und ihre Mühe schulde ich ihnen aufrichtigen Dank. Mein Dank gilt auch P. O. Paul Grudzinski vom 76. Revier in Brooklyn, weil er sich die Zeit genommen hat, mit mir zu reden und mir die Detectives Unit zu zeigen. An Gail Barrnett, die unerschrockene Leserin meiner ersten Fassung: Danke, Mom, für deine Zeit, deinen Enthusiasmus und dein sensibles Feedback. Und zu guter Letzt geht mein innigster Dank an Oliver Lief für alles.

PROLOG

Komm schon, beeil dich, rief ihre Mutter ungeduldig, als Jen zu weit zurückblieb. Trotz der frühen Morgenstunde fühlte sich die Luft an ihren sommergebräunten Armen warm und schwül an. Jen wäre viel lieber schwimmen gegangen oder hätte mit ihren Freundinnen gespielt, als zur Schule zu müssen.

Auf der Carroll Street Bridge blieb sie stehen und blickte in den Himmel, der sich blau über Brooklyn spannte. Die weißen Wölkchen, die darüber hinwegsegelten, sahen aus wie ein Hase, ein Schiff oder ein Baby. Jen fuhr mit der Hand über das Eisengeländer. Jemand hatte es blau angestrichen, das gefiel ihr. Sie beugte sich vor und blickte auf den Gowanus-Kanal.

«Komm, beeil dich!», rief ihre Mutter.

Jen hatte immer schon gern im Kanal Ausschau nach Tieren gehalten, schon seit der Vorschule, als sie miterlebt hatte, wie eine Pumpe das tote Wasser zum Leben erweckte. Ihre Lehrerin hatte ihnen alles darüber erzählt. Bis in die sechziger Jahre hatte eine Pumpe das Wasser in dem künstlichen Kanal umgewälzt, und alle möglichen Lebewesen hatten sich darin getummelt. Dann zerbrach die Pumpe, und weil niemand sie reparierte, floss das Wasser nicht mehr. Als Jen mit der Klasse dorthin gekommen war und es sich angesehen hatte, war das Wasser bereits neongrün, ein toter Fluss zwischen ihrem Wohnviertel und der Schule. Manche Leute behaupteten, der Kanal sei giftig, und wenn man hineinfiele, würde man krank und könne möglicherweise sogar sterben. Jen hatte sich vorgestellt, wie sie über das Geländer fiel, einen Moment lang in der Luft schwebte und sich in Luft auflöste, sobald sie das Wasser berührte.

Ihre Lehrerin hatte ihnen von einem Geschäftsmann aus der Court Street erzählt, der den Traum hatte, mit dem Kanal eine Art Venedig zu begründen. Statt alter Fabriken sollten am Ufer Restaurants und Parks entstehen, und auf dem Wasser sollten Boote fahren. «Gondeln auf dem Gowanus», hatte ihre Lehrerin gesagt, und die Klasse verstand nicht, was sie damit meinte, aber es hatte so lustig geklungen, dass sie alle lachten. Zuerst jedoch musste der Kanal wieder zum Leben erweckt werden, und deshalb hatte der Geschäftsmann jemanden beauftragt, die Pumpe zu reparieren. Am Ende des ersten Schuljahres, hatte Jens Lehrerin gesagt, würde der Gowanus-Kanal wieder munter dahinfließen.

Jetzt war sie in der zweiten Klasse, und es stimmte, es war tatsächlich so gekommen. Seit letztem Jahr hatte sich die Farbe des Wassers verändert; es war jetzt hellgrün und teilweise fast durchscheinend. Angestrengt blickte Jen hin, um etwas Lebendiges zu entdecken. Und dann sah sie es plötzlich: eine Schildkröte, so groß wie ihre Hand, die an der Wasseroberfläche schwamm.

«Mom!»

«Beeil dich! Wir haben keine Zeit!»

«Ich habe eine Schildkröte gesehen!»

Jen wusste, dass sie weiterlaufen musste, konnte jedoch nicht widerstehen, wenigstens noch einen Blick auf den Kanal zu werfen. Und dann sah sie noch etwas, und dieses Mal war es wie im Märchen. Sie sah eine Fee, eine Frau mit einem friedlichen Gesicht, über das das Wasser floss, die Augen weit aufgerissen. Langsam drehte sich das Gesicht dem Himmel entgegen, als schaue es nach oben, dann wandte es sich langsam wieder ab und war verschwunden.

«Mom!»

«Jen!» Ihre Mutter sah sich um und stützte die Hände in die Hüften.

«Ich komme schon!» Jen rannte zu ihrer Mutter. «Aber ich habe eine Fee im Kanal gesehen, Mom! Sie hatte lange Haare, und sie sind so um sie herumgeschwebt.» Jen drehte sich, dass ihre eigenen Haare ihr um den Kopf flogen.

Ungeduldig blickte ihre Mutter auf ihre Armbanduhr. «Weißt du eigentlich, wie spät es ist, junge Frau?»

Jen lief neben ihr her. Sie würde es ihrer Mutter später erzählen, wenn sie bereit war zuzuhören, vielleicht heute Abend, beim Gutenachtsagen. Sie würde ihrer Mutter erzählen, dass sie eine Fee gesehen hatte, und es war Zauberei und Wirklichkeit zugleich gewesen.

ERSTER TEIL

KAPITEL 1

Alice Halpern hastete den Carroll Park entlang. Sie war mit ihrer Freundin Lauren verabredet, zusammen wollten sie die Kinder abholen. Alice war in letzter Sekunde noch aufgehalten worden, Lauren wartete bestimmt schon auf sie. Doch als Alice die Bank erreichte, die ihnen immer als Treffpunkt diente, war sie leer. Schwer atmend setzte sich Alice und sah auf die Uhr. Sie war nur sieben Minuten zu spät. Wo steckte Lauren? Normalerweise war sie immer vor ihr da.

Die Sonnenstrahlen brannten auf Alices Haut, die immer noch milchweiß war, weil sie ständig Sunblocker auftrug. Rothaarig, wie sie war, ging sie normalerweise nicht ohne ihren breitkrempigen Hut aus dem Haus, aber heute Morgen hatte sie ihn in der Eile am Garderobenständer vergessen, als sie die Kinder aus der Tür gescheucht hatte, damit sie nicht zu spät zur Schule kamen. Sie rutschte auf der Bank in das letzte schattige Eckchen und blickte erneut auf die Uhr; es war zehn vor drei.

In ein paar Minuten würden die Türen des Schulgebäudes aufgehen, und die Kinder würden herausströmen. Alice holte tief Luft und genoss die relative Ruhe dieser letzten Minuten, bevor die Strömung ihrer Mutterpflichten sie wieder bis zum Abend mitriss. Vielleicht wäre es besser gewesen, im Laden zu bleiben und in der Kühle der Klimaanlage die letzte Lieferung Herbstschuhe auszupacken. Sie hätte lieber noch einmal mit Lauren telefonieren sollen, bevor sie so früh in die brütende Hitze des Nachmittags aufgebrochen war. Wie eine Wolldecke hüllte die Hitze sie ein und nahm ihr den Atem. Sie war im sechsten Monat ihrer dritten Schwangerschaft – auch noch mit Zwillingen, doppelte Mühe, doppelte Freude –, und sie spürte bereits, wie die Babys auf ihre Lunge drückten.

Sie versuchte sich zu erinnern, was Lauren gestern über ihre Pläne für heute gesagt hatte: morgens einkaufen, dann mittags der Schwangerschafts-Pilates-Kurs in Park Slope. Lauren liebte diesen Kurs, und sie hatte auch Alice gedrängt, daran teilzunehmen. Aber Alice hatte neben ihrer Arbeit bei Blue Shoes und den Verpflichtungen zu Hause einfach keine Zeit mehr. Lauren allerdings ließ den Unterricht nie ausfallen. Aber sie war jetzt auch schon weit im achten Monat mit ihrem zweiten Kind, und vielleicht hatte sie die Hitzewelle ja umgehauen.

Alice kramte ihr Handy aus ihrer Tasche und drückte die Kurzwahltaste für Laurens Handynummer. Als die Mailbox ansprang, hinterließ sie eine Nachricht. Anschließend wählte sie Laurens Nummer zu Hause und hinterließ dort ebenfalls eine Nachricht auf dem Anrufbeantworter.

Sie steckte das Handy wieder in ihre Tasche und holte den gefalteten, mittlerweile völlig zerknitterten Umschlag heraus, den sie Lauren unbedingt zeigen wollte. Sie strich das Blatt Papier auf ihrem Schoß glatt und las erneut die nur zu deutliche Überschrift: Räumung der Wohnung innerhalb von 30 Tagen. Sie hatte die Benachrichtigung erst vor einer Stunde im Laden zugestellt bekommen und fühlte sich betrogen, weil ihr Vermieter – ihr *früherer* Vermieter, da er vor zwei Tagen sein Brownstone verkauft hatte – dem neuen Besitzer ihre Arbeitsadresse gegeben hatte. Der Brief war unterschrieben mit *Julius Pollack, Eigentümer.* Warum hatte Mr. Pollack, Eigentümer, sie nicht zuerst angerufen, um mit ihr zu reden? Dann hätte er herausgefunden, wie viel Mühe Alice und Mike in der letzten Zeit darauf verwendet hatten, ein neues Haus zu suchen. Lauren und ihr Mann Tim hatten zu Anfang des Sommers ein ähnliches Schreiben bekommen – allerdings war ihres vom Geschäftsführer von Metro Properties unterschrieben gewesen –, und auch ihnen hatte man nur dreißig Tage Zeit gegeben, bevor sie per Gerichtsbeschluss ihre Wohnung verlassen mussten. Da sie beide Juristen waren, legten sie erfolgreich Einspruch ein, aber sie wohnten auch in einem Mehrfamilienhaus, in dem der Eigentümer nicht so freie Hand hatte wie bei einem Einfamilienhaus. Bei Alice und Mike war es eben so, dass ihr Vertrag mit dem früheren Eigentümer erloschen war, und Pollack war nicht verpflichtet, ihn zu erneuern. Und jetzt mussten sie schwierige Entscheidungen treffen: Sollten sie tatsächlich das anstrengende Projekt in Angriff nehmen und zweimal umziehen, zuerst zum Übergang in ein gemietetes und dann in ein Haus, das ihnen gehörte? Sollten sie wirklich den Kindern und auch sich selbst das alles zumuten? Oder sollten sie sich zur Wehr setzen und genügend Zeit verlangen, um sich von vorneherein nach etwas Richtigem umsehen zu können? Alice brauchte *Fakten.* Wo Lauren bloß blieb? Sie hätte ihr nicht nur wertvollen juristischen Rat geben, sondern auch den Schock und die Demütigung nachempfinden können, so einfach aus dem eigenen Zuhause herausgeworfen zu werden.

Die Zeit verging, und Alices Enttäuschung wuchs. Sie hätte so gerne die Situation in aller Ruhe mit Lauren besprochen. Vor den Kindern war das nur schlecht möglich. Sie hatte Mike bereits angerufen, und sie waren übereingekommen, den Kindern noch nichts zu sagen, deshalb würde sie mit Lauren nur bruchstückhaft reden können, während die Kinder auf dem Spielplatz beschäftigt waren. Aber, na ja, es war immer noch besser als nichts.

Sie ging über die Straße zum Eingang des Kindergartens und der Schule, wo bereits andere Eltern und Babysitter warteten. Zuerst kamen die Kindergartenkinder heraus, in einer langen Reihe, angeführt von der Kindergärtnerin. Peter und Austin gingen ganz hinten und hielten sich an den Händen. Sie waren fast seit ihrer Geburt die besten Freunde und galten in ihrer Gruppe als unzertrennlich. Alice ging in die Hocke und küsste beide Jungen zur Begrüßung.

«Na, wie war es heute?», fragte sie Peter und drückte ihrem Sohn noch einen Kuss auf die unwiderstehlich weiche Wange.

«Schön.»

«Und bei dir?», fragte sie Austin. Er hatte Laurens hellbraune Haare, kurz geschnitten und nach einem Tag im Kindergarten völlig zerzaust.

«Schön.»

«Was habt ihr denn heute gemacht?»

«Schön», antwortete Peter, und Austin fing an zu kichern.

Alice richtete sich auf und blickte sich suchend nach Lauren um. Sie konnte sie nirgends entdecken, aber es war auch alles voller Menschen. Am besten blieb sie einfach hier stehen, bis Nell herauskam, und wenn Lauren dann immer noch nicht da war, konnte sie überlegen, was sie mit Austin machen sollte.

Nell lief an der Spitze der Reihe der Zweitklässler. Ihre rote Frühstücksdose baumelte an ihrer Hand. Als Alice winkte, verabschiedete sich Nell von ihrer Lehrerin und kam auf sie zugelaufen.

«Hey, meine Süße, wie war es in der Schule?», fragte Alice.

«Gut», erwiderte Nell. «Heute haben wir schon wieder nichts auf.»

«Toll», sagte Alice und ergriff die Hand ihrer Tochter.

Mittlerweile waren alle Kindergartenkinder abgeholt worden. Peter und Austin standen am Zaun und spielten Fingerhakeln. Ihre Kindergärtnerin, Gina, hielt ebenfalls Ausschau nach Lauren.

«Ich nehme Austin mal lieber mit», sagte Alice zu Gina. «Ich habe so ein komisches Gefühl, als ob Lauren Wehen bekommen hätte.»

«Wirklich?» Gina lächelte. Sie war eine junge Frau mit langen braunen Haaren und kleinen, aufmerksamen Augen, denen nichts entging. «Wie aufregend!»

Lauren hatte ihr bereits gesagt, dass Alice Austin abholen würde, wenn das Baby kam, deshalb hatte sie keine Einwände, sondern wünschte den Jungen lediglich ein schönes Wochenende. An Austin gewandt fügte sie hinzu: «Herzlichen Glückwunsch, großer Bruder.»

Alice zuckte zusammen. Das hätte Gina lieber nicht sagen sollen. Wenn sich Lauren nun einfach nur verspätet hatte?

Um noch ein bisschen auf ihre Freundin zu warten, ging sie mit den Kindern in den Park gegenüber. Sofort rannten sie zu der Ecke des Spielplatzes, wo die Geräte für die größeren Kinder standen.

Alice setzte sich auf eine Bank und versuchte, Lauren noch einmal anzurufen, aber weder zu Hause noch auf dem Handy meldete sich jemand. Vielleicht war Maggie ja noch im Blue Shoes und hatte etwas gehört. Alice wählte die Nummer im Laden, aber auch hier ging niemand ans Telefon. Seltsam, dachte sie. Entweder war Maggie auf der Toilette, oder aber sie war gar nicht da. Alice wartete ein paar Minuten und versuchte es dann noch einmal, hatte aber kein Glück.

Am Eingang zum Park tauchte ein Mr.-Frosty-Eiswagen auf, und die Kinder kamen angerannt und bestürmten Alice, ihnen Eis zu kaufen. Sie holte ihr Portemonnaie heraus und gab ihnen Geld, dann sah sie zu, wie sie sich Wassereis in Neonfarben aussuchten. Die bunten Streifen auf Gesicht und Armen würden beim abendlichen Bad verschwinden, aber Alice wusste aus Erfahrung, dass auch morgen früh noch ein leuchtender Schimmer auf der Haut zu sehen sein würde.

Seufzend griff sie erneut zu ihrem Handy und wählte Maggies Handynummer. Dieses Mal hatte sie Glück.

«Mags! Wo bist du?»

Irgendwo hinter Maggie verklang das Heulen einer sich entfernenden Sirene.

«Ich habe Ethan von der Schule abgeholt. Du hattest gerade den Laden verlassen, da hat Sylvie sich krankgemeldet», sagte Maggie mit ihrer klaren Stimme. Normalerweise holte Sylvie, Ethans Kindermädchen, ihn von seiner

Privatschule in Brooklyn ab. «Kannst du dir das vorstellen? Von einer Minute auf die andere?»

«Meinst du, sie hat gelogen?»

«Sie hat behauptet, sie hätte sich den Magen verdorben, irgendwas Falsches gegessen», erwiderte Maggie. «Ethan! Bitte warte, bis das ‹Walk›-Zeichen kommt!»

Alice sah die beiden vor sich: die große, schöne, blonde Maggie mit Ethan, der seinem gut aussehenden Vater Simon wie aus dem Gesicht geschnitten war. Maggie hatte sich letztes Jahr von ihrem Mann getrennt, obwohl sie ihn immer noch liebte.

«Mags, hast du versucht, Jason zu erreichen? Vielleicht kann er ja heute Nachmittag arbeiten kommen.» Sie hatten kürzlich einen Studenten als Aushilfe eingestellt, damit der Laden generell länger geöffnet sein konnte, und auch, damit sie jemand vertreten konnte, wenn sie an Tagen wie heute die Kinder von der Schule abholen mussten.

«Er hat Vorlesung. Als er gestern zu spät gekommen ist, habe ich ihm schon gesagt, dass er doch mit der Uni aufhören und ganztags für uns arbeiten soll.» Maggie lachte fröhlich.

«Weißt du was, Mags? Ich passe heute Nachmittag auf Ethan auf, und dann kannst du arbeiten.»

«Prima. Und sag Lauren, dass ich die Telefonnummer gefunden habe, die sie haben wollte, von diesem Bäcker auf der Columbia Street.» Alice hörte, dass auch bei Maggie ein Eismann vorbeifuhr.

«Deshalb rufe ich überhaupt an», erklärte Alice. «Lauren ist nicht aufgetaucht, und ich habe Austin jetzt erst einmal mitgenommen. Hast du zufällig von ihr gehört?»

«Keinen Pieps. Was glaubst du, wo sie ist?»

«Sie muss irgendwo aufgehalten worden sein», sagte Alice. «Vielleicht hat sie auch Wehen bekommen.»

«Hast du Tim angerufen?»

«Nein, ich habe seine Nummer nicht. Du?»

«Ich bin mir ziemlich sicher, dass ich sie auf meinem Organizer habe, aber der ist im Laden», erwiderte Maggie. «*In Ordnung, aber nur ein kleines.* Entschuldige, Ethan will unbedingt ein Eis.»

«Weißt du was? Wir treffen uns im Laden und rufen Tim an. Dann nehme ich Ethan mit zum Einkaufen, damit du arbeiten kannst. Du hast doch nicht vergessen, dass wir heute Abend bei uns grillen, oder?»

«Oh», sagte Maggie, «mit anderen Worten, ich brauche nicht zu kochen. *Natürlich* weiß ich das noch.»

Alice rief die drei Kinder und ging mit ihnen auf die Smith Street. Während sie an der Ampel an der President Street warteten, wirbelte ein Windstoß Papierfetzen auf. Die Kinder sahen begeistert zu. Wahrscheinlich war gerade ein Müllwagen vorbeigefahren. New York war einfach nicht sauber zu halten, dachte Alice, obwohl wahrscheinlich auch der Dreck zum Charme der Stadt beitrug.

Zwei Häuserblocks weiter mussten sie alle vor dem Smith Home stehen bleiben, um sich im Schaufenster die lustigen Türknäufe anzuschauen. Jeder der runden Griffe hatte ein schiefes Gesicht, zu einer humorvollen oder unzufriedenen Grimasse verzogen. Sie erinnerten Alice immer an Miniaturmasken aus der Commedia dell'Arte. Nell musterte die ausgestellten Türknäufe und verkündete dann den Favoriten des Tages: fette Wangen, Augen nach oben gewandt, verschmitztes Grinsen. Während Alice ihre

Tochter bei diesem Ritual beobachtete, gelobte sie im Stillen, sich von der Kündigung nicht einzuschüchtern zu lassen und ihren Kindern eine Freude zu machen. Wenn sie und Mike das richtige Haus fanden, würde sie Nell und Peter diese albernen Türgriffe für ihre neuen Zimmer schenken.

«Kommt, wir wollen weiter.»

Alice wandte sich zum Gehen, und die Kinder folgten ihr lärmend. Jetzt waren es nur noch zwei Häuserblocks bis zum Blue Shoes.

Die ganze Zeit über dachte Alice an Lauren und versuchte sich vorzustellen, wie es ihr jetzt wohl ging. Ob sie tatsächlich schon Wehen hatte? Und wusste Tim Bescheid? Vielleicht hatte Lauren ja bereits eine aufregende Geburt hinter sich – im Taxi, in der U-Bahn oder zu Hause. Allerdings hoffte Alice inständig, dass sie es ins Krankenhaus geschafft hatte und nicht allein war. *Ivy. Endlich bist du da,* dachte sie.

Dass das Baby ein Mädchen war, war ein Geheimnis der Frauen, ein Geschenk, das Lauren erst bei der Geburt an Tim weitergeben wollte. Wie bei der ersten Schwangerschaft hatte Tim auch dieses Mal das Geschlecht des Kindes nicht wissen wollen. Er wollte überrascht werden. Aber die Mutterschaft hatte Lauren abgehärtet, und ihr reichte es als Überraschung, wenn das Kind gesund und munter zur Welt kam. Alice und Mike teilten dieses Gefühl: Sie wussten, dass die Zwillinge, die Alice erwartete, Jungen waren.

Das andere Geschenk, das Lauren für Tim vorbereitet hatte, war der Name, den sie für ihre Tochter ausgesucht hatte: Ivy, nach Tims Lieblingsgroßmutter.

Alice und Maggie hatten Laurens Geheimnisse seit Monaten bewahrt, und jetzt würde Tim sie endlich erfahren.

KAPITEL 2

Die Sonne brannte heiß, und einen Moment lang flirrte die Glasscheibe des Schaufensters vom Blue Shoes wie ein Spiegel vor dem Ziegelgebäude. Erfreut stellte Alice fest, dass Maggie daran gedacht hatte, das «Bin gleich wieder da»-Schild in die Tür zu hängen. Sie kramte den Schlüssel aus ihrer Handtasche.

Die Kinder rannten in den dunklen Laden. Alice schaltete das Licht an, und die silbern schimmernde Decke, die glänzenden Eichendielen und die dunkelblau gestrichenen Wände leuchteten auf. Blue Shoes hatte ihre Erwartungen erfüllt und war «Brooklyns Treffpunkt für schicke Schuhe» geworden, wie in einem winzigen Zeitungsartikel anlässlich der Eröffnung im letzten Winter gestanden hatte. Alice machte es großen Spaß, den florierenden Laden mit Maggie zusammen zu führen. Er war ein guter Kompromiss zwischen ihrem früheren Job als Cutterin und ihrem jetzigen Leben als Mutter. Maggie und sie bezeichneten das Geschäft als *Neuerfindung der mittleren Jahre*, und zum Glück hatte das Experiment funktioniert.

Auf dem Anrufbeantworter unter der glänzend grünen Steintheke war keine Nachricht. Kurz nach ihnen kamen auch Maggie und Ethan im Laden an, und die vier Kinder, die sich von Geburt an kannten, steckten sofort die Köpfe zusammen.

Maggie, in einer fließenden, buttergelben Hose und einem kornblumenblauen Top, die dicken blonden Haare auf dem Kopf zusammengesteckt, schritt wie eine Königin durch den Laden.

«Gibt es was Neues?», fragte sie.

Alice schüttelte den Kopf.

Am Computer im Hinterzimmer fanden sie Tims Telefonnummern. Da bei seinem Handy sofort die Mailbox ansprang, versuchten sie es in seinem Büro. Seine Sekretärin sagte ihnen, er sei geschäftlich in Chicago.

«Wenn er sich meldet», bat Alice sie, «dann richten Sie ihm bitte aus, er soll mich so schnell wie möglich anrufen. Sagen Sie ihm …» Sie zögerte, weil sie ihn nicht zu sehr beunruhigen wollte, beschloss dann jedoch, ihrem Bauchgefühl zu folgen. «Sagen Sie ihm, dass Lauren nicht zu unserem Treffen gekommen ist und ich sie nicht erreichen kann. Und weil sie doch kurz vor dem errechneten Termin steht, dachte ich, dass sie vielleicht …»

«Das Baby», unterbrach die Sekretärin sie.

«Ja, genau», erwiderte Alice. «Das Baby.»

«Ich sage ihm Bescheid.»

«Danke.» Alice gab ihre Telefonnummer durch, legte auf und wandte sich zu Maggie. «Langsam mache ich mir wirklich Sorgen. Hast du noch ihren Schlüssel?» Maggie hatte kürzlich, als Lauren und Tim verreist waren, die Blumen gegossen.

«Ja», erwiderte Maggie, «aber weißt du was? Wenn du mit den Kindern einkaufen gehst, rufe ich die Krankenhäuser an. Ich fange mit dem Methodist an, wo sie das

Baby kriegen will, und wenn sie da nicht ist, telefoniere ich die anderen durch. Und ich rufe bei der Schwangerschaftsgymnastik an, ob sie vielleicht dort ist. Und wenn das alles nichts bringt, gehe ich in ihre Wohnung.»

«Gute Idee, Mags.»

«Ich wünschte, du könntest dir jetzt ein Glas Wein genehmigen», sagte Maggie. «Das war ein harter Tag für dich, Liebes. Also überlass die Sorgen mir.»

«Aber du bist nicht so gut darin», erwiderte Alice.

«Und du zu gut.» Maggie gab Alice einen Kuss auf die Wange. «Und denk nicht mehr über diese grässliche Kündigung nach – ihr zieht erst dann um, wenn es so weit ist. Und Lauren meldet sich bestimmt gleich. Vermutlich hat sie beim Schlussverkauf bei Barneys die Zeit vergessen. Ich war gestern auch da und bin viel zu spät weggekommen.»

Es war lieb von Maggie, dass sie versuchte, sie aufzumuntern, aber es hatte keinen Zweck. «Lauren kauft nicht bei Barneys», erwiderte Alice. «Und sie hat sich noch nie in ihrem Leben verspätet.»

«Es kann aber vorkommen», entgegnete Maggie, «selbst bei der pünktlichen, perfekten Lauren Barnet.»

Die Kinder wurden langsam unruhig; Peter und Austin waren schon auf den Bürgersteig gelaufen.

«Ruf mich an, wenn du irgendetwas herausfindest», sagte Alice zu Maggie. «Ich kaufe die Grillsachen bei Cattaneo's ein und fahre dann gleich nach Hause.»

Alice machte sich mit den Kindern auf den Weg zum Metzger. Sie fanden es dort toll, weil sie über das Sägemehl, das den Boden bedeckte, schlittern konnten, und weil Sal Cattaneo höchstpersönlich ihnen Lutscher überreichte.

Es war ein hübsches, sauberes, hell beleuchtetes Ladenlokal mit Regalen voller Gourmetsaucen, das es schon gegeben hatte, als Alice vor fünfzehn Jahren in diese Gegend gezogen war. Sie trat an die Glastheke und ließ sich von Sal Truthahn und Rind für das Grillen zurechtmachen. Er war ein Mann Ende fünfzig, mit zerzausten weißen Haaren, die unter seinem weißen Papiermützchen hervorquollen.

Mit seiner sonoren Stimme sagte er: «Darf es sonst noch etwas sein, junge Frau?» Für die *junge Frau* hätte sie ihn küssen können. Siebenunddreißig Jahre alt, hochschwanger und mit vier Kindern, die seinen Laden in Unordnung brachten.

«Nein, heute nicht, danke, Sal.»

Er verteilte die Lutscher an die Kinder, die sich beim Bimmeln der Registrierkasse schon erwartungsvoll vor ihm aufgebaut hatten.

Als sie wieder die Court Street entlanggingen, kontrollierte Alice noch einmal ihre Mailbox, um nachzuprüfen, ob sie nicht vielleicht einen Anruf verpasst hatte. Und tatsächlich hatte sie eine Nachricht, allerdings mit einer unbekannten Nummer. In dem Augenblick allerdings, in dem sie die Nachricht abspielte, zerstob ihre Hoffnung.

«Hi, Alice, ich bin's, Pam Short. Offensichtlich landen wir immer nur auf der Mailbox der anderen. Lieben Sie diese Telefonspielchen auch so sehr? Jetzt sind Sie also an der Reihe, mich zurückzurufen. Sie kennen ja meine Nummer.»

Pam Short war Immobilienmaklerin bei Garden Hill Realty – Ethans Kindermädchen Sylvie arbeitete dort als Teilzeit-Sekretärin –, und Alice erhoffte sich von ihr eine

Art Wunder bei der Haussuche. Sie rief sie an und hinterließ erneut eine Nachricht. Es war ziemlich frustrierend, aber eigentlich war es Alice auch egal. Sie wartete nur noch darauf, dass Lauren sich meldete. Sie lief mit den Kindern an Delikatessenläden, Antiquitätengeschäften, Designer-Boutiquen, eleganten neuen Restaurants und all den Maklerbüros vorbei, die sie quasi ausgelacht hatten, als sie sich nach einem Haus unter einer Million Dollar erkundigt hatte.

Sie überquerten die Smith Street und gingen die baumbestandene President entlang bis zu dem Häuserblock mit Brownstones, wo Alice gewohnt hatte, seit sie erwachsen war. In der Eingangshalle sah Alice, dass Joey – der heute früh ausgezogen war, nachdem er sein ganzes Leben lang in diesem Haus gewohnt hatte – ein Sammelsurium von Dingen zurückgelassen hatte, mit denen er nichts mehr anfangen konnte. Offensichtlich hatte er geglaubt, dass Alice und Mike sie brauchen könnten – einen hässlichen Bilderrahmen, eine Schachtel mit Schuhcremetuben in verschiedenen Farben, ein altes Pinnbrett aus Kork. Alles nur Müll. Sie würde Mike bitten, es später an den Straßenrand zu stellen.

In der Wohnung schaltete sie die Klimaanlage ein und öffnete die Küchentür zum Garten. Die Kinder rannten sofort hinaus, und sie blickte ihnen durch das große Fenster über der Spüle nach. Nell machte die Tonne mit dem Spielzeug auf, und sie holten Schaufeln, Harken und Eimer heraus, die sie in dem großen Sandkasten verteilten, den Mike gebaut hatte.

Alices Gedanken glitten zum gestrigen Tag, und sie überlegte, was ihr wohl entgangen sein mochte. Sie dachte daran, wie Maggie und Lauren neben ihr auf der Bank gesessen hatten. Hatte sie irgendetwas überhört oder missverstanden?

Gestern war es sogar noch heißer gewesen als heute. Alice, Lauren und Maggie hatten nach der Schule auf dem Spielplatz gesessen.

Lauren konnte mit ihrem dicken Bauch nicht mehr bequem sitzen und rutschte immer dichter an Alice heran, die ihr instinktiv Platz machte. Es war ein seltsames Gefühl, dass Lauren, die Kleinste von ihnen, plötzlich so viel Platz brauchte. Sie hatte ihre langen braunen Haare hochgesteckt und mit einem Essstäbchen aus dem China-Takeout befestigt, aber trotzdem stand ihr der Schweiß auf der Stirn. Sie wedelte sich mit der flachen Hand Luft zu. Ihr dunkelrotes Muttermal im Nacken war deutlich zu sehen.

Alice fiel ein, dass sie einen kleinen Klappfächer dabeihatte. Sie holte ihn aus der Tasche, ließ die gelben Plastikstäbe aufspringen und fächelte Lauren Kühlung zu. Dankbar hielt Lauren ihr Gesicht in den Luftzug.

«Joey hat gestern das Haus verkauft», verkündete Alice.

«Ach, ich dachte, der Käufer wollte nur ein leeres Haus?», fragte Lauren erstaunt.

«Ja, das war auch so, aber es gab wohl noch einen anderen Interessenten, deshalb hat der erste eingelenkt. Er wollte es unbedingt haben.»

Als Joey sich dazu entschlossen hatte, nach Florida zu ziehen, hatte er Alice und Mike das Haus zum Kauf angeboten. Sie hatten schon seit längerem damit gerechnet, und sie hatten gewusst, dass es nicht billig sein würde, aber

Joeys Preisvorstellung traf sie unvorbereitet. 1,7 Millionen Dollar für ein Zweifamilien-Reihenhaus. Alice blickte den alten Mann nur fassungslos an, und Mike brach in Lachen aus. Joey zuckte mit den Schultern, und innerhalb von zwei Wochen hatte er einen Käufer gefunden.

«Ich finde es immer noch unglaublich.» Lauren wischte sich den Schweiß von der Stirn. Ihre Gelenke waren angeschwollen, und Alice hatte das Gefühl, das Baby würde nicht mehr bis zu seinem errechneten Geburtstermin Mitte September warten. «So viel Geld für ein Haus. Die Leute hier werden immer gieriger. Das ist ja schon krankhaft.»

Das stimmte. In der letzten Zeit schien sich die gesamte Gegend in pures Gold zu verwandeln.

«Gibt es etwas Neues bei *euren* Hausproblemen?», fragte Alice.

«Nein, noch nichts.» Lauren legte die Hände auf ihren Bauch und hob ihn ein wenig an. «Tim hat jemanden in der Kanzlei, der sich darum kümmert. Er sagt, vielleicht findet er ja heraus, dass sie es mit anderen Mietern genauso machen. Metro Properties besitzt mehrere Häuser hier in der Gegend. Diese Firmen als Vermieter sind die schlimmsten; wir kennen unseren Vermieter noch nicht einmal. Ich glaube, Tim will Metro unbedingt was anhängen, und ich bin genauso wütend wie er auf diese Blutsauger.»

«Wenn ich du wäre, würde ich einfach ausziehen», warf Maggie ein. «Es lohnt sich nicht, sich mit solchen Leuten anzulegen.»

Offensichtlich ärgerte Lauren sich über diese Bemerkung. Sie presste die Lippen zusammen und blickte weg. Alice folgte ihrem Blick zu einem leuchtend roten Ball, der auf sie zurollte. Ein kleiner Junge von etwa drei Jahren lief hinterher, wobei er über seine eigenen Turnschuhe stolperte und mit dem Gesicht zuerst auf den schwarzen Gummibelag fiel, der genau aus diesem Grund den Boden des Spielplatzes bedeckte. Er brach in jämmerliches Heulen aus, und Alice wollte schon aufspringen, um ihn aufzuheben, als eine Frau angelaufen kam und ihn in die Arme nahm. Sie war noch jung, sicher noch keine dreißig, und trug Jeans, schwarze Lederturnschuhe und ein ausgeschnittenes rotes T-Shirt. Ihre dunklen Haare waren zu einem kinnlangen Bob geschnitten und betonten ihre helle Haut. Die runden, rosafarbenen Gläser ihrer Sonnenbrille verdeckten ihre Augen fast ganz.

«Schsch, Kumpel, es ist nichts passiert.» Ihre Stimme war klar und warm, klang jedoch nicht besorgt. Die Mutter war sie offenbar nicht.

Um ihre Vermutung zu bestätigen, fragte Alice: «Hat sich Ihr Sohn wehgetan?»

Die Frau blickte sie lächelnd an. «Nein, das war nicht schlimm.»

Alice zog ein sauberes Taschentuch aus der Tasche und reichte es ihr. «Meine Kinder fallen ständig hin», sagte sie. «Das ist vielleicht immer ein Drama!»

Die Frau nahm das Taschentuch und trocknete die Tränen auf den Wangen des kleinen Jungen.

«Der ist ja süß», sagte Alice.

«Ja», erwiderte die Frau, «mein Neffe ist ein Goldstück.»

«Ich bin kein Goldstück», begehrte der Junge auf. «Ich bin ein Mensch.»

Die junge Frau lächelte ihn liebevoll an. «Du bist mein

großer Junge.» Sie wuschelte ihm durch die Haare und setzte ihn wieder ab. Sofort hob er seinen roten Ball auf, warf ihn hoch und jagte erneut hinter ihm her. Seine Tante blickte ihm nach. Sie trug keinen Ehering, stellte Alice fest. Sie trug überhaupt keinen Schmuck, noch nicht einmal Ohrringe. Und sie war schlank und muskulös wie eine Sportlerin.

«Ich habe Sie schon häufiger hier gesehen», sagte Alice.

«Ich passe ab und zu auf ihn auf. Das hält mich geistig gesund, wissen Sie.»

«Komisch, mich macht es eher wahnsinnig, auf die Kinder aufzupassen.» Alice warf Maggie und Lauren einen Blick zu. Beide nickten heftig zur Bestätigung.

«Ich heiße Alice.»

«Frannie.»

«Nett, Sie kennen zu lernen.»

Auf der anderen Seite des Spielplatzes war Geschrei zu hören. Alice blickte sich rasch nach den Kindern um, aber sie waren nicht in der Nähe.

«Entschuldigung», murmelte sie und rannte auf die andere Seite des Spielplatzes.

Zwei Kinder, die sie nicht kannte, stritten sich um die Schaukel, und Alice sah erleichtert, dass Nell mit einem Mädchen aus ihrer Klasse auf einer niedrigen Holzplattform hockte. Sie beugten sich über ihre wertvolle Kartensammlung, wobei Nells rötlich-blonde Haare wie ein Schleier über ihre Hände fielen. Peter, dunkelhaarig und gut aussehend wie sein Vater, stand oben an der großen Rutsche und wartete darauf, dass er an die Reihe kam. Erleichtert ging Alice zur Bank zurück. Frannie war nicht mehr da.

«Mann, der kleine Spurt hat mich ganz schön angestrengt», sagte Alice.

«Ja, da sagst du was. Ich gerate schon aus der Puste, wenn ich nur einen Schritt gehe.» Lauren legte ihren Arm auf die Rückenlehne der Bank hinter Alice. «Ich bin so froh, dass wir gleichzeitig schwanger sind.»

«Das wird schön, wenn wir mit den Babys morgens zum Spielplatz gehen», erklärte Alice. «Hier ist es viel friedlicher, wenn die großen Kinder in der Schule sind.»

«Ich will euch ja nicht beleidigen», warf Maggie ein, «aber ich bin total glücklich, dass ich mich euch nicht anschließen muss.» Hochmütig schlug sie ein langes, gebräuntes Bein über das andere, sodass ihr perlenbesetzter Flipflop von ihrem Fuß baumelte. Alice und Lauren ignorierten die Bemerkung. Sie wussten seit langem, dass es selten der Wahrheit entsprach, wenn Maggie eine Äußerung mit solchem Nachdruck von sich gab.

«Wie wäre es, wenn wir morgen Abend bei mir zu Hause grillen?», schlug Alice vor. «Als Abschiedsfest für den Sommer sozusagen. Um sechs?»

«Muss der Sommer denn wirklich schon vorbei sein?», fragte Lauren traurig.

«Früher oder später muss *alles* einmal enden», erwiderte Maggie. «Das Leben ist wie ein Orgasmus, findet ihr nicht auch? Der gute Teil ist flüchtig, und der Rest ist entweder Vorspiel oder Saubermachen. Nur ein perfektes Paar Schuhe lässt das Herz wirklich höher schlagen. Habe ich Recht, Alice?»

Alice brach in Lachen aus, und Maggie und Lauren stimmten fröhlich ein.

Von der anderen Seite des Spielplatzes aus sah Frannie

zu ihnen herüber. Sie hielt ihren Neffen auf dem Schoß, ergriff seine kleine Hand und ließ ihn winken. Alice und Lauren winkten zurück.

«Sie ist mir sympathisch», erklärte Lauren. «Ich weiß nicht, warum.»

«Mir auch», stimmte Alice ihr zu.

Kurz darauf machte Maggie sich wieder auf den Weg zum Blue Shoes. Alice sammelte Nell und Peter ein und küsste Lauren zum Abschied.

«Sollen wir uns morgen wieder hier treffen, bevor wir die Kinder abholen?», fragte Alice. «Um halb drei? Ich hole uns diesen leckeren Eiskaffee aus dem Autumn Café.»

Lauren lächelte. «Abgemacht.»

Alices Gedanken wandten sich wieder der Gegenwart zu. Durch das Küchenfenster sah sie, wie sich die Kinder gegenseitig mit Sand bewarfen. Warum klingelte nicht endlich das Telefon? Sie trat an den Apparat und überprüfte noch einmal den Anrufbeantworter, aber es war natürlich nichts darauf. Dann rief sie Maggie an, die auch nichts Neues zu berichten wusste und lediglich sagte, sie sei gerade auf dem Weg in Laurens Wohnung. Ein Anruf bei Tims Sekretärin ergab, dass Tim informiert worden war, äußerst besorgt reagiert hatte und sich jetzt auf dem Heimweg befand. Warum hatte er sie nicht selbst angerufen, um ihr das zu sagen?, fragte sich Alice verärgert. Aber Lauren hatte ja schon immer gemeint, er sei kein großer Kommunikator.

Sie machte den Kühlschrank auf und stellte die Zutaten für das Barbecue auf die Küchentheke. Truthahnschnitzel, Würstchen, Senf, Ketchup, Kartoffelsalat, Kopfsalat.

Praktische Alltagsverrichtungen, um die größer werdende Sorge wegzuschieben. Durch einen schmalen Spalt am Küchenfenster drang das Geplapper der Kinder und ein Schwall heißer Luft.

Als das schrille Klingeln des Telefons hinter ihr die merkwürdige Stille plötzlich durchbrach, klopfte ihr das Herz bis zum Hals. Sie atmete tief durch, um ruhiger zu werden, durchquerte die Küche und hob den Hörer ab.

KAPITEL 3

Am anderen Ende der Leitung hörte Alice Autos hupen, Schritte und Stimmengewirr.

«Ich bin am Flughafen», sagte Tim. «Hast du was von ihr gehört?»

«Nein», erwiderte Alice. «Auf welchem Flughafen bist du? New York oder Chicago?»

«Am LaGuardia.» Er klang ein wenig atemlos, weil er offenbar rasche Schritte machte, während er in sein Handy sprach. «In zwanzig Minuten bin ich in Brooklyn. Ist Austin bei dir?»

«Ja, mach dir keine Sorgen. Tim, Maggie hat alle Krankenhäuser angerufen.»

«Meine Sekretärin auch.»

«Und?»

«Lauren ist nirgendwo eingeliefert worden», sagte er. «War schon jemand in der Wohnung?»

«Maggie ist gerade auf dem Weg dorthin. Sie müsste sich eigentlich jeden Moment melden.»

«Okay. Alice, ich steige jetzt ins Taxi. Bis gleich.»

Er beendete das Gespräch, bevor sie ihn fragen konnte, ob er direkt zu ihr kam oder erst noch zu Hause vorbeifuhr. Es war alles so seltsam. Was tat ein Mann, wenn seine Frau verschwand? Wohin sollte er dann gehen?

Ein paar Minuten später traf Maggie ein und sprudelte hervor, noch bevor sie durch die Haustür getreten war: «Sie ist weder irgendwo im Krankenhaus, noch hat sie ihren Arzt angerufen. Vom Pilates-Kurs hat noch keiner zurückgerufen. In der Wohnung ist niemand.»

Alice schloss die Haustür und folgte Maggie durch die Eingangshalle in die Wohnung. Sie gingen direkt durch in die Küche, damit sie ein Auge auf die Kinder haben konnten. Die beiden Jungen schoben ihre schwer beladenen Spielzeugkipper durch den Sand, während Nell auf dem Rand des Sandkastens saß und Sand über das Lieblingsspielzeugauto ihres Bruders häufte. Aber er hatte es schon bemerkt und riss es an sich.

«Lauren ist so ordentlich», sagte Maggie. «Sie hat schon alles ausgepackt, und dabei sind sie doch erst vor fünf Tagen aus dem Urlaub gekommen.»

Alice lehnte sich gegen die Theke. Normalerweise hätte sie jetzt eine spöttische Bemerkung darüber gemacht, wie lange Maggie immer für das Auspacken brauchte, wenn sie von einer Reise zurückkam, aber heute schwieg sie.

«Was jetzt?», fragte sie stattdessen.

«Ich weiß nicht», erwiderte Maggie. «Hast du Tim erreicht? Was hat er gesagt?»

«Er weiß auch nichts. Aber zumindest ist er wieder da. Er ist gerade am LaGuardia ins Taxi gestiegen.»

Sie trugen die Tabletts mit den Grillzutaten in den Garten und stellten gerade den Grill auf, als Mike nach Hause kam. In einer Wolke von Sägemehl, die ihn nach jedem Arbeitstag zu umgeben schien, kam er die Treppe zur Terrasse herunter. Seine zerrissenen Jeans und das schmutzige T-Shirt wirkten wie eine neue Moderichtung. Alice witzelte manchmal, dass er mehr Geld verdienen könnte, wenn er seine Klamotten an die Modeindustrie verkaufte, als wenn er weiterhin Möbel für reiche Ästheten entwarf und baute. Allerdings lag ihnen beiden nicht wirklich etwas an Geld. Als sie sich damals mit achtzehn auf dem College kennen und lieben gelernt hatten, hatten sie einander geschworen, ihre idealistischen Träume niemals aufzugeben. *Wenn wir in zwanzig Jahren noch zusammen sind, dann hören wir mit dem auf, was wir gerade tun, und fangen noch einmal ganz von vorne an,* hatten sie sich eines Nachts gelobt. Der Alltag als Erwachsene hatte sie diese löbliche Absicht allerdings bald vergessen lassen. Neunzehn Jahre später war Mike Creative Director einer großen Werbeagentur in Manhattan, arbeitete jeden Tag bis tief in die Nacht, verdiente viel Geld und sah seine Kinder kaum. Peter war noch ein Baby, als Alice sich bereits darauf vorbereitete, in ihren Job als Cutterin zurückzukehren, und da fiel ihr das Versprechen wieder ein. Innerhalb eines Monats beschloss sie, auszusteigen und zu Hause bei den Kindern zu bleiben. Später konnte sie immer noch etwas anderes aufbauen, dachte sie sich. Bei Mike dauerte es etwas länger, bis der Funken zündete, aber dann stand auch er ganz und gar dahinter. Drei Jahre, so kalkulierten sie, konnten sie es sich leisten, ihre hoch dotierten Jobs gegen ein glückliches, intaktes Familienleben einzutauschen und sich neue berufliche Laufbahnen aufzubauen. Und so entstand zuerst Blue Shoes und kurz darauf The Brooklyn Furniture Company, die Mike mit einer Teilzeitkraft in einem ehemaligen Lagerhaus in Red Hook einrichtete. Mittlerweile hatte er bemerkenswerten Erfolg damit.

«Daddy ist da!» Nell und Peter rannten auf Mike zu.

Er zwinkerte Alice zu, als er an ihr vorbeilief, um hinter den Kindern herzujagen. Schließlich hatte er sie alle vier eingefangen und kitzelte sie, bis sie lachend auf dem Rasen zusammenbrachen. Dann erst trat er zu Alice und Maggie an den Grill.

Er nahm Alice in den Arm, küsste sie und nahm ihr zugleich die Grillzange aus der Hand.

«Ich übernehmen Grill.» Er klopfte sich mit der Hand auf die Brust. «Ich Mann. Ich braten Fleisch.»

«Willst du nicht erst einmal duschen?», fragte Alice ihn.

Rasch schnüffelte er an seinen Achselhöhlen, was ihm ein schockiertes Auflachen von Maggie eintrug.

«Oh, bitte, geh *sofort* unter die Dusche», sagte Maggie.

«So schlimm ist es gar nicht.» Mike blickte Maggie mit gespieltem Ernst an. «Riech mal.» Er hob den Arm und trat auf sie zu.

«Nein!» Maggie wich zurück.

«Kommt Simon auch?», fragte er sie.

«Also, ich habe ihn nicht eingeladen», antwortete Maggie. An Alice gewandt fügte sie hinzu: «Du?»

Alice schüttelte den Kopf. «Nein, das ist deine Sache, Mags.» Alice vermisste Simon, wenn er bei ihren Treffen nicht dabei war, aber natürlich hatte nur Maggie das Recht, ihn einzuladen, was sie dieses Mal offensichtlich nicht getan hatte.

«Kein Simon?» Mike runzelte die Stirn. «Keine Dusche! Ohne Mann kein Fleisch!»

«Gib her!» Alice nahm ihm die Grillzange aus der Hand. «Geh schnell duschen, ja? Du kannst den Grill übernehmen, wenn du fertig bist.»

«Wo Tim?»

«Hör jetzt auf», sagte Alice. «Es wird langsam blöd.»

Mike beugte sich vor und flüsterte Alice ins Ohr, damit ihn die Kinder nicht hören konnten: «Ernsthaft, hast du immer noch nichts von Lauren gehört?»

Er roch wie frisch geschlagenes Holz. «Nein», erwiderte sie leise. «Tim ist auf dem Weg nach Brooklyn.»

Mike schwieg einen Moment lang und klimperte mit den Münzen in seiner Hosentasche. «Es wird schon alles in Ordnung sein, oder?»

«Ja, bestimmt.» Maggie schnitt ein weiches Hamburger-Brötchen auf.

«Und wo ist das Schreiben, das du heute bekommen hast?» Ein Schatten glitt über sein Gesicht, und Alice war klar, dass er sich ebenfalls Sorgen machte.

«Oben, in meiner Handtasche.»

Zwanzig Minuten später kam Mike die Treppe herunter. In einer sauberen Jeans und einem weißen T-Shirt sah er mindestens fünf Jahre jünger aus als neununddreißig. Mit einem kalten Bier in der Hand setzte er sich auf den Rand des Sandkastens und brachte die Kinder mit seinen Witzen und Fragen zum Kichern.

«Das kann er gut», sagte Maggie.

«Ja.» Alice drehte einen brutzelnden Burger um. Sie wusste genau, was Maggie meinte. «Das ist einer der Gründe, warum ich mich in ihn verliebt habe. Er macht mir immer wieder klar, dass ich mich nicht so ernst nehmen sollte.»

«Und sexy ist er auch.» Maggie zog die Augenbrauen hoch. Alice drehte sich um und betrachtete ihren Mann. Ja, wahrscheinlich war er sexy, aber daran hatte sie in der letzten Zeit wegen der Schwangerschaft und ihrer schwierigen Wohnsituation nicht allzu häufig gedacht.

Sie schwiegen einen Augenblick, und Alice spürte dankbar, wie die Hitze jetzt am frühen Abend langsam nachließ. «Wo ist sie?», sagte sie schließlich. «Warum hat sie nicht angerufen? Und wann kommt Tim endlich?»

«Es ist bestimmt alles in Ordnung», erwiderte Maggie. «Ich gebe ja zu, dass es seltsam ist, dass sie nicht angerufen hat. Aber sie ist jetzt fast im neunten Monat, und sie hat wahrscheinlich heute das Baby bekommen. Ich bin mir ganz sicher. Sie wird sich jetzt bestimmt gleich melden, meinst du nicht auch?»

«Ja, das glaube ich auch, Mags», sagte Alice.

Sie legte die rot-weiße Wachstuchdecke auf den langen Picknicktisch, die sie vor Jahren einmal bei Manny's Variety erstanden hatte, dem Laden, der durch Blue Shoes ersetzt worden war. Maggie zählte so viel Pappteller ab, dass es auch für Lauren und Tim reichen würde. Während sie den Tisch deckten, ging Mike mit den Kindern ins Haus, damit sie sich die Hände wuschen. Alice stellte das kleine Tablett mit Hot Dogs ab und wandte sich erneut zu Maggie.

«Was sollen wir denn Austin sagen?»

«Die Wahrheit», erwiderte Maggie. «Wir sagen, dass Lauren jetzt sicher gleich anruft, weil sie heute wahrscheinlich das Baby bekommen hat. Und Daddy ist bei ihr.»

«Hmm.» Alice nickte. «Okay.»

Aber Austin fragte gar nicht. Er war von klein auf so daran gewöhnt, mit den anderen Familien zusammen zu sein, dass ein Nachmittag bei den Halperns ohne seine Eltern nichts Besonderes für ihn war.

Schließlich, kurz nach acht, klingelte Alices Handy. Sie sah sofort auf dem Display, dass der Anruf von Tim kam.

«Ich stehe vor der Tür. Ich habe an der Haustür geläutet, aber ihr habt mich wahrscheinlich nicht gehört.»

«Ich komme sofort.» Sie sprang auf.

«Soll ich gehen?» Mike erhob sich von der Bank, aber sie winkte ab.

«Ist schon okay», sagte sie ruhig, obwohl sie sich keineswegs so fühlte. Mit klopfendem Herzen lief sie zur Haustür. Durch das halbmondförmige Fenster oben in der Tür sah sie Tims scharfes Profil.

Als sie aufmachte, trat Tim ein und sagte erst einmal gar nichts. Mittelgroß und schlank stand er da, in einem seiner schönen Büro-Anzüge. Seine dichten blonden Haare wellten sich leicht – normalerweise trug er sie kürzer. Als er sich schließlich Alice zuwandte, sah sie, dass sein Gesicht trotz der Urlaubsbräune aschfahl war.

Er blickte sie seufzend an, und zum ersten Mal seit Jahren fiel ihr auf, dass seine Augen ebenso grün wie die von Austin waren. Ein helles, leuchtendes Grün.

«Sie haben mir gesagt, ich soll noch abwarten, ob sie heute Nacht nach Hause kommt.»

«Sie?»

«Die Polizei. Ich war gerade auf dem Revier.»

Alice wusste nicht, was sie sagen sollte. Was war mit Ivy? Sie verstand das alles nicht.

«Morgen gehe ich noch einmal hin», fuhr er fort. «Gleich morgen früh. Es ist vielleicht besser, wenn Austin über Nacht hier bleibt.»

«Ja, klar», erwiderte Alice. «Aber ich begreife nicht, was …»

«Es macht vielleicht alles nur noch schlimmer, wenn ich ihn mit nach Hause nehme, und sie ist nicht da.» Tim traten Tränen in die Augen. «Meinst du nicht auch, Alice? Sag ihm einfach, ich müsste heute länger arbeiten. Daran ist er gewöhnt.»

«Was soll ich ihm denn wegen Lauren sagen?»

Tim zuckte hilflos mit den Schultern, und Alice spürte einen Stich in ihrem Herzen. Sie trat auf Tim zu und nahm ihn in die Arme.

Tim weinte. Sie wusste es. Jetzt wusste sie es.

Lauren kam nicht mehr nach Hause.

KAPITEL 4

Am nächsten Tag hielt ein dunkelblauer großer Wagen am Straßenrand vor dem Blue Shoes. Zwei Personen stiegen aus, ein großer Mann mit grau melierten Haaren und eine junge Frau, in der Alice sofort Frannie wiedererkannte. Ohne Geld in die Parkuhr zu stecken, kamen sie über den Bürgersteig auf den Laden zu. Frannie öffnete die Tür und trat, gefolgt von dem Mann, ein. Sie blickte sich in dem schicken, renovierten Ladenlokal um.

«Es sind also wirklich Sie», sagte Frannie. «Als ich Alice Halpern und Maggie Blue hörte, war ich mir nicht sicher.»

Alice trat auf Frannie zu, froh über die Ablenkung an diesem trüben Morgen. Maggie blieb hinter der Theke stehen und beschäftigte sich mit den Belegen. Normalerweise waren sie samstags immer nur abwechselnd im Laden, aber heute leisteten sie einander Gesellschaft. Den ganzen Morgen über hatten sie Laurens Handynummer angerufen und alle Möglichkeiten durchgesprochen. Schließlich waren sie losgezogen und hatten überall in der Gegend die *Vermisst*-Schilder angebracht, die sie im Laden auf hellgelbem Papier ausgedruckt hatten.

Vermisst
Lauren Barnet
36 Jahre alt, lange braune Haare, hellblaue Augen,
rotes Muttermal am Nacken
Im achten Monat schwanger.
Zuletzt gesehen vor der Schule an der
Carroll Street
Freitag, 8. September, um 8.45 Uhr
Jede Information ist wertvoll.

Direkt über ihrem Namen lächelte Lauren von einem Foto.

Nachdem sie hundert Zettel aufgehängt hatten, waren Alice und Maggie wieder in den Laden zurückgekehrt. Sie wussten nicht so recht, was sie jetzt noch tun sollten.

«Ja, das ist unser Laden», sagte Alice zu Frannie. «Gefällt er Ihnen?»

Frannie blickte auf ihre ausgelatschten schwarzen Turnschuhe und zuckte mit den Schultern. «Mir liegt nicht so viel an Schuhen. Aber es ist komisch, der Laden hier ist nicht wiederzuerkennen. Dabei bin ich seit frühester Kindheit hier ein und aus gegangen. Ich habe mir als Kind immer meine Halloween-Kostüme bei Manny's Variety geholt. Oder auch Süßigkeiten und so.» Lächelnd schüttelte sie den Kopf.

«Das tut mir Leid», sagte Alice, was ihr einen missbilligenden Blick von Maggie eintrug. Maggie war der Meinung, dass die Gegend zwangsläufig schicker und edler werden würde, während Alice manchmal Schuldgefühle empfand, weil durch die neuen Läden Traditionelles hatte weichen müssen.

«Also, ich tue es nicht gern», fuhr Frannie zu ihrem Erstaunen fort, «aber ich bin beruflich hier.»

Verblüfft blickte Alice auf den Polizeiausweis, den Frannie ihr hinhielt. *Detective Francesca Viola, 76. Revier, Kommissariat.*

Frannie war bei der Polizei?

«Das ist Detective Giometti.» Frannie wies auf den dicken Mann, der hinter ihr stand. Alice nickte ihm grüßend zu. Sein ruhiger Blick fiel ihr auf. Er hatte lange Wimpern und eine Weichheit im Ausdruck, die in starkem Gegensatz zu seiner gespannten Haut stand. Vermutlich hatte er als Jugendlicher Akne gehabt. Trotzdem war er nicht unattraktiv.

Auch er wies sich aus. *Detective Paul Giometti, 60. Revier, Mordkommission.*

«Mordkommission?», fragte Alice entgeistert.

Maggie kam angelaufen, warf einen Blick auf Giomettis Ausweis und sagte: «Sie haben Lauren gefunden, oder?»

«Nein», erwiderte Frannie. «Aber wir bemühen uns.»

«Aber da steht *Mordkommission*», sagte Maggie anklagend. Alice spürte, wie Übelkeit in ihr aufstieg.

Sanft berührte Frannie sie am Arm. «Wir suchen nur nach Lauren, mehr nicht.»

«Können wir uns irgendwo ungestört unterhalten?», fragte Giometti.

Alice hängte das *Bin gleich wieder da*-Schild in die Tür, während Maggie die beiden Detectives ins Hinterzimmer führte. Auch dieser Raum war renoviert worden und mit einer Couch, einem Tisch und zwei Klappstühlen möbliert. An den Wänden befanden sich Regale voller Schuhkartons, und eine schmale Tür führte zu einem kleinen Badezimmer. Durch ein vergittertes Fenster blickte man auf einen verwilderten Garten, den zu pflegen keine der Frauen Zeit hatte.

Die beiden Detectives setzten sich an den Tisch, und Maggie und Alice ließen sich ihnen gegenüber auf der Couch nieder.

«Ich bin bei der hiesigen Polizei», begann Frannie, «und Paul ist beim Morddezernat Brooklyn South. Er ist zuständig für den Fall.» Schweigend blickte sie Alice und Maggie einen Moment lang an. «Ich weiß, was Sie jetzt denken. Unglücklicherweise fiel uns sofort ein anderer Fall ein, als Lauren gestern als vermisst gemeldet wurde.»

Alice erinnerte sich sofort. «Christine Craddock», sagte sie ohne Zögern.

«Ach, du lieber Himmel, ja», warf Maggie ein. «Christine.»

Sie hatten sie zwar nicht gekannt, aber die Suchmeldungen vor zwei Jahren waren ihnen noch lebhaft im Gedächtnis. Christine Craddock war im neunten Monat mit ihrem ersten Kind schwanger gewesen, als sie auf einmal verschwand. Es hatte sie damals alle schockiert, dass in ihrem friedlichen Viertel so etwas Schlimmes passieren konnte, und der Fall hatte ihnen vor Augen geführt, dass sie letztlich in einer großen, gefährlichen Stadt lebten. Monatelang gab es kein anderes Thema als Christine. Alice, Maggie und Lauren lasen jeden Zeitungsbericht über sie und diskutierten den Fall unablässig auf ihrer Parkbank, am Telefon und spät in der Nacht mit ihren Männern im Bett. Alice, die schon bei der leichtesten Irritation unter Schlaflosigkeit litt, kam wegen des Verschwindens von Christine Craddock kaum noch zur Ruhe. Das Foto der lächelnden Frau auf den Suchmeldungen verfolgte sie. Zerzauste kurze braune Haare. Sommersprossen. Drei Ohrringe im linken Ohrläppchen. Sie war zuletzt an der Union Street, auf der Brücke über den Gowanus-Kanal, gesehen worden. Schließlich hatte man ihr Handy aus dem trüben Wasser gefischt; es war mitten im Anruf untergegangen.

«Ja», sagte Frannie, «es gibt übereinstimmende Umstände, die eine Ermittlung notwendig machen könnten. Aber mehr bedeutet es nicht.»

«Doch, ich glaube schon, dass es mehr bedeutet», erwiderte Alice mit ruhiger Stimme. «Sonst wären Sie doch nicht hier, oder?»

Giometti beugte sich vor, die Ellbogen auf die Knie gestützt. Er hatte schöne, braune Augen mit Lachfältchen an den Schläfen. «Wir haben keinen Grund zu der Annahme, dass sie tot ist. Auch Christine haben wir nie gefunden, und wir können nicht mit Bestimmtheit sagen, was ihr passiert ist.»

«Manchmal vergehen Jahre, ehe man die Wahrheit erfährt», sagte Frannie. «Aber das ist das Worst-Case-Szenario, und normalerweise lösen wir unsere Fälle.»

Alice krampfte sich der Magen zusammen. Sie war eine aufmerksame Zeitungsleserin und kannte die Statistiken. Wenn eine verschwundene Person nicht in den ersten vierundzwanzig Stunden gefunden wurde, wurde sie entweder nie mehr gefunden oder sie war tot.

«Der Ehemann sagte uns, dass Sie drei sich sehr nahe stehen», fuhr Frannie fort. «Das wusste ich allerdings bereits.» Ihr Lächeln war herzlicher als an dem Tag im Park, aber Alice konnte ihre Vorbehalte jetzt gut nachvollziehen. Für die junge Polizistin musste das Zusammentreffen mit den Müttern wie ein Besuch auf einem anderen Stern gewesen sein. Und sie verstand jetzt auch, warum sie gemeint hatte, dass die Besuche auf dem Spielplatz sie geistig gesund hielten: Was sie in ihrer täglichen Arbeit sah, war bestimmt grauenhaft.

«Ich bin froh, dass man mir den Fall übertragen hat.» Frannies Augen waren beinahe schwarz, stellte Alice fest. «Wir werden sie finden. Gemeinsam. Okay?»

Alice und Maggie nickten. Ja, gemeinsam würden sie Lauren finden. Und alles würde gut werden. Sie würde immer noch schwanger mit Ivy sein, und sie würden die letzten zwei Tage einfach vergessen und neu anfangen.

«Erzählen Sie uns ein wenig von Lauren», bat Frannie. «Alles, was Ihnen einfällt.»

«Sie ist unsere Schwester», sagte Maggie.

Frannie warf Giometti, der aufmerksam zuhörte, einen Blick zu.

«Wie unsere Schwester», korrigierte Alice.

«Wann haben Sie sie zum letzten Mal gesehen?», wollte Frannie wissen.

«An dem Nachmittag im Park, als wir auch Sie getroffen haben», erwiderte Alice.

«Für mich gilt das Gleiche», sagte Maggie. «Wir haben uns im Park voneinander verabschiedet.»

Frannie und Giometti hörten aufmerksam zu, während Alice und Maggie berichteten, wie der letzte Nachmittag verlaufen war. Sie versuchten, sich an jedes Detail zu erinnern, damit die Detectives ein klares Bild von Laurens Leben bekamen. Frannie war vor allem an Laurens Beziehung zu Tim interessiert. Alice war nicht wohl bei dem Gedanken, Details aus Laurens Privatleben preiszugeben, aber ihr war klar, dass es bei den Ermittlungen helfen konnte. Trotzdem zuckte sie zusammen, als Giometti einen kleinen Block und einen Kugelschreiber aus seiner Hemdtasche zog und begann, sich Notizen zu machen.

«Sie führen eine gute Ehe», sagte Alice. «Sie beklagt sich kaum.»

«Worüber beklagt sie sich?», fragte Frannie.

«Kleinigkeiten», erwiderte Maggie. «Das Übliche. Er arbeitet zu viel und kommt zu spät nach Hause. So etwas eben.»

«Sie waren glücklich», fügte Alice hinzu.

«Sie *sind* glücklich», korrigierte Maggie sie.

Im Moment sind sie nicht glücklich und wir auch nicht, dachte Alice, sagte jedoch nichts.

«In der letzten Zeit haben sie ziemlich unter Druck gestanden», fuhr Alice stattdessen fort. «Ihr Vermieter will sie aus der Wohnung haben, und sie haben dagegen geklagt.»

«Was ist mit dem Mietvertrag?» Giometti hielt im Schreiben inne.

«Er ist abgelaufen, aber sie wollten ihn verlängern», erklärte Alice. «Ihre Wohnung ist mietpreisgebunden, deshalb hatten sie das Recht dazu. Der Vermieter ist Metro Properties.» Befriedigt sah sie zu, wie er das aufschrieb. Jetzt hatte sie doch wenigstens die Behörden über den Skandal informiert. «Wir sollen unser Haus auch räumen», sprudelte sie hervor, bereute es jedoch im selben Moment, als sie sah, wie Maggie die Augen verdrehte.

«Lass uns beim Thema bleiben», sagte Maggie.

«Wohnen Sie im gleichen Haus wie Lauren?», fragte Frannie Alice.

«Nein, ich wohne in einem Zweifamilienhaus in der President Street, und Lauren wohnt in einem Gebäudekomplex mit achtzig Wohneinheiten auf der Union.»

«Es ist ein Zufall», erklärte Maggie den Detectives. «Das eine hat nichts mit dem anderen zu tun. Laurens Problem ist sozusagen institutionell, während Alice das Pech hat, in einem Haus zu wohnen, das der Eigentümer selber beziehen möchte.»

Es ärgerte Alice, dass Maggie die Sache so in die Hand nahm. «Mir ist nur durch den Kopf gegangen», warf sie ein, «dass ich im sechsten Monat schwanger bin und gestern die Kündigung bekommen habe. Und auch Lauren war im sechsten Monat, als ihr vor fast drei Monaten die Wohnung gekündigt wurde. Vielleicht bedeutet das ja etwas?»

«Vielleicht», erwiderte Frannie. «Vielleicht aber auch nicht. Kündigungen und Zwangsräumungen kommen in dieser Stadt häufig vor, und meistens sind sie übrigens legal. Dass niemand glücklich damit ist, ist ein anderes Thema. Wann ist denn der errechnete Geburtstermin von Laurens Kind?», wechselte sie zu Alices Erleichterung das Thema.

«Am fünfzehnten September», erwiderte Alice. «Aber schon Austin ist eine Woche zu früh gekommen, und deshalb glaubte sie, dass das zweite Kind möglicherweise auch früher kommt.»

«Warum?»

«Nur eine Vermutung», sagte Alice. «Körper folgen bestimmten Mustern, bei Geburten genauso wie bei allem anderen.»

«Weiß sie, ob sie einen Jungen oder ein Mädchen bekommt?», fragte Frannie.

«Nein», antwortete Maggie rasch.

Verblüfft blickte Alice sie an. Warum hatte Maggie gelogen? Aber sie schwieg, um die Freundin nicht vor den beiden Polizisten der Lüge zu bezichtigen.

Nach zahlreichen weiteren Fragen erhoben sich die Detectives schließlich und reichten Maggie und Alice ihre Visitenkarten.

«Rufen Sie uns jederzeit an, wenn Ihnen noch etwas einfällt», sagte Frannie.

«Alles könnte wichtig sein», fügte Giometti hinzu.

«Zögern Sie nicht, okay?» Lächelnd schüttelte Frannie erst Alice, dann Maggie die Hand.

Alice hätte nie gedacht, dass eine Ermittlerin der Polizei so freundlich sein könnte, aber sie hatte ja auch noch nie eine kennen gelernt.

«Vielen, vielen Dank», sagte Alice. «Das machen wir.» Dabei vermied sie es, Maggie anzuschauen, deren bewusstes, heimlichtuerisches Zurückhalten von Information in jedem ihrer Worte mitschwang. Alice fragte sich, ob die Detectives diese Lüge irgendwie spüren, riechen oder intuitiv erfassen konnten. Offenbar nicht, denn ihr Ton blieb verbindlich.

«Wir bleiben in Kontakt», sagte Frannie, und nachdem auch Giometti sich verabschiedet hatte, verließen die beiden Detectives den Laden.

Alice blickte dem blauen Wagen nach, wobei sie sich insgeheim ein wenig darüber wunderte, dass Frannie am Steuer saß.

«Für eine Polizistin ist sie viel zu nett», erklärte Maggie.

«Was ist daran falsch? Vielleicht nimmt sie ja wirklich Anteil.» Alice nahm das *Bin gleich wieder da*-Schild aus der Tür und steckte es hinter den nächstgelegenen Schaukasten, in dem sie pastellfarbene Sommerpumps zum halben Preis anboten.

«Nur wir nehmen wirklich Anteil an Lauren.» Maggie begann Pappkartons zu öffnen, die am Morgen geliefert worden waren. «Du, ich und Tim. Und Austin natürlich. Das weißt du ganz gut, Alice.»

Natürlich hatte sie Recht, was die Intensität der Anteilnahme anging. Lauren stammte aus Minnesota. Ihre Eltern waren kurz hintereinander gestorben, als sie noch auf dem College war, ihre Mutter an Brustkrebs und ihr Vater vermutlich an gebrochenem Herzen. Da sie das einzige Kind war, mussten ihre Freunde ihr die Familie ersetzen. Auch Tim hatte beide Elternteile verloren, und so versammelten sie in den Ferien immer alle um sich, die nicht nach Hause fuhren. Ihre beiden besten Freundinnen hatte Lauren einmal als ihre Schwestern bezeichnet, und das war für Alice und Maggie Versprechen und Verpflichtung zugleich.

«Warum hast du mich eigentlich wegen der Kündigungen nicht ausreden lassen, Maggie?», fragte Alice. «Und warum hast du wegen Ivy gelogen? Was soll das für einen Sinn haben? Wir wissen doch, dass Lauren ein Mädchen erwartet.»

«Wir können doch nicht alles von ihr preisgeben», erwiderte Maggie in dem allzu geduldigen Tonfall einer großen Schwester, die es leid ist, das Offensichtliche auch noch erklären zu müssen.

«Aber es ist doch nur eine Information», widersprach Alice. «Ivy ist schließlich ein Mädchen.»

«Ja, genau.» Maggie kniff die Augen zusammen. «Ivy *ist* ein Mädchen. Nicht war, sondern ist. Was meinst du, wie wir uns vorkommen, wenn Lauren mit einer ganz normalen Erklärung wieder auftaucht, und wir haben ihre größten Geheimnisse ausgeplaudert?»

«Aber an der Geschichte ist nichts normal, Mags.»

«Ja, das stimmt.» Maggie reckte trotzig das Kinn. «Aber ich möchte sie trotzdem nicht verraten, ehe wir es nicht ganz genau wissen. Wirklich, Alice, das ist das mindeste, was wir für sie tun können.»

Gegen Nachmittag wimmelte es in der Gegend von Polizisten, die jeden befragten, wann Lauren Barnet zum letzten Mal gesehen worden war. Die Kunden, die in den Laden kamen, hatten kein anderes Thema, und Alice und Maggie standen jedem Rede und Antwort.

Sogar Alices Mutter, Lizzie, rief ständig aus Los Angeles an, um sich über den Stand der Dinge auf dem Laufenden zu halten. «Und?», fragte sie bei jedem Anruf, «gibt es etwas Neues?»

«Nichts, Mom», antwortete Alice. «Wir warten immer noch.»

«Warten ist nicht gut, Liebes», sagte Lizzie in der für sie typischen, energischen Art. «Du musst etwas tun, und zwar nicht nur, um dich abzulenken, sondern um die Dinge voranzutreiben.» Lizzie leitete eine erfolgreiche Filmproduktionsfirma, und es lag ihr nicht, untätig zu sein.

«Die Polizei ermittelt, Mom.» Alice hörte selber, wie erschöpft sie klang.

«Ruf mich an, sobald du etwas hörst», sagte ihre Mutter. «Bleib dicht an der Polizei dran, damit sie nichts übersieht. Und tröste die Familie.»

Tröste die Familie. Die Worte klangen in Alice nach. Das Einzige, was sie tatsächlich tun konnten, war, für Tim und Austin da zu sein und sich zu weigern, das Schlimmste zu befürchten.

KAPITEL 5

Lauren und Tim Barnet wohnten in einem grauen steinernen Gebäudekomplex mit einem zweiflügeligen hölzernen Eingangsportal genau in der Mitte. Auf der niedrigen Treppe stritten sich Nell, Peter und Ethan darum, wer auf die Klingel zu 2B drücken durfte.

«Ich, weil ich die Älteste bin», rief Nell.

«Du bist das älteste *Mädchen*», widersprach Ethan. «Ich bin der älteste *Junge.*»

«Jetzt hört mit dem Quatsch auf, Kinder», erklärte Simon. «Bevor wir in die Wohnung gehen, müssen wir euch etwas sagen.» Seine tiefe Stimme brachte sie zum Schweigen; er besaß große Autorität bei den Kindern. Alice hatte Simon immer gemocht, trotz seiner Probleme mit Maggie. Er war ein sensibler, kreativer Mann, Musiklehrer, Pianist und ein angesehener Komponist. Er und Maggie hatten sich in London kennen gelernt und waren zusammen nach New York gekommen. Alice hatte sie immer gerne sprechen hören, ihr Akzent klang für sie wie exotischer Gesang. Simon sah außergewöhnlich gut aus mit seinem glatt rasierten, blassen Gesicht und den dichten braunen Haaren, und er verfügte über eine sinnliche Ausstrahlung, die er auch in der Ehe nicht unterdrücken konnte. Maggie bezeichnete sie schlicht als Untreue.

Simon drehte sich zu Mike um, der wiederum Alice Hilfe suchend anblickte. Sie wünschte sich, Maggie wäre da – ihr wäre bestimmt etwas eingefallen, was sie den Kindern sagen konnten, ohne dabei ihre schlimmsten Befürchtungen zu äußern. Aber Maggie war schon zu Tim vorausgegangen, und Alice hatte keine Ahnung, was sie den Kindern sagen sollte.

«Unter Umständen wird das kein sehr fröhlicher Besuch», erklärte sie und blickte die drei ernst an. Drei skeptische Augenpaare erwiderten ihren Blick. Bisher hatten sie mit Austin immer Spaß gehabt.

«Aber Mommy …», setzte Nell an, doch Alice unterbrach sie. «Lass mich ausreden, ja?»

Die Kinder nickten, also musste sie es ihnen jetzt erklären.

«Ist euch in den letzten beiden Tagen etwas Ungewöhnliches aufgefallen?»

«Die Schule hat angefangen», zirpte Peter, was ihm ein Kichern von Ethan und einen genervten Blick seiner Schwester eintrug.

«Genau, die Schule hat angefangen. Was sonst noch?»

«Ich weiß es», sagte Nell, redete aber nicht weiter. Natürlich wusste sie es, schließlich hatten siebenjährige Mädchen große Ohren.

«Tante Lauren ist seit zwei Tagen nicht mehr zu Hause gewesen», sagte Alice, wobei sie sich bemühte, gelassen zu klingen. «Wir wissen nicht, wo sie ist. Ganz bestimmt geht es ihr gut, und sie hat sich wahrscheinlich nur verlaufen. Aber ich möchte nicht, dass ihr Tim oder Austin irgendwelche Fragen danach stellt, wo sie ist. Okay?»

«Warum?», fragte Peter.

Alice warf Mike einen flehenden Blick zu, damit er auch einmal etwas sagte.

«Na ja, es macht sie vielleicht nervös», antwortete er. «Und wenn wir nicht mit ihnen darüber reden, denken sie vielleicht nicht mehr daran, und dann wird es heute Abend für sie ein bisschen lustiger. Habt ihr verstanden?»

Lustig. So ein blödes Wort.

Nell hob mit solcher Ernsthaftigkeit die Hand, dass Alices Herz vor Liebe überquoll.

«Ja, mein Schatz?»

«Was heißt *vermisst*, Mommy?»

Ja, natürlich, Nell hatte die Suchmeldungen gesehen, die überall an Bäumen und Strommasten hingen.

«Das ist die Frage», erwiderte Alice. «Das wissen wir im Moment selbst nicht so genau.»

«Darf ich jetzt klingeln?», warf Peter ein.

«Nein, ich!» Ethan drängelte sich neben ihn, aber sie waren beide noch zu klein, um an die Leiste mit den Klingelknöpfen heranzureichen.

Simon machte dem Streit ein Ende, indem er auf die Klingel drückte. Die Kinder protestierten heftig, aber in dem Augenblick, als die Tür aufging, hatten sie es schon wieder vergessen, und jeder versuchte, als Erster hineinzukommen. Maggie stand in der offenen Wohnungstür, und als die Kinder an ihr vorbeigerannt waren, sagte sie leise zu den Erwachsenen: «Nur als Warnung: Dadrinnen sieht es gar nicht gut aus.»

In der Wohnung war es unheimlich still, und auch von den Kindern war nichts zu hören, was bedeutete, dass sie mit Austin bereits vor dem Fernseher in Laurens und Tims Schlafzimmer saßen. Alice beschloss, dass sie bei einem

Lokal, dessen Nummer sie auswendig wusste, chinesisches Essen bestellen würden. Sie würden diesen Abend gemeinsam überstehen, so gut es eben ging.

Alice, Mike und Simon folgten Maggie ins Wohnzimmer, wo Tim zusammengesunken auf einem winzigen Stuhl an Austins kleinem Maltisch saß, der an den Fenstern zur Straße stand. Beide Fenster waren offen, und die weißen Vorhänge bauschten sich im warmen Wind. Alice konnte sich noch gut daran erinnern, wie Lauren den durchsichtigen Stoff ausgesucht und genäht hatte. Unter dem Maltisch lag Staub, was Lauren nie toleriert hätte.

Tim saß da mit strähnigen, ungekämmten Haaren und sog an einer Zigarette. Alice hatte ihn noch nie rauchen sehen.

Sie trat als Erste auf ihn zu, und nach und nach versammelten sich alle Freunde um ihn. Als die Asche seiner Zigarette zu lang wurde, ließ er sie in die offene Handfläche fallen, blieb jedoch unbeweglich sitzen, als würde er von einer unerträglichen Last niedergedrückt.

«Die Polizei war hier», sagte er schließlich. Seine Stimme klang dünn, erschöpft. «Die waren den ganzen Nachmittag hier. Warum bloß? Warum haben sie mir ständig solche Fragen gestellt?» Ratlos blickte er Mike an, der ihm beruhigend die Hand auf die Schulter legte. Tröstende Worte fand er nicht. Keiner sagte etwas. Diese Männer, die Grillabende miteinander verbrachten, einander beim Renovieren und bei Umzügen halfen, die stundenlang miteinander über Politik, Kunst, Filme und Sport diskutierten und die regelmäßig zusammen in die Bronx oder nach Coney Island zu den Spielen der Yankees oder der Cyclones fuhren, brachten jetzt kein Wort heraus.

Nichts, das in dieser Situation eine Brücke von Tims Sorge zu ihrer aller Freundschaft hätte schlagen können.

«Bei uns waren sie auch», sagte Alice schließlich.

«Sie waren bei uns allen», ergänzte Maggie.

Tim drückte seine Zigarette in einem von Austins Farbtöpfen aus, in dem schon drei weitere Kippen lagen.

«Sie waren *stundenlang* hier.» Seine Stimme wurde lauter, und er fuhr sich mit beiden Händen durch die Haare. Er hatte tiefe Schatten unter den Augen. «Ob sie wohl glauben, ich hätte etwas mit Laurens Verschwinden zu tun? Glauben sie das tatsächlich?»

«Natürlich nicht», erwiderte Mike. «Sie machen nur ihren Job. Du bist der Mensch, der ihr am nächsten gestanden hat, deshalb müssen sie dir Fragen stellen.»

War er das tatsächlich? *Der Mensch, der ihr am nächsten gestanden hatte?* Er arbeitete so viel, selbst an den Wochenenden, dass er kaum zu Hause war. Wer war denn eigentlich der Mensch, der Lauren am nächsten stand? Austin, dachte Alice. Und natürlich Maggie und sie.

«Sie behandeln mich wie einen Verdächtigen», flüsterte Tim. «Ich bin Anwalt. Ich weiß, was hier abgeht. Das ist ein Albtraum. Sie wollen tatsächlich Antworten von *mir.*»

Nein, das hatte Tim nicht verdient, dachte Alice. Er war ein guter Mann, der hart arbeitete, für seine Familie sorgte und sie liebte. Alice und Mike kannten Tim seit fünf Jahren, und sie kannten ihn wirklich gut. Wenn die Polizei ihn tatsächlich verdächtigte, dann suchten sie in der falschen Richtung und verloren Zeit.

«Sie wollen von jedem Antworten», warf Simon besänftigend ein.

«Ja, genau. Mensch, Tim», sagte Maggie. «Sie wollen nur alles abdecken. Du brauchst dir keine Gedanken zu machen.»

Maggies hölzerne Bemerkungen konnte man normalerweise ignorieren, aber nicht diese. Tim blickte sie schnell an, und sein Blick war so hart, dass damit jegliche Möglichkeit zum Gespräch erstarb. Alice war bestürzt darüber, wie intensiv, erbarmungslos und wütend Tim Maggie anstarrte.

Es war schwierig danach, aber sie blieben. Als es dunkel wurde, spürte Alice in ihrem Inneren, wie eine Trauer um die enge Freundschaft der drei Familien aufkeimte. Sie versuchte zwar, sich klar zu machen, dass, solange Lauren vermisst wurde, jedes Wort und jeder Blick missverstanden werden konnte und keiner von ihnen sein Gleichgewicht finden würde. Doch irgendetwas fehlte zwischen den Freunden an jenem Abend, ein Zusammengehörigkeitsgefühl, an das sie sich gewöhnt hatten.

Alice und Mike blieben bis kurz vor Mitternacht, dann trugen sie ihre schlafenden Kinder nach Hause und fielen selber todmüde ins Bett.

Doch unter ihrer weichen, leichten Decke lag Alice wach neben Mike. Im Haus war es so still, dass sie jedes Geräusch hören konnte, das leise Ächzen der Balken, das Knacken der Fußbodendielen und jedes Auto, das draußen vorbeifuhr. Sie steckte sich Ohropax in die Ohren und zog ihre Augenmaske über. Jetzt war es absolut still und völlig dunkel. Sie wartete auf den Schlaf, aber er wollte sich nicht einstellen. Schließlich gab sie auf und erhob sich leise.

Vorsichtig, um niemanden zu wecken, huschte sie die Treppe zu ihrem großen Wohnzimmer hinauf, mit seinem Marmorkamin und den deckenhohen Fenstern. Die Bodendielen knarrten unter ihren Füßen, aber sie bemühte sich, nicht allzu viel Lärm zu machen, als sie in die Küche eilte. Dort schaltete sie das Licht ein.

Es war drei Uhr früh. Sie spürte, wie sich die Babys in ihrem Bauch bewegten, und fragte sich, ob sie sie wohl geweckt hatte oder ob sie um diese Uhrzeit immer wach waren. Das würde sie noch schnell genug herausfinden. Sie öffnete die Kühlschranktür, löffelte ein wenig Erdnussbutter aus dem Glas und schenkte sich ein Glas Orangensaft ein. Dann nahm sie den Laptop aus dem Regal an der Gartentür, stellte ihn auf den Küchentisch und schaltete ihn ein. Während sie darauf wartete, dass er hochfuhr, blickte sie in den dunklen, vom silbernen Mondlicht beschienenen Garten. Kein Hälmchen regte sich. Wenn sie hier wegzogen, würde sie ihre Blumen vermissen.

Sie setzte den Wasserkessel auf, hängte einen Pfefferminzteebeutel in ihren Lieblingsbecher und gab Laurens Namen bei Google ein. Es gab ein paar Treffer in Verbindung mit ihrem früheren Leben als Anwältin, aber etwas Aktuelles war nicht dabei. Kein Hinweis darauf, dass sie vermisst wurde. Als Nächstes versuchte Alice es mit Christine Craddock. Sie klickte auf www.christinelost.com, und sofort erschien auf dem Monitor das Bild einer jungen, schwangeren Frau, die stolz ihren dicken Bauch reckte.

Christine Craddock war nicht verheiratet gewesen. Der Vater ihres ungeborenen Kindes war ihr Professor auf dem College gewesen. David Jonstone hatte selbst eine Familie und hatte sich geweigert, eine persönliche Beziehung mit Christine einzugehen. Als sie verschwand, hatte sie gerade eine Vaterschaftsklage gegen Jonstone vorbereitet. Ob der Professor das wusste, war nicht bekannt. Am Morgen des Tages, an dem Christine verschwand, der zugleich der errechnete Geburtstermin war, hatte ein Zeuge gehört, wie sie sich mit jemandem am Handy stritt – das Handy hatte man später im Schlamm auf dem Grund des Kanals gefunden. Der Anruf konnte zu einer Telefonzelle zurückverfolgt werden, sodass nie herauskam, wer am anderen Ende der Leitung gewesen war. Zuletzt hatte man Christine Craddock gesehen, wie sie die Bond Street in Richtung Park Slope überquerte.

Auf einer Seite der Website ging es um die polizeilichen Ermittlungen, die Detective Paul Giometti vom Morddezernat Brooklyn South geleitet hatte. Andere Seiten zeigten Christines Familie, ihre Lieblingsfilme, ihre Haustiere, ihre Hoffnungen für die Zukunft. Es gab sogar eine Seite mit der Überschrift «Christines Überzeugungen», in der hauptsächlich ihre Entscheidung erklärt wurde, ihr Kind alleine großzuziehen.

Alice durchsuchte alle Seiten gründlich auf irgendeinen Hinweis, der im Hinblick auf Laurens Verschwinden wichtig sein konnte, fand jedoch nichts außer der Tatsache, dass Christine drei Jahre lang in Carroll Gardens gelebt hatte.

Es war über ein Jahr her, seit jemand auf der Website einen Kommentar hinterlassen hatte. Schließlich schloss Alice die Website und lehnte sich erschöpft zurück. Jemand hatte sich die Zeit genommen, für Christine eine Website einzurichten. In dem ganzen Aufruhr ihres Verschwindens hatte sich jemand, der sie liebte, auf das einzig

Wichtige konzentriert: sie zu finden. Alice trank ihren letzten Schluck Tee und gab *Website einrichten* unter Google ein. Innerhalb einer halben Stunde hatte sie einen Domain-Namen gesichert: www.findlauren.com. Sie hatte zahlreiche Fotos von Lauren auf dem Computer gespeichert, und als die Sonne aufging, hatte sie eine Homepage geschaffen, die Lauren im Juli, im siebten Schwangerschaftsmonat, zeigte, wie sie sich lachend mit Austin um ein Buch stritt. Es war eins von Alices Lieblingsfotos, weil es alles zeigte, was Lauren wichtig war: Liebe, Familie und Intellekt. Laurens Leben war schön gewesen, und dass sie jetzt verschwunden war, schien völlig unangebracht.

Als sie hörte, wie die Zeitung vor die Tür geworfen wurde, hörte Alice auf. Ihre Augen brannten, weil sie die ganze Zeit auf den Bildschirm gestarrt hatte. Sie klappte den Laptop zu, legte ihn wieder ins Regal und stellte ihren Becher in die Spüle.

Die Zeitung lag in ihrer blauen Hülle auf der obersten Treppenstufe. Sie holte sie herein und schlug sofort die Lokalnachrichten auf. Und da war die Schlagzeile.

Hochschwangere Frau in Carroll Gardens vermisst stand da. Eine Reporterin namens Erin Brinkley hatte die Fakten und Umstände zusammengefasst, die Alice bereits kannte.

Sie legte die Zeitung beiseite und schluckte. Es war erst sechs Uhr. Rasch zog sie sich an, hinterließ eine Nachricht für Mike und ging aus dem Haus. An der President Street hingen überall die gelben *Vermisst*-Zettel. Alice war immer gerne in den frühen Morgenstunden, bevor die Welt begann, sich zu regen, unterwegs gewesen, aber heute lag kein Frieden darin. Ein bronzefarbener Mini Cooper fuhr an ihr vorbei, und sie folgte ihm mit den Augen, bis er in die Hoyt Street einbog. Dann war sie wieder allein.

Sie überquerte die Hoyt und bog dann links in die Carroll Street ab. Unbewusst hatte sie die Richtung zum Gowanus-Kanal eingeschlagen. Vermutlich war auch Lauren hier zuletzt entlanggekommen, auf ihrem Weg zum Pilates-Kurs. Sie wohnte zwar an der Union Street, auf der es auch eine Brücke über den Kanal gab, aber sie hatte einmal gesagt, sie möge die ältere Brücke an der Carroll Street lieber, die nicht so sehr durch Industriegebiet führte.

Bis zur Bond Street ging es stetig bergab, dann wurde es einen halben Häuserblock vor der Brücke wieder eben. Linker Hand befand sich ein Bürogebäude mit einer blauen Eingangsmarkise, auf der *Bond Street Limo* stand. Ein dicker Mann mit kurz geschnittenen, grauen Haaren stand draußen und rauchte eine Zigarette. Er nickte Alice zu, als sie vorbeiging. Sie erwiderte seinen Gruß. Wahrscheinlich war er der Fahrer der Limousine, auch wenn er keine Uniform trug. Er hatte unheimliche Augen – eins blau und eins grün – und sah ihr nach, als sie auf die Brücke zuging. Seine Aufmerksamkeit war ihr unangenehm, und unwillkürlich lief sie schneller. Aus den Augenwinkeln sah sie, wie er seinen Zigarettenstummel auf die Straße warf, und kurz darauf fuhr eine lange, schwarze Limousine an ihr vorbei, da aber alle Fenster geschlossen waren, konnte sie nicht erkennen, ob er am Steuer saß.

Rechter Hand befand sich ein rundes Gebäude, das Haus eines Künstlers. Alice fiel ein, dass sie schon einmal von einem Brunnen dort gehört hatte, der mit seinen hohen Wasserfontänen Passanten nass spritzte, aber sie hatte ihn noch nie gesehen. Lauren hatte sich einmal darüber beschwert, dass sie mit giftigem Kanalwasser besprüht worden sei. Ihr hatte es nicht gefallen.

Mitten auf der Brücke blieb Alice stehen. Sie stützte sich an dem blauen Eisengeländer ab und blickte auf den Kanal. Sie stand dem Meer gegenüber, aber durch die Industrieanlagen auf der Third Street konnte man es von hier aus nicht sehen. Dahinter lag der Buttermilk Channel, in den der Kanal floss. Sie blickte auf das trübe grüne Wasser, das sich in der ruhigen Luft nur leicht kräuselte. Jahrelang war das Wasser schmutzig und undurchsichtig gewesen, aber nachdem vor zwei Jahren die alte Pumpe repariert worden war, gab es angeblich wieder Fische, Krebse und Schildkröten. Einen Augenblick lang dachte sie, eines von den kleinen Geschöpfen zu sehen, aber es war nur ein vorbeihuschender Schatten.

Es wurde schon heiß, als Alice sich schließlich abwandte und sich wieder auf den steilen Weg nach Carroll Gardens machte. Sie blickte nicht hin, als die gelben *Vermisst*-Zettel auftauchten, sondern ging immer weiter, Schritt für Schritt zum Polizeirevier.

Die Detectives hatten sie gebeten, ihnen alles mitzuteilen, was ihnen einfiel. *Alles könnte wichtig sein*, hatte Giometti gesagt.

Es kam Alice so vor, als sei Lauren von ihrem Stadtviertel und dem Kanal gleichsam verschluckt worden. Aber eins konnte Alice tun, um die Wahrheit aufzudecken – sie musste Maggies Lüge über Ivy richtig stellen.

KAPITEL 6

Alice stieg die Treppe zum 76. Revier hinauf, das sich in einem flachen Gebäude mit blau gefliester Fassade befand, was in dieser Gegend mit alten Brownstones irgendwie unpassend wirkte.

Hinter dem Eingang saß eine wasserstoffblonde ältere Frau in einem roten Trainingsanzug an einem kleinen Schreibtisch. «Ja?», begrüßte sie Alice, ohne aufzublicken.

«Sind Detective Viola oder Detective Giometti da?»

Die Frau griff zum Telefon und wählte eine Nummer. Hinter ihr saßen drei uniformierte Beamte an einer Theke, telefonierten oder füllten Formulare aus. An der Wand hing eine Tafel, auf der festgehalten war, wo sich die Einsatzfahrzeuge befanden.

«Okay», sagte die Frau zu Alice, ohne genauer zu erläutern, wer denn nun heute früh im Haus war. «Wollen Sie hier warten?»

Alice trat durch eine halbe Schwingtür in den großen, der Öffentlichkeit zugänglichen Bereich. Dort stellte sie sich neben die Tische mitten im Zimmer und sah sich um. Auf einem niedrigen Holzschrank stand ein großes Aquarium, mit einem sehr dicken Fisch und zahlreichen kleineren Exemplaren. An der Wand standen Getränke- und

Snack-Automaten, bei deren Anblick leise Übelkeit in ihr aufstieg.

Als jemand ihr auf die Schulter tippte, fuhr sie herum.

«Sie sind aber früh auf», sagte Frannie.

«Ich konnte nicht schlafen.»

«Das kann ich gut verstehen.» Frannie sah müde aus, als habe sie ebenfalls eine schlaflose Nacht hinter sich. «Ich hatte Nachtschicht. Möchten Sie mit mir reden?»

Alice nickte. Warum war sie sonst wohl hierher gekommen?

Sie folgte Frannie an einer Glastür vorbei, auf der *Sachbearbeitung Festnahmen (Bitte Waffen hier ablegen)* stand. Dahinter befanden sich ein Metallschreibtisch, ein Stuhl und zwei leere Zellen. Sie gingen durch einen Flur, eine Treppe hinauf. Oben stieß Frannie eine Tür auf, und sie traten in einen weiteren kurzen Flur, der voll gestopft war mit alten Aktenschränken. Der Flur mündete in ein großes Zimmer voller nicht zusammenpassender Schreibtische. Durch die geschlossenen Jalousien drang schwaches Tageslicht. In der Ecke saß ein junger Mann und hackte auf die Tastatur einer Schreibmaschine ein, und Alice stellte fest, dass neben den Computern auf jedem Schreibtisch ein solcher Dinosaurier stand.

«Ich habe seit Jahren keine Schreibmaschine mehr gesehen», sagte sie.

«Alte Gewohnheiten sterben nur langsam. Wir haben zwar die allermodernste Datenbank, aber unsere Berichte tippen wir immer noch in die Maschine. Vielleicht sind ja vor zwanzig Jahren zu viele Formulare gedruckt worden.» Frannie blieb an einem Schreibtisch neben einer langen, schmalen Zelle stehen, deren schwarzes Eisengitter fast die ganze Wand einnahm. Ein dünner, bleicher Mann lag auf der einzigen Bank in der Zelle. Sie warf einen Blick auf den schlafenden Mann und sagte zu dem anderen Detective: «Hey, José, ist jemand im Verhörraum?»

José blickte lächelnd auf und schüttelte den Kopf. «Nein, Baby, er gehört dir.» Dann tippte er weiter.

Frannie gab ein leises, zischendes Geräusch von sich. *Baby.* An weibliche Ermittler war man hier offensichtlich nicht gewöhnt, dachte Alice.

«Kommen Sie, wir gehen da hinein, dort sind wir ungestörter», erklärte Frannie. Sie ergriff ihren halb vollen Kaffeebecher. «Möchten Sie auch einen? Wir haben auch koffeinfreien.»

«Nein, danke.» Allein beim Gedanken an Kaffee hätte sie sich schon übergeben können.

«Dann kommen sie.»

Frannie und Alice schlängelten sich zwischen den Schreibtischen durch das Zimmer hindurch. Der Verhörraum war klein, mit einem Tisch an einer Wand und vier unbequem aussehenden Metallstühlen mit geraden Rückenlehnen. Auch hier waren die Jalousien heruntergelassen. An der Wand zum Büro befand sich ein rechteckiges Fenster, das aussah wie ein Spiegel. Wahrscheinlich konnte man nur von außen hindurchsehen, vermutete Alice.

Sie setzten sich einander gegenüber an den Tisch, dessen Kunststoffplatte einen tiefen Kratzer aufwies. Wer mochte das wohl getan haben? Und wie? Mit einem Schlüssel vielleicht? Aber Alice konnte es nachempfinden. Wenn man in diesem Zimmer alleine war, kam man vermutlich auf die seltsamsten Gedanken. Es war ein grässlicher Raum. Aber vielleicht hatte sie diesen Eindruck ja auch nur, weil sie so erschöpft war.

Erst als Frannie ihre Hand auf Alices legte, merkte sie, wie sehr sie fror. Sie holte tief Luft und begann zu sprechen.

«Ich möchte etwas klären.»

Frannies Gesicht war ausdruckslos, und nur die dunklen Schatten unter ihren Augen deuteten darauf hin, wie müde sie sein musste. Sie lächelte nicht und runzelte auch nicht die Stirn, sondern hörte lediglich aufmerksam zu.

«Gestern im Laden haben wir Ihnen gesagt, dass Lauren nicht wüsste, ob ihr Baby ein Mädchen oder Junge sein wird.»

Frannie nickte, und Alice entspannte sich ein wenig.

«Das stimmt nicht», fuhr sie fort und blickte Frannie direkt an.

Geduldig wartete die Polizistin.

«Lauren weiß seit Monaten, dass sie ein Mädchen erwartet.»

«Ein Mädchen», wiederholte Frannie leise.

«Es soll Ivy heißen. Oder heißt schon Ivy. Oder ...» Alice versagte die Stimme.

«Danke, Alice. Das könnte uns weiterhelfen.»

Alice wischte sich über die Augen und sagte: «Da ist noch etwas.»

Frannie nickte.

«Tim weiß nichts davon.»

«Von dem Namen?»

«Er kennt weder den Namen noch das Geschlecht», erwiderte Alice. «Er wollte es nicht wissen. Er wollte sich überraschen lassen. Deshalb wollte Maggie es Ihnen auch nicht sagen.»

«Das verstehe ich», erklärte Frannie. Ihr Blick glitt zu Alices Hand, und Alice merkte erst jetzt, dass sie die ganze Zeit mit dem Finger den Kratzer nachgefahren war.

«Werden Sie Lauren finden?»

«Ja.» Frannies Selbstvertrauen weckte neue Hoffnung in Alice. «Ich werde nicht aufgeben, Alice, ganz gleich, was geschieht.» Die Muskeln in Frannies schlanken Armen spannten sich, als sie mit ihrem Stuhl näher an den Tisch rückte. Diese Frau war stark, dachte Alice, viel stärker, als sie aussah. «Der Suchtrupp ist schon wieder unterwegs. Sie klopfen an jede Tür, sprechen mit jedem, und irgendetwas wird dabei schon herauskommen.»

«Sie sollten nach Hause gehen und sich ausschlafen», sagte Alice, obwohl sie es eigentlich nicht so meinte. Sie wollte, dass Frannie weitersuchte, bis Lauren endlich wieder auftauchte.

«Ich kann sowieso nicht schlafen», erwiderte Frannie. «Ich weiß nicht, wie es meinen Kollegen hier geht, aber wenn in meiner Nachbarschaft Frauen verschwinden, beschäftigt mich das.»

Einer der Zwillinge in Alices Bauch begann sich zu bewegen, und kurz darauf war auch der andere wach. Sie stand auf. «Ich muss gehen. Meine Familie wartet auf mich.»

«Ich bringe Sie hinaus.»

In der Eingangshalle verabschiedeten sich die beiden Frauen voneinander.

«Noch einmal vielen Dank», sagte Frannie. «Ich rufe Sie an, wenn sich irgendetwas ergibt.»

Alice trat in den Morgen hinaus, dessen schläfrige Ruhe einer lauten Geschäftigkeit gewichen war, während sie sich auf dem Revier aufgehalten hatte. Ein kleines Mädchen mit einem geblümten Fahrradhelm fuhr auf ihrem pinkfarbenen Rädchen über den Gehweg, während ihr Vater neben ihr herlief. Eine alte Frau in einem Baumwollkittel fegte ihre Treppe. Alice konnte es kaum noch erwarten, Mike und die Kinder wiederzusehen. Vielleicht konnte sie sich ja heute früh etwas hinlegen, dachte sie. Vielleicht würde ja heute alles gut, und Lauren würde heil und gesund nach Hause zurückkehren.

Aber es war nur Wunschdenken.

Frannie meldete sich nicht. Der Tag verging. Am Abend hielt Alice es nicht mehr aus und rief auf dem Revier an. Sie erwartete nicht, irgendwelche Neuigkeiten zu hören, aber Frannie erklärte, es gäbe doch etwas zu berichten.

KAPITEL 7

«Wir haben einen Zeugen», sagte Frannie. «Unsere erste Spur.»

Die Stimmen der Kinder drangen aus dem Garten durch die offene Küchentür. Alice saß am Tisch und sah Mike zu, der am Herd stand und geduldig in seinem Spezial-Risotto rührte. Es war ihr Lieblingsgericht. Dicker, cremiger Reis mit Schinken, Zwiebeln, Karotten und Erbsen. Ein Hauch von Zitrone.

«Es ist ein Künstler», fuhr Frannie fort. «Er wohnt direkt am Kanal, in diesem runden Haus mit all den Dachfenstern. Er hatte am Freitagmorgen seine Staffelei auf der Carroll Street Bridge aufgestellt und hat Lauren um Viertel vor zwölf über die Brücke kommen sehen.»

Viertel vor zwölf. Da war sie auf dem Weg zu ihrem Pilates-Kurs gewesen.

«Der Mann wusste nicht, dass Lauren als vermisst gilt», sagte Frannie. «Er gehört zu den Leuten, die Nachrichten hassen, nicht fernsehen und keine Zeitung lesen. Er reist viel und liebt alles Schöne, verstehen Sie?»

«Frannie, hat er mit Lauren geredet?»

«Sie haben einander angelächelt. Lauren wirkte ‹freundlich und zivilisiert›, hat der Mann gesagt. Es sah nicht so aus, als ob sie Wehen hatte.»

«Und weiter?»

«Er machte sich wieder ans Malen. Nach drei Stunden packte er ein und ging ins Haus.»

Die Kinder kamen von draußen herein, und Mike erlaubte ihnen, fernzusehen, damit Alice sich auf das Telefonat konzentrieren konnte. Er drehte die Gasflamme unter dem Risotto herunter und setzte sich neben sie an den Küchentisch, wobei er sich die Hände an seiner geblümten Schürze abtrocknete. Unter seinen Fingernägeln war ein dünner schwarzer Rand. Er hatte in der letzten Zeit viel gearbeitet, weil er seine Teilnahme an der Möbelmesse in Las Vegas im nächsten Monat vorbereitete, und Schmutz und Staub hatten sich in beinahe jede Körperfalte eingegraben. Sie griff nach seiner Hand und drückte sie.

«Jetzt können wir unsere Suche also auf das Gebiet zwischen dem Kanal und dem Pilates-Kurs, bei dem sie gar nicht angekommen ist, konzentrieren», sagte Frannie.

«Was?», rief Alice aus. «Dort ist sie nicht angekommen?» Die Kursleiterin hatte sich nicht bei Maggie gemeldet. Seit Freitag hatte kein Kurs mehr stattgefunden, und vermutlich hatte sie die Nachricht auf dem Anrufbeantworter gar nicht gehört.

«Die Lehrerin hat den Artikel in der Zeitung gelesen», erwiderte Frannie. «Sie hat uns angerufen. Alice. Ich weiß, dass es sich für Sie nicht gut anhört, aber es wird die Ermittlungen beschleunigen, Sie werden sehen.»

Alice schloss die Augen und stellte sich den Kanal und die dünn besiedelte Gegend vor. Der Limousinen-Verleih an der Ecke. Der Parkplatz mit den Lieferwagen von Mr. Frosty. Die Firma mit den Gipsnachbildungen. Es war beinahe ein ganzer Häuserblock, bis das Wohnviertel wieder anfing.

«Alice, ich muss jetzt Schluss machen», sagte Frannie. «Ich rufe Sie an, wenn sich etwas Neues ergibt. Und wenn Ihnen etwas einfällt, melden Sie sich bei mir. Wir finden sie. Gemeinsam finden wir sie.»

Gemeinsam, dachte Alice. Sie legte auf und berichtete Mike, was Frannie gesagt hatte.

«Das hört sich doch gut an», erwiderte er in dem gleichen ermunternden Tonfall, mit dem er immer die Kinder beschwichtigte, wenn sie wütend waren.

«In Wahrheit hältst du es für ein schlechtes Zeichen, oder?»

«Ich weiß nicht. Es ist seltsam, und ich habe das Gefühl ...» Er zuckte mit den Schultern, als versuchte er eine Empfindung zu verdrängen, die er nicht mit Alice teilen wollte.

«Sag es», forderte sie ihn auf. «Es ist unheimlich zu erfahren, dass jemand sie tatsächlich gesehen hat, und dann ist sie auf einmal wie vom Erdboden verschwunden. Es ist ein schlechtes Zeichen. Sag es.»

«Okay.» Er stemmte die Hände in die Hüften, wodurch er in seiner geblümten Schürze eher komisch wirkte. Mikes Lachfältchen wichen einem ernsten Gesichtsausdruck. «Es macht mir Angst.»

Alice nickte. Sie war Mike dankbar für seine Aufrichtigkeit. Diese Situation konnte nicht einmal er mit seinem unerschütterlichen Optimismus schönreden. Natürlich mochte das Auftauchen eines Zeugen hoffnungsvoll sein, aber es war eben auch ein Zeichen dafür, dass Lauren an einem bestimmten Ort, zu einer bestimmten Zeit verschwunden war. Und ihr Verschwinden wurde dadurch greifbarer, da jetzt klar war, dass ihr zwischen Viertel vor zwölf, als der Mann sie gesehen hatte, und zwölf Uhr mittags, als sie nicht zu ihrem Pilates-Kurs erschien, irgendetwas geschehen war, das ihre Pläne, möglicherweise ihr ganzes Leben geändert hatte. Und das in nur fünfzehn Minuten.

«Was sollen wir jetzt machen?», fragte Alice.

Mike legte seine kräftige Hand auf ihren Bauch und streichelte ihn. Dann blickte er sie an. Braune, helle Augen mit goldenen Reflexen.

«Ich sage dir, was ich wirklich denke.»

Sie hatte diese Mischung aus Bedauern und Entschlossenheit bisher nur einmal bei ihm erlebt, vor neun Jahren, als sie in der ersten Schwangerschaft eine Fehlgeburt erlitten hatte. Damals hatte er nicht zugelassen, dass sie glaubte, nie wieder ein Kind bekommen zu können. Er hatte ihr Mut gemacht, obwohl es zu dieser Zeit mehr ihr Wunsch als seiner gewesen war, eine Familie zu gründen.

«Was denkst du, Mike?»

«Ich denke ... nein, ich *weiß*, dass wir nichts tun können.» Er kniff die Augen zusammen. «Und es nützt überhaupt nichts, wenn wir uns ständig Sorgen machen.»

«Aber in so einer Situation ist es doch ganz normal, sich Sorgen zu machen», protestierte Alice.

«Ja, schon, aber hast du letzte Nacht überhaupt geschlafen?» Sein Lächeln wirkte gezwungen, beinahe professionell. Es gefiel ihr nicht.

Sie wandte den Blick ab und betrachtete eingehend das Muster des Linoleumbodens in der Küche. Dann schüttelte sie den Kopf.

Mike beugte sich vor und zwang sie, ihm in die Augen zu sehen. «Du bist schwanger», sagte er. «Muss ich dich daran erinnern?»

Jetzt musste auch sie lächeln. «Nein, natürlich nicht», erwiderte sie.

«Versuch einfach, dich nicht zu sehr in deine Angst hineinzusteigern, Liebling, ja? Mehr will ich doch gar nicht sagen.»

Alice nickte.

«Ich liebe dich», fuhr er leise fort, während aus dem Wohnzimmer der Refrain von Bob dem Baumeister drang. «Wir dürfen nicht zulassen, dass das Ganze schlimmer wird, als es ohnehin schon ist.»

«Ich wünschte, ich wüsste, wie es ohnehin schon ist.»

«Ich auch», erwiderte er. «Aber das wissen wir eben erst hinterher. Ich habe heute früh Tim angerufen, nachdem ich den Bericht in der Zeitung gelesen habe. Er ist ein wandelndes Wrack. Wir müssen zusehen, dass wir für Tim und Austin stark bleiben, okay? Wir müssen ihnen klar machen, dass es im Moment immer noch eine realistische Chance gibt, dass Lauren heil und gesund zurückkommt.»

«Wir wissen nicht …»

«Es geht nicht anders, Alice.» Wieder legte er ihr die Hand auf den Bauch. «Bitte, steigere dich nicht hinein.»

Alice legte ihre Hand über seine, um die unruhigen Zwillinge zur Ruhe zu bringen. Das war der Mike, den sie geheiratet hatte, nicht der Komödiant oder der hyperaktive Creative Director, nicht der Schreiner, sondern der sensible, liebevolle Mann, der ihr immer zur Seite stand.

«Okay.»

Mike fuhr sich mit der Hand durch die Haare. «Wenn ich so weitermache, ist das Risotto gleich Matsch.»

«Dann koch jetzt weiter. Ich werde versuchen, mir nicht mehr so viel Sorgen zu machen.»

Er lächelte sie voller Liebe an. «Wir sollten uns darauf konzentrieren, ein Haus zu finden.»

«Genau.»

«Und endlich hier rauszukommen.»

«Genau», wiederholte sie.

«Die Polizei findet Lauren schon», fuhr er fort. «Das ist ihr Job.» Er stand auf und begann, wieder in seinem Risotto zu rühren.

Nach einer Weile fragte Alice: «Glaubst du, jemand kann zu nett sein?»

«Meinst du Tim?»

«Nein, ich habe an Frannie gedacht. War es falsch von mir, heute früh zu ihr zu gehen?»

«Nein, definitiv nicht. Es ist immer besser, aufrichtig zu sein.»

«Frannie hat gesagt, dass ja nicht ich gelogen habe.»

Mike lächelte. «Das war wirklich nett von ihr.»

«Ich hatte dadurch weniger Schuldgefühle, schließlich hatte Maggie es gesagt. Sie hat gelogen.»

«Aber wenn man etwas nicht richtig stellt, ist es vermutlich genauso schlimm», entgegnete Mike.

«Na ja, auf jeden Fall findet Maggie Frannie zu nett.»

«Das sieht Maggie ähnlich.» Mike hielt im Rühren inne und drehte sich zu ihr um. «Wenn jemand wirklich nett ist, bleibt ihr nicht genug Raum, um sich mit ihm anzulegen.»

Alice vermutete, dass Mike Maggie zwar grundsätzlich

mochte, ihr aber nicht mehr ganz traute, seitdem sie Simon wegen seiner angeblichen Untreue verlassen hatte.

«Und warum mag sie *mich*? Ich bin doch auch nett.»

Mikes Augen begannen zu funkeln. «Na ja, so nett bist du nun auch wieder nicht, Liebling.»

«Arschloch.»

«Siehst du?»

Den ganzen restlichen Abend dachte Alice darüber nach, was *nett* eigentlich bedeutete. Sie fragte sich, ob Ehrlichkeit ein Wert an sich war. Sie jedenfalls litt unter Unehrlichkeit. Lügen konnte sie nur schwer ertragen. Sie hatte der Polizei einfach von Maggies gut gemeinter Lüge erzählen müssen. Auch wenn ihre Freundschaft vielleicht darunter leiden würde …

Als Alice am Montagmorgen die Tür zum Blue Shoes öffnete, war die Türglocke wegen der Musik kaum zu hören. Sie hatte einen ruhigen Morgen erwartet, allein im Laden, sodass sie sich in Ruhe überlegen konnte, wie sie Maggie ihren gestrigen Besuch im Polizeirevier gestehen konnte. Sie hatte ihr gemeinsames Geheimnis preisgegeben, und wenn Lauren zurückkäme, wäre Maggie diejenige, die aufrecht und wahrhaftig geblieben war, während Alice gewankt hatte.

«Was machst du hier?», rief sie Maggie zu, die im Hinterzimmer saß und Belege ordnete.

Als Maggie aufblickte, sah Alice, dass ihre Augen gerötet waren. Also hatte auch sie nicht gut geschlafen. Alice war in der letzten Nacht irgendwann aufgestanden, um weiter an Laurens Website zu arbeiten, und jetzt war ihr leicht schwindlig und übel vor Müdigkeit.

Maggie schaltete das Radio aus. «Heute Mittag um zwölf müssen wir zu Martin wegen unserer vierteljährlichen Steuervorauszahlung. Hast du das auch vergessen?»

«Mist!» Alice hatte tatsächlich nicht mehr daran gedacht. «Können wir das nicht verschieben?»

«Wir haben den Termin bereits zweimal verschoben. Ich glaube, letztes Mal war er ziemlich ärgerlich deswegen, und ich möchte ihn nicht verlieren. Er ist ein guter Steuerberater.»

«Aber ...»

«Schscht, Liebes. Wir müssen nach vorne schauen.»

Vielleicht hatte Maggie ja Recht. Lauren war jetzt seit drei Tagen weg, drei endlose Tage und Nächte voller Warten und Hoffen. Aber die Hoffnung schien zu schwinden, je mehr Zeit verstrich. Sie mussten weitermachen und sich an ihrer täglichen Routine festhalten.

«Du willst doch sicher nicht, dass ich alleine zu Martin gehe?», fragte Maggie. Das war ein lächerlicher Vorschlag, wenn man bedachte, wie schlecht Maggie mit Zahlen umgehen konnte.

«Nein, ganz bestimmt nicht», erwiderte Alice. «Ich nehme den Termin schon selber wahr.» Sie zog den Schuhkarton mit den Belegen zu sich heran. «Wir teilen uns die Arbeit und ordnen das alles, bevor ich zu ihm gehe.»

Nebeneinander saßen sie an der Theke und arbeiteten sich durch die Belege. Ab und zu warf Alice Maggie einen Blick zu und dachte: Jetzt, jetzt sage ich es ihr. Aber immer gerade dann rieb sich Maggie müde die Augen oder seufzte oder gab sonst einen Hinweis darauf, dass es ihr heute nicht so besonders gut ging, und Alice schwieg.

Eine Dreiviertelstunde später hatten sie ihre Aufgabe

erledigt, da noch kein Kunde den Laden betreten und sie gestört hatte. Auf einmal knurrte Alices Magen so laut, dass selbst Maggie es hörte.

«Du hast Hunger, oder?»

«Ja, ich komme um vor Hunger, das merke ich erst jetzt.»

«Ich könnte einen Cappuccino vertragen. Soll ich rasch gehen und uns etwas holen?»

Maggie griff nach ihrer Handtasche unter der Theke, öffnete sie und suchte nach ihrer Sonnenbrille.

Jetzt, dachte Alice wieder und begann: «Mags ...»

«Ah, das dürfen wir auch nicht vergessen.» Maggie holte einen mit Dinosauriern bedruckten Schlafanzug aus ihrer Tasche und legte ihn auf das Regal unter der Theke. «Der gehört Ethan. Er schläft heute bei Simon, und Sylvie kommt den Schlafanzug gleich abholen.» In ihre Augen trat ein wütendes Funkeln. «Kannst du dir vorstellen, dass er mich heute Morgen angerufen hat, um mir mitzuteilen, dass er keinen sauberen Schlafanzug für seinen Sohn hat? Natürlich hat er es nicht mehr geschafft zu waschen. Typisch Simon. Wahrscheinlich war er zu beschäftigt damit, mit Sylvie herumzumachen.»

«Sie war krank, Mags.»

«Ja.» Maggie schniefte. «Das behauptet sie. Dass sie in den letzten Tagen krank war, hat diese ganze Sache mit Lauren noch schwerer für mich gemacht.»

Alice schwieg. Laurens Verschwinden und Sylvies Nichterscheinen bei der Arbeit waren nicht miteinander zu vergleichen, und es war schon sehr gewagt, diese beiden Dinge miteinander zu verbinden. Sie holte tief Luft und bemühte sich, Maggies Gejammer einigermaßen gleichmütig zu ertragen. Mittlerweile war sie froh, Maggie ihren Besuch auf dem Polizeirevier nicht gestanden zu haben; vermutlich hätte die sowieso alles missverstanden.

«Denk zur Abwechslung an was anderes», riet Alice der Freundin. Sie stand auf und reichte Maggie ein paar Dollar, damit sie ihr den üblichen Trinkjoghurt mitbrachte. «Erdbeer-Banane, bitte.»

«Oh, Mist, sieh mal, wie spät es schon ist. Wenn ich mich nicht beeile, kommst du noch zu spät zu Martin.» Maggie steckte Alices Geld in ihr Portemonnaie und eilte hinaus.

Allein in der Stille des Ladens, erschienen Alice auf einmal der Fußboden glänzender, die Wände blauer, die Decke schimmernder als sonst. Um sich abzulenken, legte sie eine CD ein. Als die ersten Takte des Norah-Jones-Songs erklangen, merkte sie, wie laut Maggie die Musik gestellt hatte. Sie drehte sie leiser und hörte im gleichen Moment, dass jemand den Laden betreten hatte.

Es war Sylvie. Lächelnd trat sie auf Alice zu. Wie immer waren ihre kleinen, dunklen Augen dick mit schwarzem Kajal umrandet, wodurch ihre blonden Haare, die ihr gewollt unordentlich über die Schultern fielen, noch heller wirkten. Sie trug schwarze Caprihosen und eine kurze weiße Bluse, die den rubinroten Stein in ihrem Nabel enthüllte. Um ihren rechten Knöchel wand sich ein Tattoo. Rote, mit Strasssteinchen besetzte Leder-Flipflops lenkten die Aufmerksamkeit auf ihre passend rot lackierten Fußnägel.

Sie küsste Alice auf beide Wangen.

«Geht es dir besser?», fragte Alice.

«Ja, ja, es war nur eine Magen-Darm-Grippe.» In dem

französischen Akzent, der wie ein goldener Schimmer über ihrem ansonsten fließenden Englisch lag, klang selbst diese banale Äußerung hübsch. «Gibt es was Neues wegen Lauren?»

Alice berichtete von dem Zeugen, der aufgetaucht war, und Sylvie hörte interessiert zu.

«Vielleicht ist sie ja mit einem italienischen Liebhaber durchgebrannt», schlug sie vor.

Zum Gowanus-Kanal? Das war eher unwahrscheinlich. Aber Sylvie war eine leidenschaftliche Leserin von Liebesromanen, und das hatte sie vermutlich auf die Idee mit dem italienischen Liebhaber gebracht. Sie redete lieber mit ihr gar nicht über das Thema, dachte Alice und antwortete ausweichend: «Na, hoffentlich.»

«Wie geht es deinen Babys heute?», fragte Sylvie fröhlich.

«Sie strampeln wie besessen.»

Sylvie blies zwei Luftküsse auf Alices Bauch, und Alice dachte, dass Maggie verrückt war, an dem Mädchen zu zweifeln. Sie war doch einfach ganz reizend.

Alice griff nach Ethans Dinosaurier-Schlafanzug und legte ihn auf die Theke. «Brauchst du eine Tüte?»

«Nein, ich tue ihn hier hinein.» Sylvie faltete den Schlafanzug sorgfältig und steckte ihn in die farbige Baumwolltasche mit dem langen Schulterriemen, die sie umgehängt hatte. Sie war jetzt seit vier Jahren in Brooklyn und sah ganz so aus wie eine Einheimische – nicht zu aufgedonnert, lässige Frisur und eine große Umhängetasche.

«Arbeitest du heute bei Garden Hill?», fragte Alice. «Ich habe mit der Maklerin, die du mir empfohlen hast, Nachrichtenhinterlassen gespielt. Mittlerweile weiß ich schon gar nicht mehr, wer eigentlich an der Reihe ist zurückzurufen. Aber sie weiß sicher Bescheid.»

«O ja, wenn sich irgendetwas ergibt, reagiert Pam bestimmt sofort. Aber ich arbeite heute nicht da. Ich gehe spazieren und mache ein paar Besorgungen. Es ist so ein schöner Morgen.»

Alice blickte aus dem Fenster. Die Sonne strahlte von einem wolkenlosen Himmel. «Viel Vergnügen», sagte sie. In diesem Augenblick stürmte Maggie durch die Ladentür. Sie war völlig außer Atem, und Schweißtropfen standen ihr auf der Stirn.

«Hast du schon gehört?», rief sie. «Drüben am Kanal haben sie eine Leiche gefunden.»

KAPITEL 8

«Los, komm», sagte Maggie. «Wir rufen Martin später an und erklären ihm das.» Sie stellte ihre braune Papiertüte auf die Theke. «Sylvie, kannst du bitte auf den Laden aufpassen?»

«Ja, natürlich.»

Sie verließen das Geschäft, und Maggie verfiel sofort in Laufschritt, hielt dann aber inne, damit Alice mitkam.

«Es könnte auch nichts sein», sagte Alice. Ihr Kopf hatte begonnen zu pochen.

«Nein, nichts kann es nicht sein», erwiderte Maggie, «aber es muss ja nicht Lauren sein.»

An der Degraw Street keuchte Alice vor Anstrengung. Sie bogen um die Ecke und erblickten das Chaos zwei Häuserblocks weiter. Polizeiwagen, zwei dunkle Limousinen, ein weißer Lieferwagen mit offener Seitentür und ein Krankenwagen. Die Blaulichter drehten sich in unheimlichem Schweigen.

Langsam gingen Alice und Maggie auf die Szene zu. Das Ufer des Kanals war mit einem Band abgesperrt worden, um die Neugierigen fern zu halten, und uniformierte Polizisten und Beamte in Zivil sammelten Beweismaterial in Papiertüten. Alice fiel ein, dass sie erst kürzlich gelesen hatte, dass Beweise nicht in Plastik-, sondern immer nur in

Papiertüten verpackt wurden, damit sie nicht feucht wurden.

Alice und Maggie drängten sich zwischen die Zuschauer und blickten auf den niedrigen Metallzaun am schlammigen Kanalufer. Dort stand Frannie, die Fäuste in die Taschen gesteckt. Mit gerunzelter Stirn beobachtete sie etwas, das Alice nicht sehen konnte. Das Einzige, was zu erkennen war, war Müll: Ein Einkaufswagen ragte aus dem trüben Wasser, der Reifen eines Kinderfahrrads, von Algen bedeckt, ein schlaffes, rosafarbenes Kondom, das an einem Ast hing. Im Boden neben Frannie steckte ein gelbes Verkehrsschild. *Ende* stand in grauenvoller Schlichtheit darauf, und jemand hatte mit schwarzem Filzstift daneben geschrieben: *Ich hab hier Nutte gefickt.* Alice hätte am liebsten geweint.

«Was ist passiert?», rief sie einem Polizeibeamten zu, der auf sie zukam.

«Tatort», sagte er nur und wandte sich ab.

«Warten Sie! Officer!», schrie Maggie.

Beim Klang ihrer Stimme drehte Frannie sich um, blickte aber gleich wieder auf den Kanal. Alice konnte jetzt erkennen, dass unten am Wasser Detective Giometti stand. Er hatte die Hände in die Hüften gestemmt und starrte ebenfalls auf etwas.

«Was ist da unten los?», rief Maggie dem Polizeibeamten zu. Er drehte sich um und antwortete: «Taucher.»

Es gab keinen Schatten, und die Sonne wurde immer heißer, wie im Hochsommer.

Taucher. Alice drehte sich der Magen um. Übelkeit stieg in ihr auf.

Schließlich erkannte man in einiger Entfernung einen

Wirbel im Wasser. Der Rücken eines schwarzen Taucheranzugs wurde sichtbar. Ungefähr anderthalb Meter weiter weg kam der Kopf eines zweiten Tauchers an die Oberfläche. Die beiden Schwimmer waren einander zugewandt und mühten sich mit etwas ab, das sie zur Böschung des Kanals hinzogen. Alice sah ihnen zu, wie sie langsam gegen das Gewicht des Wassers liefen, mit beschlagenen Taucherbrillen und Sauerstoffflaschen auf dem Rücken. Dann, mit einer Welle, die sich der Schwerkraft entgegenstemmte, tauchte sie auf.

Laurens Körper war aufgeschwemmt, und ihre Haut war grau und blau gesprenkelt. Algen lagen über ihrem Gesicht, die Augen waren geöffnet. Ihre langen braunen Haare waren abgeschnitten. Ihr Gesicht sah aus wie aus Plastik, maskenhaft, seltsam gelöst. Um ihren Körper hing ein grellbuntes Schwangerschaftskleid. Ihr Bauch war verschwunden, sie sah aus wie ausgehöhlt.

Die Taucher zogen Lauren zum Ufer, und als sie sie aus dem Wasser hoben, sah Alice, dass ihr Hinterkopf zerschmettert war. Sofort eilten zwei Beamte hinzu und bedeckten ihren Körper mit einer gelben Plastikplane.

Alice sank auf die Knie und erbrach sich. Mit zitternden Armen stützte sie sich auf dem Asphalt ab. Maggie kniete sich weinend neben sie und strich ihr die Haare aus der Stirn.

Schließlich holte Alice tief Luft und presste hervor, was beide dachten: «Wo ist das Baby?»

KAPITEL 9

In den darauf folgenden Stunden wurde der Kanal fieberhaft nach dem Säugling abgesucht. Eine Analyse des Zahnstatus bestätigte, dass es sich bei der Leiche um Lauren handelte. Die Presse schloss die Möglichkeit nicht aus, dass Laurens Baby – *es* – unter Wasser spontan zur Welt gekommen sein konnte.

Es. Ivy war kein Neutrum.

Im Frühjahr hatte Alice zwei winzige Kleidchen gekauft, eins davon mit einem passenden Mützchen. Es waren Ivys Kleider, und sie würde sie für sie aufheben, bis man sie gefunden hatte. Laurens Tod war jetzt bestätigt, aber Ivy konnte trotzdem noch am Leben sein.

Der Kanal war ein abgeschlossenes Wassersystem mit einem Gitter an der Mündung zum Meer. Ein ausgetragenes Baby passte dort nicht hindurch. Und wenn Ivy da war, würden sie sie finden.

Alice lernte viele Dinge an diesem grauenhaften Montag, drei Tage nach Laurens Verschwinden. An dem Tag, an dem ihre zerschundene Leiche gefunden wurde. Sie lernte, wie unermesslich tief Trauer sein kann. Sie lernte, wie man in einem halb bewussten Zustand, in dem man kaum atmet, am Leben bleiben kann. Und sie lernte, dass Verlust, gewalttätiger Verlust, gnadenlos war.

Simon hatte die Neuigkeit ebenfalls erfahren und war sofort zum Kanal geeilt, um Maggie und Alice zu sich nach Hause zu holen. Von dort aus rief er Mike in seiner Werkstatt an. Der Laden wurde geschlossen, und die Kinder wurden unter Sylvies Aufsicht in Maggies Wohnung gebracht, während die Erwachsenen sich bei Simon darauf vorbereiteten, zu Tim und Austin zu gehen, der von seiner Kindergärtnerin persönlich nach Hause gebracht worden war.

Schweigend machte sich die kleine Gruppe auf den Weg zu Laurens und Tims Wohnung. Alice fühlte sich völlig benommen. Sie wünschte, sie könnte die Zeit zurückdrehen zu jenem Morgen, an dem sie noch fest entschlossen gewesen war, auf keinen Fall das Schlimmste anzunehmen. Sie wünschte sich von ganzem Herzen, sie könne zu Mike sagen: *Du hattest Recht. Es gab keinen Grund, sich Sorgen zu machen.*

Als sie bei Tim ankamen, hatte Alice keine Ahnung, wie spät es war. Sie hatte ihr Zeitgefühl völlig verloren. Aber es war heller Tag, und die Luft war sommerlich warm. Tim empfing sie an der Tür, blass und mit mechanischen Bewegungen. Er sagte nichts, als sie eintraten, atmete nur aus, als habe er die ganze Zeit über die Luft angehalten, und ließ sich von jedem Freund umarmen.

Gina – Austins und Peters Kindergärtnerin – saß auf Laurens Lieblingssessel, dem roten, in dem sie immer gelesen hatte. Austin lag auf dem Boden und spielte mit Bauklötzen, während sie ihn sanft ermunterte, immer höher zu bauen. Ihr langer Pferdeschwanz hing ihr über die Schulter, und der Anblick stimmte Alice unerklärlicherweise traurig. Gina ging so zärtlich mit Austin um. Austin, der mit seinen dicken, sandfarbenen Haaren Lauren viel ähnlicher sah als Tim. Alice wäre am liebsten gleich zu ihm gelaufen, aber sie wusste nicht, wie viel er begriffen hatte, und sie wollte ihn nicht ängstigen. Stattdessen lächelte sie ihm zu.

«Nein!», schrie er und warf seinen Turm um. Offensichtlich hatte er etwas in ihrem Gesicht, in allen Gesichtern, gesehen. Er war zwar erst fünf, aber er musste ja spüren, wie die Atmosphäre um ihn herum aus dem Gleichgewicht geraten war. Er sprang auf und rannte aus dem Wohnzimmer.

Tim blickte ihm gequält nach. «Ich muss es ihm sagen.» Seine Stimme klang gebrochen.

«Ich gehe ihm nach», erbot sich Alice.

«Ja, genau», sagte Maggie. «Wir reden mit ihm.»

«Nein, das muss ich schon selber machen.» Tim atmete tief ein, als bekäme er nicht genug Luft in die Lunge.

Er folgte seinem Sohn, und dann schloss sich eine Tür hinter ihm.

Gina stand seufzend auf. «Es tut mir so Leid», sagte sie.

Simon dankte ihr dafür, dass sie Austin nach Hause gebracht hatte, und begleitete sie zur Tür. Als er wieder ins Wohnzimmer kam, fiel Alice auf einmal ein, dass die Männer für diesen Abend Tickets für ein Yankee-Spiel hatten. Sie sah die drei leeren Plätze förmlich vor sich und verfolgte im Geist, wie der weiße Ball sich lautlos in den blauen Himmel schraubte.

Alle Fenster in der Wohnung waren geschlossen, und niemand machte sich die Mühe, eines zu öffnen. Alice setzte sich neben Maggie auf die Couch, die Lauren erst kürzlich mit eierschalenfarbener Rohseide neu hatte beziehen lassen.

Mike stellte sich hinter den roten Sessel und strich mit der Hand unablässig über den Stoff. Simon trat an eines der Fenster und positionierte sich dort so, als sei es ein Ausguck.

Alle hatten das Gefühl, als ob auch Lauren mit ihnen im Zimmer sei, sie war überall, in jedem Möbelstück, jedem Detail.

«Was sollen wir tun?», sagte Mike und warf einen Blick zum Flur, in dem Tim und Austin verschwunden waren.

«Am besten lassen wir sie eine Zeit lang allein», meinte Simon.

Als es an der Tür läutete, schossen Mike und Simon gleichzeitig dorthin, um zu öffnen. Kurz darauf standen Frannie und Giometti in Laurens Wohnzimmer. Sie strahlten Selbstvertrauen und Mitgefühl aus, die perfekte, unzählige Male bei Verbrechen und Krisen erprobte Mischung. Alice sah die beiden Ermittler auf einmal in neuem Licht und fühlte sich durch deren Verhalten sicher und beschützt wie ein Kind.

«Wir müssen mit Ihnen reden», erklärte Giometti in einem Tonfall, der traurig und entschlossen zugleich klang. «Wo ist Tim? Er sollte das auch hören.»

«Ich gehe ihn holen», erwiderte Simon. Er lief in den Flur und kam kurz darauf mit Tim zurück, der Austin auf dem Arm trug. Tim setzte sich in den roten Sessel und strich dem schluchzenden Kind über den zuckenden Rücken. Simon stellte sich hinter die beiden und fuhr mit den Fingern leicht durch Austins Haare. Giometti und Mike holten noch zusätzliche Stühle vom Esstisch.

Frannie setzte sich neben Alice auf die Couch. Ein leichter Rosmarinduft umgab sie.

«Es tut uns Leid», sagte Frannie leise zu Tim. «Wir wissen, wie furchtbar das alles für Sie ist. Für Sie alle. Wir hatten gehofft, sie zu finden ...»

Lebend, dachte Alice und begann zu weinen. Sie spürte immer noch Laurens Wärme auf der Bank neben sich. Hörte, wie präzise sie ihre Sätze formulierte. Allen traten die Tränen in die Augen, während Frannie sprach, auch den Männern.

«Sie waren Laurens Familie», fuhr Frannie fort. «Wir respektieren die Liebe, die Sie für sie empfunden haben.»

Giometti warf vorsichtig ein: «Wir möchten Ihnen mitteilen, was wir herausgefunden haben. Wir haben festgestellt, dass es der Familie helfen kann, wenn sie die Fakten kennt.»

Er wartete einen Augenblick und fuhr dann fort: «Die Autopsie ist abgeschlossen, und ich werde Ihnen jetzt sagen, was der Pathologe herausgefunden hat. Sind Sie bereit?» Er blickte Tim an.

Tim nickte und streichelte unablässig über Austins Rücken.

«Den Jungen sollte man vielleicht in ein anderes Zimmer bringen», schlug Giometti vor.

«Ich mache das.» Maggie sprang auf. Ihre Augen waren geschwollen, und Alice wusste, dass sie im Moment nicht mehr ertragen konnte. Sie nahm Austin auf den Arm, und als sie mit ihm zur Tür hinausging, hörten sie sie flüstern: «Schscht, mein Kleiner, schscht.»

Draußen glitt ein Schatten über die Sonne. Im Zimmer wurde es kurz dunkel, und Frannie legte Alice den Arm um die Schultern.

«Es ist wichtig für die Ermittlungen, dass Sie alle Details erfahren. So können Sie uns sagen, ob Ihnen dabei noch etwas einfällt. Wir werden Laurens Mörder finden, und Sie alle können uns dabei helfen.» Giometti achtete sorgfältig darauf, dass sein Bedauern darüber, sie mit den Fakten konfrontieren zu müssen, zu spüren war. «Es gibt Dinge, die einem die Leiche mitteilt, letzte Botschaften sozusagen. Sind Sie bereit?»

Niemand antwortete. Wie sollten sie jemals für so etwas bereit sein?

«Lauren wurde mit einer .22er-Kugel in den Schädel geschossen, die hier eindrang.» Er drehte sich um und drückte seinen Finger hinten unten an seinen Kopf. «Die Kugel blieb vorn im Schädel stecken, was darauf schließen lässt, dass Lauren sofort tot war. Sie hat keinen Schmerz empfunden, nur ...» Er brach ab.

Der Augenblick der Angst.

«Nach ihrem Tod hat der Täter ihr das Kleid ausgezogen.»

Tim zuckte zusammen und sprudelte hervor: «Oh, nein.»

«Es gibt keinen Hinweis auf sexuelle Handlungen.»

Einen Moment lang schwieg Giometti, dann fuhr er fort. Frannie nahm Alice fester in den Arm.

«Ein primitiver Kaiserschnitt wurde durchgeführt. Die Plazenta blieb im Körper. Es wurde der Versuch gemacht, den Schnitt mit Klebeband zu schließen. Nach dem Vorgang wurde ihr das Kleid wieder angezogen, was wir mit Bestimmtheit aus dem Zustand des Kleides schließen können. Zu irgendeinem Zeitpunkt, wahrscheinlich jedoch unmittelbar danach, wurde sie zum Kanal überführt.»

Alices Aufmerksamkeit richtete sich auf das Wort *über-*

führt. Es hatte eine technische Qualität, frei von jeder Emotion, und war bei weitem nicht gewalttätig genug, um das zu beschreiben, was Lauren widerfahren war. *Weggeworfen. Versenkt.*

«Das Glas von Laurens Armbanduhr war zerschmettert, was vermutlich nach dem Schuss passiert ist. Damit wissen wir zweierlei: dass sie hart aufgeprallt ist und um welche Uhrzeit es geschehen ist. Ihre Uhr ist exakt um elf Uhr dreiundfünfzig stehen geblieben. Das ist die offizielle Todeszeit.»

Acht Minuten nachdem der Künstler ihr zugelächelt hatte. Sieben Minuten bevor sie im Pilates-Kurs hätte ankommen müssen. All das ging Alice durch den Kopf, und ein Schatten legte sich über ihre Seele.

«Den Tatort können wir noch nicht mit Bestimmtheit festlegen», sagte Giometti. «Irgendwo müsste sehr viel Blut sein, aber die Stelle haben wir noch nicht gefunden, und wenn sie draußen liegt, arbeitet die Zeit gegen uns. Die Zeit und das Wetter. Wenn wir Glück haben, befindet sich der Tatort drinnen.»

Glück. Alice krampfte sich der Magen zusammen, und sie schluckte.

«Der Gerichtsmediziner kann mit Bestimmtheit sagen, dass es sich um Mord handelt. Das Baby gilt nun offiziell als vermisst. Weil in dieser Gegend schon einmal eine schwangere Frau verschwunden ist, wird in Erwägung gezogen, das FBI einzuschalten, zumal die Möglichkeit besteht, dass der Säugling über die Landesgrenze gebracht worden ist. Im Grunde handelt es sich hier um drei miteinander zusammenhängende Fälle. Die schwangere Frau, die vor zwei Jahren am Kanal verschwunden ist. Der Mord an Lauren. Das verschwundene Baby. Der Kanal ist bereits den ganzen Tag durchsucht worden, und die Suche wird so lange fortgesetzt, bis jeder Quadratzentimeter durchforstet wurde. Bis jetzt allerdings wurde nichts gefunden.»

Frannie nahm den Arm von Alices Schulter. Sie blickte Tim eindringlich an und sagte: «Jemand hat große Mühen auf sich genommen, um Ihrer Frau das Baby wegzunehmen. Es besteht eine gute Chance, dass es noch am Leben ist.»

Es. Plötzlich verstand Alice, wie nützlich die Verallgemeinerung war. Die Medien, die mit der Polizei zusammenarbeiteten, hielten das Geschlecht des Kindes absichtlich zurück, um Laurens Mörder in Sicherheit zu wiegen.

TEIL II

KAPITEL 10

Am nächsten Morgen blieb Alice im Bett und lauschte den Geräuschen ihrer Familie oben in der Küche. Ein Stuhl kratzte über den Fußboden. Schritte. Geschirr klapperte. Die vertrauten Stimmen. Mike machte die Kinder für die Schule fertig. Er gönnte ihr eine Atempause, und sie hatte ihn nicht einmal darum bitten müssen.

Ein heller Sonnenstrahl drang durch einen Spalt in den Vorhängen, aber Alice sehnte sich nach Dunkelheit und Ruhe. Die ganze Nacht über hatte sie wach gelegen, wieder und wieder über Laurens brutalen Tod nachgedacht. Sie hatte das Messer und das blutende Fleisch vor sich gesehen. Hatte vor sich gesehen, wie Ivy sich ein letztes Mal im Leib der Mutter zusammengerollt hatte und dann dem plötzlichen Schock ausgesetzt war. Hatte überhaupt jemand ihren ersten Schrei gehört? Wie sollte sie ohne Liebe überleben?

Immer wieder versuchte Alice sich vorzustellen, wie Lauren wohl reagiert haben mochte, und sie fragte sich selbst: *Wenn die Angst wie eine riesige Welle auf mich zurollen würde, was würde ich tun? Hineintauchen oder mich umdrehen und wegrennen? Würde ich Angst vor der Angst haben oder mich ihr ausliefern?*

Sie lag auf der Seite und streichelte ihren festen Bauch.

Die Zwillinge waren ruhig, sie schliefen wohl, und sie wollte sie nicht aufwecken.

Gegen halb neun verließen Mike, Nell und Peter das Haus. Jetzt war alles still. Alice schloss die Augen und versuchte zu schlafen, aber sie fand keinen Weg aus ihrem Schmerz. Sie vermisste Lauren so sehr, dass ihr alles wehtat; es war der schlimmste und fremdeste Schmerz, den sie je in ihrem Leben empfunden hatte.

Als das Telefon klingelte, versuchte Alice zunächst, es zu ignorieren, aber als es nicht aufhörte, nahm sie schließlich ab.

«Es ist alles geregelt», sagte Lizzie.

«Mom?»

«Ich bin jetzt am Flughafen.» Sie sprach in dem kühlen, sachlichen Tonfall, der Alice durch ihre Kindheit begleitet hatte. «Um zehn nach eins lande ich am LaGuardia.»

«Du kommst heute her?»

«Schatz, ich habe extra vier Termine gecancelt, aber wen kümmert das schon? Mike hat mich angerufen. Wichtiges zuerst, und du bist das Wichtigste. Dicker Kuss. Du brauchst mich nicht abzuholen, ich nehme ein Taxi.»

«Ach was, Mom, ich hole dich doch immer ab.»

«Aber diesmal nicht. Ich ...»

Alice setzte sich auf und erwiderte mit Nachdruck: «Wir machen heute den Laden nicht auf, und wenn ich nur hier zu Hause herumhänge, werde ich verrückt. Gib mir deine Flugnummer, und dann komme ich dich abholen.»

Alice duschte und zog sich an. Auf dem Küchentisch fand sie eine Notiz von Mike. *Ruf mich an, wenn du wach bist.* Wahrscheinlich war er in die Werkstatt gefahren und würde sofort nach Hause kommen, wenn sie ihn anrief, um sie zu beschützen. Sie wollte aber nicht, dass er sie vor ihrem Kummer bewahrte, und sie wollte auch nicht, dass er sich mit ihr von seiner eigenen Trauer ablenkte. Er sollte ruhig in seiner Werkstatt bleiben, wo er nicht lächeln, reden oder sie trösten musste. Alice wusste ganz genau, dass sie jetzt ihre Mutter brauchte. Und Lizzie kam, das war das Wichtigste.

Alice zwang sich, etwas zu essen, wegen der Babys, aber sie bekam ihre Scheibe Toast kaum herunter. Sie trank ein paar Schlucke Milch, und sofort stieg wieder Übelkeit in ihr auf.

Weil der Verkehr auf dem Brooklyn Queens Expressway kaum vorherzusagen war, beschloss sie, so früh wie möglich aufzubrechen.

Sie verließ das Haus und ging die Treppe hinunter. Die Sonne blendete sie, und Alice wünschte, sie hätte ihre Sonnenbrille mitgenommen. Kaum war sie ein paar Schritte gegangen, da sah sie auch schon den ersten gelben Zettel an einem Laternenmast. *Vermisst wird ...* Sie riss ihn ab, zerknüllte ihn und warf ihn bei der ersten Gelegenheit in einen Abfalleimer. Auf der anderen Straßenseite lag der Kleinkinderbereich des Spielplatzes. Es wimmelte von kleinen Kindern und ihren Müttern, die neue Freundschaften schlossen und alte pflegten. Sie wusste nicht, ob sie jemals wieder in der Lage sein würde, dorthin zurückzukehren. Aber sie würde es müssen, schon wegen ihrer Kinder. Wieder traten ihr die Tränen in die Augen, und sie begann haltlos zu schluchzen. Bei jedem gelben Zettel, den sie abriss, dachte sie an Ivy, und der Text verwandelte sich vor ihren Augen in *Finde mein Baby, bitte. Finde Ivy, mach dich sofort auf die Suche nach ihr, sie ist da draußen ganz allein.*

Wo war Ivy? Wo mochte sie sein? Sie brauchte eine Mutter, und Alice konnte das für sie sein. Ohne Mutter konnte Ivy nicht überleben.

Alice war froh darüber, dass sie niemandem begegnete, den sie kannte, damit sie nichts zu erklären brauchte. Nur Fremde sahen ihre Tränen, liefen aber gleichgültig an ihr vorbei.

Schließlich gelangte sie zu dem billigen Parkplatz, auf dem sie das Familienauto abstellten. Seinen Pick-up parkte Mike auf der Straße, weil er ihn ständig brauchte. Die Gegend war fast völlig menschenleer, nur ein grauhaariger Mann drehte sich um und ging in die andere Richtung, als Alice sich näherte. Er kam ihr irgendwie bekannt vor, aber sie wusste nicht genau, woher. Sie öffnete das Vorhängeschloss und schob das massive Eisentor auf. Es war auf seltsame Weise beruhigend, wie der Kies unter ihren Füßen knirschte. An ihrem alten grünen Kombi öffnete sie erst einmal sämtliche Fenster, bevor sie sich hinters Steuer setzte. Die Klimaanlage war schon seit zwei Jahren kaputt, aber der Wagen war Baujahr '88, da lohnte sich eine Reparatur nicht mehr. Als sie sich auf den Vinylsitz setzte, lief ihr der Schweiß die Oberschenkel hinunter.

Es war eine Erleichterung, loszufahren und den Fahrtwind zu spüren. An der Bond Street stieg ihr der Geruch des Kanals in die Nase, und sie trat aufs Gaspedal, weil sie den Gestank nicht ertragen konnte. Und sie wollte so schnell wie möglich aus Brooklyn heraus, die gelben Zettel und die Erinnerung an Lauren hinter sich lassen. Obwohl sie in dem dichten Verkehr eigentlich langsamer hätte werden müssen, fuhr sie unwillkürlich schneller, um endlich auf den Highway und zum Flughafen zu gelangen. Eigentlich könnte sie sich dort ein Ticket kaufen und irgendwohin fliegen. Maggie konnte sie im Laden vertreten, und Mike und die Kinder konnten ja nachkommen. Sie könnte nach Frankreich, Italien, Griechenland oder Mexiko reisen – und alles vergessen. Sie stellte sich das klare Wasser, die breiten, endlosen Sandstrände, den weiten Horizont vor und war so in ihre Träumerei versunken, dass sie den Stau vor sich zu spät bemerkte. Instinktiv riss sie das Steuer herum und bog rechts ab. Die Sonne blendete sie, und dann krachte und knirschte Metall auf Metall, und Alice prallte gegen das Lenkrad. Ihr Bauch zog sich zusammen und wurde steinhart. *Ihre Babys!*

Panik stieg in ihr auf. Sie versuchte, ihren Wagen frei zu bekommen, aber nichts funktionierte. Offensichtlich hatte sie einen Bus gerammt, und jetzt steckte sie fest.

An der Ecke stand ein großer, dünner Schwarzer in zerrissener Kleidung. Um seinen Hals hing ein absurd großes Kreuz aus Alu-Folie, und er winkte und gestikulierte in ihre Richtung.

«Lady, Lady!», rief er.

Alice blickte nach oben zum Bus. Die Fahrerin, eine stämmige Frau mit kurzen, metallisch roten Haaren, musterte sie wütend durch die Windschutzscheibe.

«Lady!»

Der Mann kam jetzt auf sie zu, und Alice wusste nicht, was sie tun sollte. Würde er sie angreifen?

Aber er beugte sich nur vor und sagte: «Atmen Sie tief durch und beruhigen Sie sich. Eins, zwei, drei.» Er atmete ihr den Rhythmus vor, und sie gehorchte. Die Panik begann zu schwinden, und es ging ihr ein wenig besser. Er blickte sie durch das offene Fenster aufmunternd an.

«Wissen Sie was, Lady? Zwanzig Jahre lang war ich Busfahrer in der Stadt. Jetzt bin ich pensioniert. Aber einmal ist mir genau das Gleiche passiert wie Ihnen jetzt. Ich gebe Ihnen einen guten Rat.»

Alice wusste gar nicht, was ihr passiert war. Einen kurzen Moment lang war sie mit den Gedanken woanders gewesen.

«Vergewissern Sie sich beim Abbiegen, dass Sie dort auch fahren dürfen. Bei den vielen Einbahnstraßen hier kennt sich doch kein Mensch aus. Also, gucken Sie lieber zweimal hin, verstehen Sie?»

Hinter dem Bus ertönte ein Hupkonzert. Alice holte noch einmal tief Luft und stieg aus dem Auto. Jetzt sah sie auch das Einbahnstraßenschild an der Ecke. Sie hätte hier nicht abbiegen dürfen. Und sie hätte es wissen müssen, schließlich kannte sie die Gegend hier.

«Herr im Himmel!», rief der Mann aus. «Wann soll das Baby kommen?»

«Im Dezember.» Alice legte die Hand auf den Bauch. Die Babys lagen wieder ruhig und schwer in ihr. «Vor Weihnachten.»

Auch die Busfahrerin war ausgestiegen und blickte jetzt kopfschüttelnd zu Alice und dem Mann. Die Fahrgäste drückten sich die Nasen an den Scheiben platt und machten ihrem Ärger Luft.

«Machen Sie erst mal den Führerschein!»

«Sie sind schuld, dass ich zu spät komme!»

«Sie sollten beim Autofahren eine Brille tragen!»

Alice war sich noch nie in ihrem Leben so dumm vorgekommen. Sie trat auf die Busfahrerin zu. «Es tut mir Leid. Es war meine Schuld, ich bin falsch abgebogen. Ich nehme alles auf mich.»

Die Frau warf ihr einen geschockten Blick zu. Damit hatte sie nicht gerechnet, schließlich waren sie in New York City, in *Brooklyn*. Aber mit einer Schwangeren, die alles zugab, konnte man schlecht streiten. Kopfschüttelnd wandte sie sich zum Bus, um den Schaden zu begutachten. Alice trat zu ihr.

Die Beifahrertür an Alices Auto war komplett eingedrückt, aber der Bus hatte nichts abbekommen, wenn man einmal davon absah, dass ein Gummipuffer vorne halb herunterhing.

«Die Beule war schon vorher da», behauptete Alice. Das stimmte natürlich nicht, sie hatte sie verursacht.

«Oh, oh», sagte der Mann und wiegte bedenklich den Kopf.

Alice folgte der Fahrerin in den Bus. Sie wandte sich an die erregten Fahrgäste und wiederholte ihre Entschuldigung: «Es tut mir Leid. Es ist meine Schuld. Es tut mir Leid, wenn Sie meinetwegen jetzt zu spät kommen.» Sie konnte beinahe körperlich spüren, wie die Spannung wich. Die Blicke waren mit einem Mal viel freundlicher.

Die Busfahrerin schrieb sich Alices Personalien auf, und Alice entschuldigte sich auch noch einmal bei ihr. Die Frau erwiderte nichts und nickte nur, aber Alice konnte spüren, dass sie die Entschuldigung akzeptierte. Und dann geschah etwas Seltsames. Die Stimmung im Bus schlug zu ihren Gunsten um, und die Fahrgäste gaben mitfühlende Äußerungen von sich.

«Das ist mir auch schon zweimal passiert.»

«Machen Sie sich nichts daraus, meine Liebe. Sie sind auch nur ein Mensch.»

«Passen Sie auf Ihr Baby auf.»

«Machen Sie sich um uns keine Gedanken. Wir können den nächsten Bus nehmen.»

Alice nickte dankbar. Schließlich stieg sie aus dem Bus und setzte sich wieder in ihr Auto. Der dünne Schwarze, ihr Retter, regelte den Verkehr, damit sie zurücksetzen und wenden konnte. Langsam und vorsichtig fuhr Alice über die Court Street in die Degraw und stellte den Wagen wieder auf den Parkplatz.

Sie hatte jetzt zu viel Angst davor, weiterzufahren, und der Gedanke, was sie alles hätte anrichten können, entsetzte sie. Sie rief bei ihrer Gynäkologin an, erklärte, sie habe einen kleinen Unfall gehabt, und man sagte ihr, sie solle sofort zur Untersuchung kommen. Dann rief sie Mike an und bat ihn, sie abzuholen. Mit geschlossenen Augen stand sie da und schickte ein Stoßgebet zum Himmel, dass den Babys nichts passiert war.

KAPITEL 11

Alice stieg auf der Beifahrerseite in Mikes schwarzen Pick-up. Auf der offenen Ladefläche lagen dicke Eichenbretter.

«Was ist passiert?», fragte Mike. Von seinem Handgelenk bis zu seinem Ellbogen zog sich ein Streifen aus schwarzer Schmiere. «Geht es dir gut?»

Alice nickte und schnallte sich an. Aber eigentlich wusste sie gar nicht, ob alles in Ordnung war, sie traute sich nur nichts zu sagen. Sie hatten schon einmal ein Kind verloren, und als zweifache Mutter hätte sie wissen müssen, dass sie besser kein Risiko eingegangen wäre.

«Dr. Matteo wartet auf mich», erwiderte sie.

«Was ist denn passiert?»

Sie wartete, bis Mike losfuhr, und während der Fahrt erklärte sie ihm alles. Mike hörte stirnrunzelnd zu, schwieg aber. Als sie fertig war, legte er ihr sanft kurz die Hand aufs Knie.

«Ich hätte doch deine Mutter vom Flughafen abholen können», sagte er. Aber im Grunde wussten sie beide Bescheid. Alice hatte unbedingt dorthin fahren wollen, und sie hätte es besser nicht getan. So einfach war es.

Dr. Sally Matteos Wartezimmer im Long Island College Hospital in der Amity Street, wo sie einmal in der Woche Sprechstunde hielt, war voll. Alice und Mike setzten sich nebeneinander. Die trockene Wärme seiner Hand, die ihre umschloss, beruhigte sie und machte sie schläfrig.

Um sie herum herrschte lebhafte Betriebsamkeit, aber sie schwiegen. Die Patienten hier waren anders als in der Praxis in der Pierrepont Street, wo Alice sonst immer zu den Untersuchungen ging. Hier gab es mehr dunkelhäutige Patienten, es war ein anderes Brooklyn als das, in dem sie lebte. Hier hatten die Leute keine große Wahl, sie wohnten nicht in renovierten Brownstones und konnten sich auch keine in Handarbeit gefertigten Türknäufe leisten. Hier waren die Menschen arm, und über ihre Naivität, so viel von der gierigen Welt zu erwarten, würde man hier nur lachen.

Auf einmal hatte sie das Gefühl, sich selbst zu hassen, obwohl sie eigentlich noch nicht einmal sagen konnte, warum. Es war nur so, dass Lauren *weg* war, und sie war noch da. Es ergab alles keinen Sinn. Und was war mit Ivy? Lebte sie noch? Kümmerte sich jemand um sie?

Seufzend rieb Alice sich über die Augen.

Mike legte ihr den Arm um die Schultern, zog sie an sich und küsste sie leicht auf die Schläfe.

«Wir sollten deine Mutter anrufen», sagte er.

«Ja, klar.» Alice wählte Lizzies Handynummer und lauschte der Stimme auf der Mailbox. «Lizzie Taylor. Wahrscheinlich bin ich gerade Diamanten kaufen. Hinterlassen Sie eine Nachricht.» Sie war neunzehn, als sie Alices Vater, Richard Taylor, geheiratet hatte, und sie war ganz wild darauf gewesen, sich von Elizabeth Liptutz in Elizabeth Taylor mit goldenem Ehering zu verwandeln.

«Du nimmst dir lieber ein Taxi vom Flughafen,

Mom», sagte Alice. «Ich kann nicht kommen, aber es ist alles in Ordnung. Nimm ein Taxi, ich warte dann zu Hause auf dich.» Fast sofort tat es ihr Leid, behauptet zu haben, es sei alles in Ordnung. Das würde ihre Mutter misstrauisch machen, da es so offensichtlich gelogen war.

Eine Schwester erschien und führte sie in ein leeres Untersuchungszimmer. Sie bat Alice, sich zu entkleiden, und dann war Dr. Matteo auch schon da. Mike saß in einem Stuhl neben der Untersuchungsliege, auf der Alice sich ausgestreckt hatte. Die Ärztin beugte sich vor und musterte Alice aufmerksam.

«Ich glaube, es ist alles in Ordnung», erklärte Alice zögernd.

«Ich untersuche Sie rasch», erwiderte die Ärztin.

Dr. Matteo war eine elegante, gut aussehende Frau, die Alice erzählt hatte, in ihren Adern fließe puertoricanisches, griechisches, irisches, französisches und spanisches Blut «und ein paar Tropfen Indianerblut». Sie war eine waschechte New Yorkerin, und an dem Abend, als Peter auf die Welt gekommen war, war Dr. Matteo in einem schwarzen Cape mit rotem Satinfutter in den Kreißsaal geeilt. Sie war gerade in der Oper gewesen, als sie wegen des Notfalls angepiepst worden war. «Ich habe gehört, dass Sie hier sind», hatte sie zu Alice und Mike gesagt, hatte sich rasch umgezogen und dann die Entbindung übernommen.

Jetzt blickte Alice die Ärztin an und dachte, dass sie sie bisher nur selten ohne ein Lächeln gesehen hatte.

«Erzählen Sie mir, was passiert ist», sagte Dr. Matteo. «Sie hatten einen Unfall?»

«Es war meine Schuld», erwiderte Alice automatisch. Die Ärztin blickte sie besorgt an.

«Sind die Kinder in der Schule?»

Damit meinte sie natürlich, ob Nell und Peter mit ihr im Auto gewesen waren.

«Ja», antwortete Alice. «Aber ich bin nicht besonders schnell gefahren, und bis auf Blechschaden ist auch gar nichts passiert.»

«Rutschen Sie bitte mal ein Stück zurück.»

Alice hielt die Luft an, als die Ärztin sie vorsichtig untersuchte. Sie horchte Alices Bauch mit dem Stethoskop ab und bat dann die Krankenschwester, das Ultraschallgerät hereinzubringen.

«Haben Sie ihre Herztöne gehört?», fragte Alice.

«Schscht», erwiderte Dr. Matteo.

Alice schloss die Augen. Sie hörte, wie Mike mit seinem Stuhl ein wenig vorrutschte, um besser sehen zu können. Die Ärztin verteilte kaltes Gel auf Alices Bauch und verschmierte es mit dem in Plastik gehüllten Ultraschallkopf.

Langsam ließ sie ihn über Alices Bauch wandern, wobei sie aufmerksam und mit ernstem Gesicht auf den Monitor blickte. Alice wollte diese Kinder, sie hatte sie von Anfang an gewollt, nachdem der erste Schock darüber, dass sie Zwillinge erwartete, abgeklungen war. Und auch die Mühen, die vor ihr lagen, schreckten sie nicht ab, weil ihr klar war, dass die Liebe, die ihr mit diesen beiden Kindern geschenkt wurde, wachsen würde. Und jetzt, als sie angstvoll die Bewegungen der Ärztin verfolgte, spürte sie, wie sehr sie diese Babys auch brauchte, wie sehr deren erstes Lächeln, die winzigen Händchen, die sich um ihre Finger schlossen, Hoffnung und Versprechen bedeuteten.

«Ja, den Kindern geht es gut», sagte Dr. Matteo. «Aber Ihnen nicht.»

Alice lächelte Mike erleichtert zu. *Den Kindern geht es gut.* Dann sagte sie: «Ich schlafe schlecht. Ich hätte gar nicht Auto fahren sollen.»

«Wie lange haben Sie schon nicht mehr geschlafen?»

«Drei Nächte lang. Und mir ist ständig übel, was auch neu für mich ist.»

«Sie sind ein wenig dehydriert», sagte Dr. Matteo. «Ihr Fruchtwasser fordert seinen Tribut. Haben Sie bei der Hitze in den letzten Tagen nicht genug getrunken?»

Alice wusste es nicht. Vielleicht war sie ja durstig gewesen, aber möglicherweise hatte ihr Körper stärker auf die Ereignisse reagiert, als ihr bewusst war.

«Wir haben diese Woche eine enge Freundin verloren», sagte Mike. Er berichtete Dr. Matteo, was vorgefallen war, und sie hörte ernst zu.

«Lauren war meine Schwester.» Alice begann zu weinen. «Wie eine echte Schwester.»

Dr. Matteo stellte ein Rezept aus und reichte es Alice.

«Nehmen Sie das heute Abend, ehe Sie zu Bett gehen. Wir sehen zu, dass Sie erst einmal Schlaf bekommen, dann kümmern wir uns um die Übelkeit.»

«Schlaftabletten?» Alice blickte auf das Rezept. «Kann ich die denn so ohne weiteres einnehmen?»

«Ja, keine Sorge. Sie sind ganz leicht. Sie und Ihre Babys werden davon nur schläfrig, mehr nicht. Aber für Sie ist es wirklich wichtig, Alice.»

Die Ärztin hatte Recht, dachte Alice. Sie brauchte Schlaf. Aber sie würde trotzdem zunächst nur eine Tablette nehmen.

Die Ärztin wandte sich zum Gehen. «Alice, Sie müssen sich jetzt ausruhen. Mike, heute Abend sind Sie dran. Abendessen, Kinder, alles.»

«Aye, aye, Captain!» Mike nahm Alice das Rezept aus der Hand, faltete es zusammen und steckte es in die Brusttasche seines T-Shirts. Unter dem Schmutzstreifen auf seinem Unterarm pochte eine dicke Vene.

«Meine Mutter kommt heute.» Alice setzte sich auf und wischte sich mit Papiertüchern das Gel vom Bauch ab. «Sie freut sich, wenn sie übernehmen kann.»

«Na, das ist doch eine wunderbare Gelegenheit.» Dr. Matteo beugte sich vor und legte Alice die Hand auf den Bauch. «Vielleicht wollen Sie im Moment nichts davon wissen, Alice, aber ich sage es trotzdem. Es ist schrecklich, um jemanden zu trauern, wenn man schwanger ist. Aber wir sollten versuchen, für Sie einen Weg da heraus zu finden.»

Alice und Mike gingen Arm in Arm zum Parkplatz. Mike war fürsorglich und hielt jede Tür für sie auf, aber sie fanden beide keine Worte. Auch auf der Fahrt nach Hause schwiegen sie, bis Mike einem Schlagloch auswich und Alice erschreckt zusammenzuckte.

Forschend blickte sie ihren Mann an. «Wie fühlst du dich, Mike?»

«Gut.»

«Nein, ich meine, was empfindest du? Wegen Lauren.»

Er reagierte seltsam, wie sie fand. Traurig blickte er sie an und zuckte mit den Schultern. «Ich weiß eigentlich gar nicht, wie ich mich fühle», sagte er schließlich. «Irgendwie taub. Es ist alles so furchtbar.»

Er hielt an einer roten Ampel und blickte sie an. Im

grellen Mittagslicht sah sein Gesicht aus wie handgeschöpftes Papier. Roh, ohne Farbe. Er hatte sich heute früh nicht rasiert.

«Gehst du gleich wieder arbeiten?», fragte sie ihn.

«Ich glaube nicht», erwiderte er und warf einen Blick auf die Ladefläche seines Wagens.

«Hast du die Eichenbretter eben erst abgeholt?»

«Ja, aber das spielt keine Rolle.»

Aber sie wusste, dass der Termin für seine Möbelausstellung näher rückte, und sie wusste auch, wie viel es ihm bedeutete, dort einen guten Eindruck zu hinterlassen.

«Geh ruhig», sagte sie. «Mit mir ist alles in Ordnung, und außerdem ist Mom bald da.»

«Nein, Alice, ich möchte dich nicht alleine lassen.» Er bog in die President Street ein und fand einen Parkplatz direkt vor ihrem Block.

«Es geht mir gut, wirklich. Ich lege mich hin, bis sie da ist.»

Er zögerte kurz, und sie spürte deutlich, dass sie ihm genau das anbot, was er jetzt brauchte: mit seiner Trauer allein zu sein.

«Bist du sicher?»

«Ich halte es für besser, wenn du wieder zur Arbeit fährst.»

Er holte tief Luft. «Vielleicht bleibe ich ja nur eine Stunde oder so. Ich könnte das Holz in die Werkstatt bringen, damit Diego schon mal mit dem Tisch anfangen kann.»

Sie gab ihm einen Kuss zum Abschied und stieg aus dem Auto. Als sie die Treppe zur Haustür hinaufging, spürte sie seine Blicke im Rücken. Er wartete bestimmt ungeduldig darauf, dass sie endlich im Haus verschwunden war. An der Haustür drehte sie sich noch einmal um und winkte ihm zu. Er winkte zurück, und kaum war sie ins Haus getreten, hörte sie, wie er abfuhr.

Sie ging direkt ins Schlafzimmer und legte sich aufs Bett. Um sie herum war alles still, und sie ließ die Ereignisse des Vormittags noch einmal an sich vorüberziehen, dankbar dafür, dass sie bei dem Unfall solches Glück gehabt hatte. Gedanken an Lauren gingen ihr durch den Kopf, und ihr war klar, dass dieser Schmerz so schnell nicht vorbeigehen würde. Und sie dachte an Ivy, versuchte sich zu überlegen, wie sie der Polizei helfen könnte, den Säugling so schnell wie möglich zu finden. Hatte denn jemals irgendetwas auch nur im Entferntesten auf eine solche Gewalttat hingedeutet? Wer konnte so etwas Grauenhaftes getan haben? War es jemand, der Lauren kannte? Oder war der Täter zufällig auf sie gestoßen? Alice lag auf ihrem Bett und wünschte, sie wäre heute früh gar nicht erst aufgestanden. Die Vorhänge waren aufgezogen, und sie beobachtete, wie das Sonnenlicht im dichten grünen Laub der Bäume spielte. Erst als es um zwei Uhr an der Tür läutete, stand sie auf.

Lizzie stand in der Tür. Sie hatte abgenommen, ihre Haare ganz kurz geschnitten und weißblond gebleicht, um jünger als einundsechzig auszusehen. Sie trug eine neue, rechteckige Hornbrille, und die Lippen waren hellrot geschminkt. Aber sie sah nicht jung aus; sie sah aus, wie sie eben aussah: wunderbar real und beständig unter all ihrem kalifornischen Getue.

«Komm her, meine Süße.»

Alice stürzte sich in die Arme ihrer Mutter, roch

das vertraute Parfüm, und die Tränen stiegen ihr in die Augen.

Lizzie zog Alice an sich und murmelte beruhigend: «Ja, ja, ist ja schon gut.»

KAPITEL 12

Nell und Peter waren außer sich vor Freude, als ihre Großmutter vor der Schule auf sie wartete. Ohne Alice auch nur eines Blickes zu würdigen, stürmten sie auf sie zu. Trotz ihrer weißen Hose fiel Lizzie auf die Knie und breitete die Arme aus, um ihre Enkel an sich zu ziehen und zu küssen. Sie schwatzten unablässig, den ganzen Weg bis zu Sweet Matilda, wo Lizzie sie zu einem «schicken Snack» eingeladen hatte. Alice hinterließ Mike eine Nachricht auf der Mailbox seines Handys, damit er wusste, wo sie waren. Es machte ihr nicht wirklich etwas aus, dass das Abliefern der Holzbretter so lange dauerte, aber er fehlte ihr doch, und sie fühlte sich ein wenig verlassen, weil er nicht bei ihr geblieben war.

Der High Tea wurde auf einer dreistöckigen Etagere serviert, mit hauchdünnen Weißbrotscheiben ohne Kruste, Petits Fours, Plätzchen, Muffins und Scones. Alice und Lizzie teilten sich eine Kanne Kamillentee. Die Kinder kuschelten sich auf der Bank an der Wand an Lizzie, während Alice ihnen auf einem Stuhl gegenübersaß. Am liebsten hätte sie sich auch bei ihrer Mutter auf den Schoß gesetzt, aber so war es auch schön. Ab und zu schickte Lizzie ihr einen Luftkuss.

«Wie lange bleibst du, Gamma?», fragte Nell. Lizzie

war für beide Kinder *Gamma*, seit Nells ersten Versuchen, *Grandma* zu sagen. Als Peter dann anfing zu sprechen, hatte er den Spitznamen automatisch übernommen.

«Nur zwei Nächte, Süße. Gamma hat Arbeit in Los Angeles.» Sie küsste Nell auf den zerzausten, rotblonden Scheitel und gab dann Peter ebenfalls einen Kuss auf seine braunen Haare, um ihre Zuneigung gleichmäßig zu verteilen.

«Wirklich, Mom?», fragte Alice enttäuscht. «Jetzt bist du extra von so weit gekommen.»

«Das ist doch noch gar nichts», erwiderte Lizzie. «Ich würde bis nach China reisen, um eine Mahlzeit mit meiner Familie einzunehmen.»

«Kannst du nicht ein bisschen länger bleiben? Du könntest mir bei der Haussuche helfen», sagte Alice.

«Wie steht es denn?» Lizzie knabberte an einem Muffin, und ein paar Krümel blieben an ihrer Unterlippe hängen.

«Zwei neue Firmen und jetzt auch noch ein neues Haus», sagte Alice. «Wenn wir unsere alten Jobs noch hätten, wäre es eine Kleinigkeit, uns das zu leisten, was wir haben möchten. Fast jedenfalls.»

«Ihr beide habt das Richtige getan, als ihr euer Leben geändert habt.» Lizzie tupfte sich den Mund ab und hinterließ eine Lippenstiftspur auf der Serviette. «Diese Tragödie mit Lauren beweist das doch. In einer Sekunde kann alles vorbei sein …» Sie schnippte mit den Fingern. «Einfach so.»

Alice wurde das Herz schwer, als ihre Mutter Lauren erwähnte. Warum hatte sie nur von der Haussuche angefangen? Sie konnte sowieso nicht durch die Gegend laufen und sich Häuser ansehen, mit Maklern sprechen oder Finanzierungen durchrechnen. Im Moment noch nicht. Das würde Mr. Pollack, *Eigentümer,* schon verstehen müssen.

«Was ist denn mit der Maklerin, mit der dich Maggies Babysitter zusammengebracht hat?», fragte Lizzie. «Da hattest du doch so ein gutes Gefühl.»

«Ach, vergiss es, Mom.» Alice brach sich ein Stück von ihrem Scone ab, legte es aber dann wieder auf den Teller zurück. «Ich kann mich im Moment sowieso nicht darum kümmern.»

«Warum denn nicht?»

«Mom ...»

«Du hast eine Familie. Mach bloß nicht wieder eine Krise daraus.» Lizzie reckte stolz ihr Kinn. «Was hast du denn geglaubt, wie lange ihr in der Wohnung bleiben könntet? Wolltest du alle vier Kinder in einem Zimmer unterbringen?»

Ja, dachte Alice, schwieg jedoch. Es war ein großes, schönes Zimmer, und Alice hatte sich zwei Etagenbetten vorgestellt; so machten es viele Leute in der Stadt. Aber sie musste zugeben, dass es nicht wie eine besonders gute Lösung klang, wenn man es so geradeheraus sagte.

«*Bitte,* Gamma», bettelte Peter und kuschelte sich enger an Lizzie, «bleib doch da.»

«Das würde ich furchtbar gerne, aber es geht nicht», erwiderte Lizzie, und mit einem Blick auf Alice fügte sie hinzu: «Ich muss eurer Mutter noch ein paar Dinge sagen, die ich ihr nicht am Telefon erklären kann. Aber dafür müssten zwei Tage reichen.»

Die Stimme, die am Telefon immer zu laut klang, passte zu Lizzie als Person. Als Teenager hatte Alice ihrer

Mutter vorgeworfen, sie hielte sich für überlebensgroß. «Falsch», hatte Lizzie gekontert, «ich bin lebensgroß. Ich passe genau hinein. Wenn du erwachsen bist, wirst du den Unterschied begreifen.»

Mittlerweile begriff Alice den Unterschied. Er lag in der Wahl, die man traf, in der Art und Weise, wie man auf Ereignisse reagierte. Ihre Mutter war immer in die Welle hineingetaucht, bevor sie von ihr überrollt wurde.

Kurz vor fünf rief Mike endlich an und schlug vor, etwas zu essen mitzubringen. Alice erklärte, das halte sie für eine gute Idee. Seltsamerweise erwähnte Mike gar nicht, warum er so lange in der Werkstatt geblieben war und sich nicht gemeldet hatte.

«Das war eine lange Stunde», sagte sie in dem Versuch, ihm begreiflich zu machen, wie sehr sie auf ihn gewartet hatte. Warum hatte er überhaupt unbedingt von ihr weggewollt? Warum konnte er bei der Arbeit seinen Schmerz besser bewältigen als zu Hause?

«Es war die längste Stunde meines Lebens», erwiderte er ruhig. «Aber jetzt ist sie vorbei.»

Alice fragte sich, ob er das Holz überhaupt in die Werkstatt gebracht hatte.

«Ich wurde langsam ein bisschen nervös ...», begann sie.

«Das brauchst du mir nicht zu sagen, Alice. Ich weiß.»

Sie schwiegen beide, und schließlich meinte Alice: «Es ist schon okay. Komm nur endlich nach Hause. Wir warten alle auf dich.»

Eine halbe Stunde später saßen Alice, Mike, Lizzie und die Kinder um den Küchentisch und aßen Hummus, Auberginen-Dip, Lammspieße und frisches Pita-Brot von

Papptellern. Mike wirkte ganz normal, dachte Alice. Heute war ein schmerzlicher Tag gewesen, und sie war froh, dass sie jetzt alle endlich wieder zusammen waren.

Lizzie sollte auf der Couch im Wohnzimmer schlafen. Mike ging mit den Kindern nach unten, um sie zu Bett zu bringen, während Alice das Sofa für ihre Mutter herrichtete. Lizzie zog sich im Badezimmer um und erschien in einem lavendelfarbenen Nachthemd mit Spaghettiträgern und einem Federsaum an den Knien. Dazu trug sie passende Pantöffelchen, die aussahen wie Puderquasten. Ihre Haut war schlaff und gebräunt, aber nicht von der Sonne am Strand; Lizzie arbeitete bis spät am Abend. Ihre Bräune stammte aus einem Sonnenstudio.

Alice schlug die Decke zurück und legte sich auf das Sofabett. Lizzie schlüpfte neben sie und strich durch Alices kurze rotblonde Haare. Die weiche Haut ihrer Mutter war für Alice immer noch das Höchste.

«Ich habe nie begriffen, von wem du die roten Haare geerbt hast», sagte Lizzie. «Von Rich und mir auf jeden Fall nicht.»

«Weißt du noch, wie du mir immer weisgemacht hast, meine Sommersprossen seien Feenstaub?»

Lizzie lachte leise. «O ja, klar, daran erinnere ich mich noch gut.»

«Ich habe dir geglaubt.»

«Na ja, mein Schatz, das wolltest du damals eben gerne hören.» Lizzie fuhr mit der Fingerspitze die Konturen von Alices Gesicht nach: Stirn, Nase, Wangenknochen, Kinn. Als Alice noch klein war, hatte sie sie damit nachts immer beruhigt.

«Ich habe die Schlaftablette genommen, die meine

Ärztin mir gegeben hat», sagte Alice, «aber ich habe noch nicht das Gefühl, dass sie wirkt.»

«Warte nur ab, sie wird schon wirken.»

«Danke, dass du gekommen bist, Mom.»

«Hmm.»

Unten ebbte der Kinderlärm langsam ab. Peter wurde immer als Erster zu Bett gebracht, da er der Jüngste war, dann kam Nell an die Reihe. Jetzt lag Mike wahrscheinlich bei Nell im Bett und erzählte ihr eine Geschichte.

«Erzähl mir eine Geschichte, Mom.»

«Kannst du dich an deinen Vater erinnern?»

«Ein bisschen, nicht sehr gut. Ich war ja erst acht, als er uns verlassen hat. Findest du, ich müsste mich besser an ihn erinnern können?»

«Er war ein Scheißkerl, ein echter Verlierer, aber als er uns wegen dieser Nutte verlassen hat, hat er mir das Herz gebrochen», sagte Lizzie. «Im wahrsten Sinne des Wortes gebrochen.»

«Ich dachte, sie sei Meeresbiologin gewesen. Hat sie nicht bei Daddy im Labor gearbeitet?»

«Sie war eine *Nutte*. Das ist mir lieber so. Weißt du noch, was ich getan habe, als er ging?»

«Ich weiß noch, dass du ganz ruhig warst. Es hat mir irgendwie Angst gemacht.»

«Mir auch.» Lizzies Fingerspitzen lagen auf Alices Stirn. «Als Erstes bin ich einkaufen gegangen, für uns beide. Und dann habe ich unser ganzes altes Zeug verkauft. Auch das Haus. Und wir sind nach Kalifornien gezogen.»

«An die neuen Kleider kann ich mich noch erinnern – das hat mir Spaß gemacht. Aber ich war unheimlich wütend, weil du meine alten Sachen verkauft hast. Ich hätte sie gerne noch eine Weile behalten.»

«Das ist mir erst später aufgegangen. Tut mir Leid. Jeder Mensch macht Fehler.»

Alice stützte den Kopf in die Hand und betrachtete ihre Mutter. Lizzie lag auf dem Rücken und hatte Alice das ganze Kissen überlassen.

«Das Schlimme ist», sagte Lizzie leise, «dass er sich danach nie mehr um uns gekümmert hat. Ich habe jede Menge Lärm gemacht, als wir umgezogen sind, aber ihm war es einfach egal.»

Jetzt war es an Alice, mit ihren Fingerspitzen das Gesicht der Mutter zu streicheln. Ohne Make-up war es voller feiner Fältchen, aber Alice fand sie wunderschön.

«Und noch etwas.» Lizzie blickte Alice an. «Ich habe ihn vielleicht auf gewisse Weise sogar noch geliebt, aber für mich war er gestorben. Ich habe ihn in Long Island zurückgelassen und mein Herz vor ihm verschlossen.»

Alice hatte sich immer gefragt, wie ihr Vater sie beide einfach so hatte verlassen können. Als Ehefrau fand sie die Vorstellung schmerzlich, und als Mutter einer Tochter, die fast genauso alt war wie sie selbst damals, fand sie sein Verhalten schockierend.

«Alice», fuhr Lizzie fort, «als dieser Scheißkerl, der Lauren ermordet hat, sie uns genommen hat, da hat er auch dich genommen. Gib ihm nicht so viel Macht über dich. Tu es nicht!»

Alice traten die Tränen in die Augen. «Ich komme gegen meine Gefühle nicht an, Mom.»

«Ich bin hier, um dir das Gegenteil klar zu machen. Natürlich kommst du dagegen an. Du musst dich gegen den Schmerz wappnen, dir einen Panzer zulegen, genau wie ich damals. Du hast Kinder, und du kannst es dir nicht leisten, zusammenzubrechen.» Auch Lizzie rollte eine Träne über die Wange, aber sie achtete nicht darauf.

«Bei dir klingt es so einfach, Mom.»

«Dass es einfach ist, habe ich nie behauptet, oder?»

Alice schlief neben Lizzie ein und lag die ganze Nacht neben ihrer Mutter. Zwölf Stunden fester, tiefer Schlaf.

Aber als sie aufwachte, ließ die erholsame Wirkung sofort wieder nach. Um ein Uhr war Laurens Beerdigung. Alice hielt die Augen fest geschlossen und bemühte sich, die Angst zu unterdrücken. Sie hätte den Rat ihrer Mutter gern angenommen, wusste aber nicht wie. Nach einer Weile kamen Nell und Peter nach oben und krabbelten kichernd und lachend zu ihr ins Bett. Sie würde Lizzies Lektion wohl oder übel lernen müssen. Wenn sie es zuließ, würde Laurens Mörder viele Leben zerstören. Aber wie sollte sie ihn aus ihrer Seele verbannen?

KAPITEL 13

Die Trauerfeier für Lauren fand im Beerdigungsinstitut Scoletto an der Court Street statt. Tim stand rauchend vor dem Brownstone unter einer Magnolie. Austin, in einem dunklen Anzug mit einer gestreiften Clip-Krawatte, spielte in der Nähe mit einem neongrünen Jo-Jo-Ball, der nicht so wollte wie er. Nell rannte auf ihn zu.

Auf dem Weg dorthin hatte sich der Himmel auf einmal bezogen, und jetzt fröstelte Alice. Lizzie zog sie an sich.

«Sie ist so ein liebes Mädchen», sagte Lizzie und wies mit dem Kinn auf Nell, die Austin erklärte, wie er mit dem Jo-Jo umgehen müsse. Peter sah ihnen beiden zu.

«Für Austin ist es gut, dass wir sie mitgenommen haben», sagte Mike.

Alice hoffte, dass es die richtige Entscheidung gewesen war. Maggie und Simon hatten Ethan auch mitgebracht. Die Erwachsenen fanden es am besten, die Wahrheit vor den Kindern nicht zu verstecken. Wenn sie damit konfrontiert wurden, wie entsetzlich falsch Laurens Tod war, würden sie nicht in dem Glauben aufwachsen, sie sei einfach nur weggegangen. «Lauren ist tot», hatte Lizzie den Kindern am Morgen erklärt. Alice und Mike hatten sie darum gebeten, weil sie selber es nicht fertig brachten. «Sie ist umgebracht worden, und heute gehen wir alle hin, um ihr auf Wiedersehen zu sagen.»

Bei Lizzie klang es so einfach, aber Alice wusste, was noch kommen würde. *Wer hat behauptet, es sei einfach? Du musst tun, was du tun musst. Diese Kinder haben ein Recht darauf, es zu erfahren.* Aber die Kinder weinten nicht, und Alice nahm an, dass sie es gar nicht wirklich verstanden, sondern dass die eigentliche Wirkung sich erst Tage, Monate, ja vielleicht sogar Jahre später einstellen würde. Sie hatten ein paar offensichtliche Fragen gestellt: wer, wo, wann, warum. Aber darauf gab es bis jetzt nur eine einzige Antwort: Sie starb am Freitag, sieben Minuten vor zwölf. Mehr wussten sie nicht.

Mike trat zu Tim und umarmte ihn. Tim wirkte schmal in seinem dunkelgrauen Anzug, und seine Finger waren gelb von zu vielen Zigaretten. Alice blickte zu den Kindern, zu denen sich jetzt auch Ethan gesellt hatte, und sah den Blick, den Austin seinem weinenden Vater zuwarf. Es lag eine solche Wut in den Augen des kleinen Jungen, als sei er gegen seinen Willen zu diesem schrecklichen Ereignis gezwungen worden.

Es war ja auch ein schreckliches Ereignis, dachte Alice. Austin hatte vollkommen Recht mit seiner Wut. Sie ging zu den Kindern hin und sah Austin an. Sie lächelte nicht und hielt dem Blick aus seinen grünen Augen stand. Dann hockte sie sich vor ihn und nahm ihn in die Arme. Es war das Beste und Einzige, was sie tun konnte. Er wehrte sich nicht gegen ihre Umarmung, sondern blieb ganz still.

Als Alice sich wieder erhob, sah sie, dass Tim sie aus geröteten Augen anblickte. *Danke,* formte er mit den Lippen. Mike legte den Arm um ihn und führte ihn in die

Leichenhalle. Die Doppeltüren hatten sich geöffnet, und der Gottesdienst begann.

In diesem Moment kam Maggie angerannt, stürzte sich auf Austin und riss ihn in die Arme. «Hat Tante Mags dich endlich erwischt!», sagte sie in einem Tonfall, den Alice unangemessen fröhlich fand. Aber dann lachte Austin, und Maggies Verhalten schien im Gegenteil perfekt auf die Situation abgestimmt. Sie trug Austin in das Gebäude hinein, und die anderen folgten ihr.

Durch eine große Eingangshalle gelangten sie in die Kapelle im ersten Stock. Es war ein großer, ganz symmetrischer Raum, der durch einen Mittelgang geteilt wurde. Zwei große Vasen waren mit weißer Kapuzinerkresse gefüllt, aber auch ihr würziger Duft konnte den Geruch nach Mottenkugeln und Formaldehyd nicht überdecken. Die Vasen standen auf Sockeln am Fuß einer flachen Treppe, die zu einer Plattform führte, auf der, von Kränzen verdeckt, Laurens Sarg stand. Das golden schimmernde Eichenholz war hochglanzlackiert, mit großen Messinghandgriffen an jedem Ende. Der Sarg war geschlossen.

Alice sah, wie Maggie zusammensackte, als sie den Sarg erblickte. Mühsam hielt sie sich aufrecht, um Austin abzusetzen, und der Junge drängte sich sofort an seinen Vater, der bereits in der vordersten Reihe Platz genommen hatte. Lizzie, Alice, Mike, Nell und Peter setzten sich neben die beiden, während Maggie, Simon und Ethan hinter ihnen in die zweite Reihe schlüpften. Vereinzelt war ersticktes Schluchzen zu hören.

Bald war die Kapelle voll. Freunde aus der Nachbarschaft waren gekommen, aber die meisten Leute kannte Alice gar nicht. Es kam ihr so vor, als sei jeder da, den Lauren irgendwann in ihrem Leben mal gekannt hatte, von der Kindheit bis hin zu den Jahren mit Tim. Alice hatte Lauren vor allem als Mutter gekannt, und jetzt ging ihr durch den Kopf, was für ein kleines Stück Weg sie miteinander geteilt hatten. Auf einmal fühlte sie sich einsam inmitten all dieser Fremden, die Lauren geliebt oder zumindest so sehr gemocht hatten, dass sie sich von ihr verabschieden wollten. Allerdings vermutete Alice auch, dass einige der Trauergäste Lauren gar nicht gekannt hatten und aus reiner Neugier erschienen waren, weil sie gehört hatten, was geschehen war. Die dort hinten in der Kapelle standen, in Alltagskleidung, mit Kameras um den Hals, waren zum Beispiel ganz offensichtlich Reporter.

Alice erblickte Frannie in der Menge. Sie trug ein schwarzes Kostüm und schwarze, hochhackige Pumps. Die Hände hinter dem Rücken, lehnte sie an der Wand. Als sie sah, dass Alice sie bemerkt hatte, nickte sie ihr traurig lächelnd zu.

Der Gottesdienst dauerte über eine Stunde. Nach dem Rabbi hielt Tim eine Rede. Als Anwalt war er eigentlich daran gewöhnt zu reden, aber nun rang er nach Worten. «Ich kann es immer noch nicht glauben, dass das passiert ist», sagte er mit dünner, von zu vielen Zigaretten und zu vielen Tränen kratziger Stimme. Alice wäre ihm am liebsten zu Hilfe geeilt. Aber sie blieb bewegungslos sitzen und lauschte seinen Worten.

«Ich habe Lauren während des Studiums kennen gelernt», begann er. «Wir waren elf Jahre verheiratet ...»

Dann jedoch brach er zusammen und weinte nur noch.

Alice spürte, wie sich der Griff ihrer Mutter, die neben

ihr saß und ihre Hand hielt, verstärkte. Sie wandte den Kopf und sah, dass sie sie besorgt anblickte, und erst da merkte sie, dass sie unwillkürlich die Luft angehalten hatte.

Auch während des Trauerempfangs ließ Lizzie sie nicht aus den Augen und kümmerte sich rührend um sie. Austin stand mit den anderen Kindern in einer Ecke, und sie spielten abwechselnd mit dem Jo-Jo-Ball und drehten den anderen Gästen den Rücken zu. Als eine Reporterin sich anschlich, um ein Foto von Austin zu schießen, griff Simon ein und hinderte sie daran. Alice war erleichtert darüber. So würde es zumindest keine Schlagzeile in der Art von *Amerikanisches Kind bei der Beerdigung seiner Mutter* geben. Keine der tragischen Geschichten, die Alice im Lauf der Jahre in den Zeitungen gelesen hatte, war der Wahrheit auch nur im Entferntesten nahe gekommen. Dies hier war die Wahrheit. Und man konnte sie nicht in Worte fassen.

«Hauen Sie ab», befahl Simon mit seiner tiefen Stimme.

Die Reporterin, eine dünne junge Frau, verzog sich, und Simon hockte sich zu den Kindern. Er nahm Austin das Jo-Jo aus der Hand und drückte es so, dass ein versteckter Augapfel heraussprang.

«Cool!», sagte Austin, und alle Kinder kicherten.

«Was machen wir bloß mit Austin?» Maggie war zu Alice und Lizzie getreten.

«Wir kümmern uns um ihn», erwiderte Alice. «Wir sind jetzt seine Mütter.»

Maggie verlor nicht eine Sekunde Zeit, um das Herz des kleinen Jungen zu erobern. Sie marschierte zu der

Gruppe und drängte sich zwischen Simon und Austin. Simon zog lächelnd die Augenbrauen hoch und legte Maggie den Arm um die Taille. Sie schmiegte sich an ihn. Austin errötete. Alle Kinder wussten Bescheid über die bittere Scheidung von Maggie und Simon, da ihnen Ethan immer alles brühwarm berichtet hatte. Einmal hatte Alice mitbekommen, wie Ethan einen Streit seiner Eltern nachgemacht hatte: «Ich habe doch gesagt, ich war in der Apotheke!» «Wer verbringt denn drei Stunden in der Apotheke?» «Ein liebender Vater, der Medikamente für seinen Sohn besorgt. Was hast du denn gedacht?» «Na, dann», herzhaftes Lachen à la Maggie, «dann muss irgendeines deiner anderen Kinder krank sein. Unseres ist jedenfalls gesund!» Ethan machte während dieses Vortrags beide Elternteile perfekt nach und unterstrich dadurch die Absurdität ihres Verhaltens. In jeder Ehe gibt es einen Streitpunkt, bei dem keiner von beiden gewinnen kann, und so simpel ihr Ansatz war, so hatte er doch enorme Konsequenzen. Sie: Du bist untreu. Er: Bin ich nicht. Deswegen hatten sie sich schließlich getrennt.

Mike kam mit einem Teller voller Häppchen auf Lizzie zu. Sie kniff ihn liebevoll in die Wange und sagte: «Du bist wunderbar, Michael. Scheiß auf die Diät! Ich bin am Verhungern.»

Alice fragte erst gar nicht, um was für eine Diät es ging. Ihre Mutter machte gar keine Diät. Das war eine ihrer Methoden, um mit dem Leben fertig zu werden – sie leugnete bestimmte Unannehmlichkeiten einfach.

Tim ging von Gruppe zu Gruppe und wirkte sehr einsam. Höflich nickte er Lizzie zu. «Sie müssen Alices Mutter sein.»

«Sie brauchen keinen Smalltalk zu machen», erwiderte Lizzie.

Wieder nickte Tim, eine beherrschte, knappe Geste, als ob er so seine Emotionen kontrollieren würde.

«Tim, ich möchte dir helfen», sagte Alice leise. «Wir können Austin so oft zu uns nehmen, wie es geht. Nach der Schule, wenn du arbeiten bist, an den Abenden, Wochenenden, wann immer du möchtest.»

«Danke», flüsterte er. «Das ist lieb von euch.»

«Wir sind für dich da.» Mike tätschelte Tims Schulter. «Du brauchst nur etwas zu sagen.»

Tim antwortete nicht, sondern starrte Alice aus seinen bekümmerten Augen an, als wolle er ihr etwas sagen, schaffte es aber nicht. Nicht, weil ihm die Worte fehlten, sondern weil er es nicht über sich brachte, sie zu äußern. Es war ein seltsamer, bedrückender Augenblick, in dem das unerträgliche Gewicht seiner Trauer kurz wie weggeblasen schien. Alice blickte von einem zum anderen, um festzustellen, ob irgendjemand anderes es bemerkt hatte. Sie hätte nicht erklären können, was geschehen war, aber irgendetwas hatte sich in diesem Moment geändert.

Schließlich sagte Tim: «Ich weiß nicht, ob sie es dir erzählt hat, aber es war meine Idee, noch ein Kind zu bekommen. Ich habe mir dieses kleine Mädchen so sehr gewünscht. Und jetzt werde ich sie nie in meinen Armen halten können.» Er wurde noch blasser, und seine Stimme klang brüchig. «Ich weiß nicht, was ich tun soll.»

Alice schlug das Herz bis zum Hals.

Dieses kleine Mädchen.

KAPITEL 14

Alice lief aus dem Beerdigungsinstitut hinter Frannie her. Es regnete heftig.

«Frannie!»

Die Polizistin drehte sich um. Ihr schwarzes Kostüm war schon völlig durchnässt.

«Kann ich kurz mit Ihnen reden?» Alice stellte sich unter die Markise, wo es trocken war.

Frannie nickte, blieb allerdings im Regen stehen.

«Kommen Sie her», sagte Alice. «Sie werden ja ganz nass.»

«Ich habe eigentlich einen Termin.» Frannie zögerte. «Aber ich kann ja eine Minute später kommen.» Sie trat neben Alice unter die Markise.

«Haben Sie gehört, was Tim gesagt hat?»

Frannie nickte. «Ja.»

«Tim wollte das Geschlecht des Babys gar nicht wissen, als Lauren noch am ...» Alice brachte es nicht über sich, den Satz zu Ende zu sprechen.

«Noch am Leben war», ergänzte Frannie für sie.

«Er wollte es definitiv nicht wissen, sondern sich überraschen lassen. Lauren hätte es mir erzählt, wenn er seine Meinung geändert hätte.»

Frannie legte den Kopf schief und kniff die dunklen

Augen zusammen. «Alice, seien Sie mir bitte nicht böse, aber meinen Sie nicht, dass es Dinge im Leben Ihrer Freundin gab, von denen Sie nichts wissen?»

«Nein», erwiderte Alice, obwohl ihr klar war, wie absurd das klang. «Nein, unmöglich.»

«Alice …» Sanft berührte Frannie sie am Arm.

«Lauren sagte, nur Maggie, ich und Dr. Rose, ihre Gynäkologin, wussten über das Geschlecht des Kindes und ihren Namen Bescheid. Die Ärztin hat versprochen, es Tim nicht zu erzählen.»

«Und?»

«Ich glaube nicht, dass Dr. Rose Tim etwas davon gesagt hat, dass das Baby ein Mädchen ist», fuhr Alice fort. «Und ich glaube auch nicht, dass sie ihm gesagt hat, dass sie Ivy heißen soll. Und Sie auch nicht. Sie haben es ihm doch auch nicht gesagt, Frannie, oder?»

Frannies Gesicht war blass und undurchdringlich. Alice konnte ihr förmlich ansehen, dass sie nachdachte.

«Wenn die Ärztin es ihm verraten hätte, hätte sie ihm auch den Namen gesagt, und dann hätte er ihn eben erwähnt», sagte Alice.

«Woher wollen Sie das wissen, Alice? Und was macht Sie so sicher?»

Die Tür zum Beerdigungsinstitut öffnete sich quietschend. Als Alice sich umdrehte, sah sie ihre Mutter in der Tür stehen und hatte auf einmal erneut das Gefühl zu ersticken. Sie holte tief Luft.

«Es ist vermutlich nur so ein Gefühl», erwiderte sie.

«Ich dachte, Tim sei ihr Freund.»

«Ja, das ist er ja auch.»

«Warum verdächtigen Sie ihn dann?»

«Als er eben sagte, wie sehr er sich dieses kleine Mädchen gewünscht hatte, da schoss es mir durch den Kopf. Und jetzt muss ich einfach die Wahrheit erfahren.»

«Okay.» Frannie berührte Alice leicht an der Schulter. «Ich frage Dr. Rose und sehe zu, was ich herausfinden kann.»

«Danke, Frannie.»

«Jetzt muss ich aber wirklich los, sonst komme ich zu spät. Ich rufe Sie morgen an.»

Frannie bog auf die Court Street ab und ging langsam durch den Regen den nassen Bürgersteig entlang. Wegen der dunklen Wolken sah es schon aus, als ob es dämmerte. Alice blickte Frannie hinterher, die geschickt einer Pfütze auswich. Dann wandte sie sich zu ihrer Mutter und sagte, als ob Lizzie zum Sprechen angesetzt hätte: «Nicht. Bitte, Mutter, sag jetzt einfach nichts.»

«Ich wollte gar nichts sagen», erwiderte Lizzie. «Nur, dass du hereinkommen sollst. Man kann sich auch im Sommer erkälten.»

Aber Alice wusste genau, was ihre Mutter eigentlich hatte sagen wollen. Etwas darüber, wie gefährlich es ist, wenn Freunde sich gegeneinander wenden. Andererseits verdächtigte Alice Tim ja gar nicht. Sie wollte nur eine Antwort auf eine simple Frage, die sie allerdings für den Rest des Tages nicht mehr aussprach. Durch den strömenden Regen fuhren sie in einer langen Autokolonne zum Greenwood Cemetery, wo Laurens zerstörter, geschundener Körper der Erde übergeben wurde.

Am Abend lud Lizzie Alice, Mike und die Kinder zum Essen ein. Aber keiner, noch nicht einmal die Kinder, hatte viel Appetit. Die meiste Zeit schwiegen sie, alle waren zutiefst erschöpft. Als sie nach Hause kamen, gingen sie alle sofort zu Bett, und sogar Alice schlief ohne Schlaftabletten fest und traumlos.

Am nächsten Morgen machte Lizzie French Toast für alle, führte die Unterhaltung am Frühstückstisch und ließ Mike dann die Küche aufräumen. Alice ging nach unten, um zu duschen, und als sie zurückkam, saß Lizzie mit einem Block und dem Telefon am Küchentisch.

Mike warf ihr einen Blick zu und Alice verdrehte entnervt die Augen. Es sah ihrer Mutter ähnlich, ihr Produktionsbüro aus der Ferne managen zu wollen. Mike ging jedoch gar nicht auf sie ein, sondern wies mit dem Kinn unauffällig auf den linierten gelben Block.

Als Alice neben ihre Mutter trat, stellte sie verblüfft fest, dass Lizzie in ihrer großen, geschwungenen Handschrift einen Plan für ihre Tochter aufgestellt hatte. *Smith Salon, Samstag, 15.00 Uhr, Wellness-Paket (Massage, Gesicht, Pediküre); Montag, 10.00 Uhr, Pam Short, Garden Hill Realty, Treffen in ihrem Büro, Besichtigung von 3 Häusern.*

Zuerst wollte Alice wütend auffahren, aber dann fiel ihr ein, dass Mike und Lizzie gleich aus dem Haus gehen würden. Mike wollte «kurz mal» in die Werkstatt, was bedeutete, dass er den ganzen Tag dort bleiben würde, und in einer Stunde kam ein Taxi, um Lizzie zum Flughafen zu bringen. Dankbarkeit stieg in ihr auf. Lizzie versuchte, sie auf ihre Art von ihren Schmerzen und Ängsten abzulenken. Sie war den ganzen Weg von Kalifornien hierher gekommen, um ihrem einzigen Kind wieder einen Weg ins Leben aufzuzeigen.

Es war eine gute Liste, fand Alice, und sie würde sie befolgen. Aber sie war nicht vollständig. Ein weiterer Punkt, von dem weder Lizzie noch Mike etwas wussten, stand unsichtbar zwischen den Zeilen.

Als Alice unten gewesen war, hatte Frannie auf ihrem Handy angerufen, da ihr Telefon im Haus besetzt gewesen war.

«Kommen Sie morgen bitte zu mir», hatte Frannie gesagt. «Mike auch. Alle. Wir müssen alles noch einmal durchgehen.»

KAPITEL 15

Alice setzte sich gegenüber vom Präsidium auf eine Treppe und wartete, bis sie erneut von den Ermittlern vernommen wurde. Ihr Termin war für zwölf Uhr mittags angesetzt, und es waren noch zehn Minuten bis dahin, aber sie wollte nicht drinnen warten, da sie wusste, dass Tim dort bei Frannie und Giometti war. Sie waren jeder im Stundenabstand bestellt worden und wurden verhört, als ob sie als Gruppe etwas damit zu tun hätten, dass Lauren tot und ihr Baby verschwunden war.

Alice stützte die Ellbogen auf die Knie, legte das Gesicht in die Hände und atmete bewusst langsam tief aus und ein. Die Straßengeräusche wurden leiser, und sie versetzte sich um dreißig Jahre zurück in das Schlafzimmer ihrer Mutter. Sie lag im Bett neben ihrer Mutter, aß ein Schälchen Eiscreme und sah fern. Vor zwei Wochen hatte ihr Vater sie verlassen wegen *der Nutte* mit Doktortitel. Im Bett ihrer Eltern drückte sie sich an die weiche Haut ihrer Mutter und versuchte, mit dem grausamen Verlust und dem Schmerz fertig zu werden. Sie aß Erdbeereis, und als etwas von ihrem Löffel auf das Kissen tropfte, sagte ihre Mutter nichts. Die Angst, die Alice bei ihrem Schweigen damals empfunden hatte, konnte sie heute noch spüren, dreißig Jahre später.

Sie dachte darüber nach, wie gefährlich Menschen lebten, wenn sie ihre Leben auf faule Kompromisse gründeten. Dann zogen sie an irgendeinem Faden in ihrer Lieblingsfarbe und zerstörten Stück für Stück den gesamten Teppich aus jahrelanger Liebe. Ihr Vater, der einfach so gegangen war. Ihre Mutter, die sich einen harten, glamourösen Hollywood-Panzer zugelegt hatte, aber trotzdem noch wusste, was wirklich zählte und für die Liebe ihrer Familie dankbar war.

Alice schüttelte den Kopf, um die quälenden Erinnerungen zu vertreiben. Es war fünf vor zwölf. Sie ging über die Straße und trat ein. Der wachhabende Beamte hinter der Theke überprüfte ihren Namen auf einer Liste und wies sie in den Wartebereich. Dieses Mal betrachtete sie die «Gesucht»-Plakate an den Wänden nicht; sie konnte es nicht ertragen, diese grässlichen, verzerrten, bedürftigen oder, schlimmer noch, durchschnittlichen Gesichter anzuschauen. Jeder von ihnen konnte Laurens Mörder sein, jeder von ihnen konnte Ivy in den Armen gehalten haben – oder auch nicht. Es war viel zu grausam, über die Möglichkeiten nachzudenken.

Alice stellte sich vor das Aquarium und betrachtete die Fische, die durch die künstliche Korallenlandschaft schwammen. Ein Fisch versteckte sich hinter einem versunkenen Piratenschiff aus Plastik. Das Aquarium war peinlich sauber – offensichtlich kümmerte sich jemand sehr gewissenhaft darum.

Sie hörte eine vertraute Stimme und drehte sich um. Tim kam durch die Halle. Er war in Begleitung eines großen Mannes in Anzug und Krawatte, vermutlich ein Anwalt. Als er sie sah, verstummte er. Sie winkte, und er erwiderte den Gruß, aber das war schon alles. Der Mann, der bei ihm war, musterte sie kurz, dann hob er arrogant das Kinn und dirigierte Tim aus der Tür.

Alice sah ihnen nach. Sie fröstelte. Was war passiert? Hatten Frannie und Giometti ihm gesagt, dass *sie* seine Bemerkung über das Geschlecht des Babys weitergegeben hatte? Hatten sie ihm gesagt, er solle ihr nicht trauen? Konnten die Freunde einander überhaupt noch trauen? Standen sie jetzt alle unter Mordverdacht?

«Alice.» Giomettis leise Stimme erschreckte sie. «Kommen Sie bitte mit.»

Er führte sie nach oben in das Vernehmungszimmer, wo Frannie wartend am Tisch saß.

«Hi, Alice», sagte sie herzlich, «setzen Sie sich.»

Alice wehrte sich gegen das Gefühl, mit Frannie befreundet zu sein. Das war sie *nicht*. Hier handelte es sich schlicht um eine Vernehmung.

Das Zimmer war nur schwach beleuchtet. Wie beim letzten Mal waren die Jalousien heruntergelassen. Giometti setzte sich neben Frannie, die sich vorbeugte, um das Aufnahmegerät einzuschalten. Sie gab Datum und Zeit an und die Namen der Anwesenden. Dann blickte sie Alice direkt an.

«Die Fragen heute sind hauptsächlich Routine.»

«Okay.»

Sie fragten sie, wo sie letzten Freitag, als Lauren verschwunden war, gewesen war. Alice wiederholte alles, was sie bereits gesagt hatte, so detailgetreu wie möglich. Sie erinnerte sich an jenen Tag, als sei er ein Juwel, von einem Scheinwerfer angestrahlt auf einer dunklen Bühne. Sie erinnerte sich daran, wie sie im Park auf Lauren gewartet hatte, an ihre wachsende Gewissheit, dass Lauren das Baby bekommen hatte, an ihre Vorfreude auf Ivy. Rückblickend konnte sie es nicht fassen, wie hoffnungsvoll sie an jenem Nachmittag gewesen war. Sie erinnerte sich daran, wie sie mit allen vier Kindern die Court Street entlanggegangen war. Die Geschichte dieses Tages endete mit der Erinnerung daran, wie sie sich in jener Nacht und den Nächten danach schlaflos im Bett wälzte, bis sie dann schließlich den Autounfall gehabt hatte. Aber das erwähnte Alice nicht mehr. Sie sagte einfach nur: «Ich bin ins Bett gegangen.» Und damit war sie mit ihrem Bericht am Ende. Frannie warf einen Blick auf die Wanduhr, dann gab sie die Zeit an und schaltete den Recorder ab.

«Danke.» Giometti erhob sich halb und streckte Alice die Hand entgegen.

«Ist das alles?», fragte Alice.

«Sie sind fertig.»

«Darf ich etwas fragen?»

Frannie lächelte. «Nur zu.»

«Was ist hier drin gerade mit Tim passiert?»

Giometti warf Frannie einen Blick zu. Dann antwortete er: «Es tut mir Leid, aber darüber dürfen wir Ihnen keine Auskunft geben.»

Alice blickte in Frannies dunkle Augen. «Was hat er Ihnen über das Baby gesagt? Woher wusste er, dass es ein Mädchen ist? Was hat Dr. Rose Ihnen gesagt? Haben Sie überhaupt mit ihr gesprochen?»

«Ja, wir haben mit Dr. Rose gesprochen», erwiderte Frannie.

«Und?»

«Ich sage Ihnen was.» Frannie stand auf und ging um

den Schreibtisch herum, um Alice zur Tür zu begleiten. «Wenn Sie wissen wollen, wie Tim herausgefunden hat, dass das Kind ein Mädchen ist, fragen Sie Ihre Freundin Maggie.»

Als Alice aus dem Präsidium heraustrat, kam ihr Maggie auf der Union Street entgegen, ein wenig zu spät für ihren Termin. Sie trug einen engen gelben Rock, der kurz über ihren Knien endete, und taubengraue Wildlederschuhe mit hohen Absätzen, die gestern erst in den Laden geliefert worden waren. Der Anblick irritierte Alice.

«Ich hoffe, du hast sie bezahlt», rief sie ihr entgegen.

«Was?» Maggie beschleunigte ihre Schritte nicht. «Was ist los, Alice?»

«Ich bin ein bisschen durcheinander. Vor einer Stunde ist Tim hier in Begleitung eines Anwalts herausgekommen.»

«Ich verstehe. Und wenn ich meine Schuhe bezahle, ist das leichter zu ertragen?»

Alice nahm all ihren Mut zusammen. «Mags, hast du Tim von Ivy erzählt?»

«Dass sie ein Mädchen ist?»

Alice nickte.

Die Sonne verschwand hinter einer Schleierwolke, und im klaren Licht warf Maggie einen Blick auf ihre eleganten Füße. «Sind sie nicht wunderschön?» Sie küsste Alice auf die Wange. «Ja, natürlich habe ich sie bezahlt, mit unseren üblichen Prozenten, wie vereinbart.» Zwinkernd stieg sie die Treppe hinauf.

«Ja, und?», fragte Alice.

Maggie blieb stehen und blickte sich um. Ihr Gesicht wurde ernst. «Das wird ein längeres Gespräch. Ich bin den ganzen Tag bei Ethan. Lass uns morgen früh im Laden reden, während wir die Belege fertig sortieren. Martin hat übrigens schon drei Nachrichten auf dem Anrufbeantworter hinterlassen. Wir müssen endlich die Quartalsabrechnung machen.» Mit diesen Worten trat sie durch die offene Tür und verschwand.

KAPITEL 16

Am nächsten Morgen auf dem Weg zum Blue Shoes fiel Alice ein Ausspruch ihrer Mutter ein. Als Alice zum ersten Mal Liebeskummer gehabt hatte, war ihre Mutter mit einem riesigen Strauß Margeriten von der Arbeit nach Hause gekommen und hatte ihrer Tochter erklärt: «Blumen heilen ein gebrochenes Herz!» Kurz entschlossen betrat Alice nun den neuen Blumenladen hinter der Butler Street und ging lächelnd auf die Theke zu.

«Guten Morgen!» Ein Mann mit schulterlangen braunen Haaren, die er hinter die Ohren gesteckt hatte, trat aus dem Hinterzimmer. «Was kann ich für Sie tun?»

«Pfingstrosen», erwiderte Alice und betrachtete die elegant gebundenen Sträuße aus exotischen Blumen. «Ich weiß, dass das nicht die richtige Jahreszeit ist, aber haben Sie welche?»

«Im Treibhaus sind sie immer zu bekommen.» Er führte sie zu einer Nische hinten im Laden, wo ein grüner Plastikeimer voller weiß-rosafarbener Pfingstrosen stand, die unterschiedlich weit aufgeblüht waren. «Ich habe sie heute Morgen frisch hereinbekommen und hatte noch keine Zeit, sie zu arrangieren.»

«Nicht nötig», erklärte Alice. Pfingstrosen waren Laurens Lieblingsblumen gewesen. «Ich nehme sie alle.»

Zehn Minuten später verließ sie den Laden mit zwei Dutzend in Plastikfolie verpackten Pfingstrosen. Außerdem hatte sie noch eine überdimensionierte Glasvase erstanden und einen Dauerauftrag für die wöchentliche Lieferung von Pfingstrosen erteilt, worüber sich der Mann so gefreut hatte, dass er ihr für die Vase nichts berechnet hatte. Alice atmete tief den Duft der Blumen ein, als sie die drei Häuserblocks zum Blue Shoes ging.

Maggie war bereits da und ordnete die Belege zu ordentlichen Stapeln.

«Oh, wie hübsch!», rief sie aus und kam angelaufen, um ihr die große Tüte mit der Vase abzunehmen. Sie steckte die Nase in die Blumen. «Ah ja, ich verstehe.»

«Wir bekommen sie jetzt jede Woche für sie», sagte Alice.

«Das ist eine Super-Idee, Alice.» Maggie sah aus, als würde sie gleich in Tränen ausbrechen. «Du bist eine so tolle Freundin, und ich war wirklich ekelhaft.» Alice konnte es nicht leiden, wenn man sie beim Hereinkommen gleich mit irgendetwas überfiel, deshalb sagte sie ausweichend: «Hilf mir mal mit den Blumen.»

Maggie ging zum Bad hinten im Laden und ließ Wasser in die Vase laufen. Mühsam schleppte sie das schwere Gefäß wieder in den Laden. «Wo soll ich sie hinstellen?»

«Erst mal auf die Theke», erwiderte Alice. «Vielleicht lassen wir uns in diesem Laden mit den schmiedeeisernen Sachen auf der Bergen Street einen Sockel machen.»

Maggie stellte die Vase vorsichtig auf die blassgrüne Theke. Gemeinsam arrangierten sie die Blumen zu einem üppigen, prachtvollen Strauß. Der Duft verursachte Alice Übelkeit, aber sie kümmerte sich nicht darum. Als sie an den zarten Blütenblättern schnupperte, dachte sie an die Babys in ihrem Bauch und fühlte einen Hauch von ihrem früheren Glück zurückkehren.

«Ich liebe Simon immer noch.»

«Das überrascht mich nicht, Mags. Aber ich dachte, du hättest eine Entscheidung getroffen.»

«Ja, habe ich ja auch.»

Alice blickte Maggie abwartend an. Sie sah ihr an, dass es noch mehr zu sagen gab.

«Weißt du, Alice, wir schlafen ab und zu miteinander.»

Das war ja tatsächlich eine Neuigkeit. «Aber ihr seid doch geschieden.»

«Nein, eigentlich nicht.» Maggie verzog das Gesicht zu einem schelmischen Grinsen.

«Aber du hast doch gesagt …»

«Ich habe dir gesagt, dass die Papiere da sind. Wir haben sie einfach nie unterschrieben.»

Plötzlich wurde Alice alles klar. In ihrem typischen Mangel an Disziplin hatte Maggie mit Simon Geheimnisse geteilt, um ihn weiter an sich zu binden. Dinge, die ihm vermutlich ziemlich gleichgültig waren, wie das Geschlecht von Laurens Baby. Wie ein Spion hatte Maggie Ivy an Simon weitergegeben, und er wiederum hatte es Tim erzählt. Das ergab Sinn. Maggies und Simons Leidenschaft hatte sich noch nie nur auf sie beide beschränkt, sondern schon immer harmlose Außenstehende mit hineingezogen.

«Ich verstehe», sagte Alice ruhig.

«Ich konnte nicht anders. Ich wollte es ihm nicht erzählen, es ist mir einfach so herausgerutscht. Und ich wäre nie auf die Idee gekommen, dass mich die Polizei danach fragen würde.»

Der Gedanke daran, dass Maggie der Polizei alles hatte erklären müssen, schien Bestrafung genug, und für den Augenblick ließ Alice alles auf sich beruhen.

Im Laufe des Morgens allerdings wuchs in ihr die Wut darüber, dass Maggie diesen wichtigen Punkt verschwiegen hatte. Kein Wunder, dass Frannie und Giometti dieselben Aussagen noch einmal hatten hören wollen. Sie zweifelten an der Glaubwürdigkeit der Freunde.

Vielleicht hatten sie ja Recht, dachte Alice, als sie um kurz nach eins nach Hause ging. Sie hatte Lebensmittel eingekauft, und die Griffe der schweren Plastiktüten schnitten ihr in die Handflächen. Es bereitete ihr zunehmend Mühe, die Einkäufe zu tragen, aber heute hatte sie das Gefühl, die Unannehmlichkeiten verdient zu haben, weil sie Frannie dazu gedrängt hatte, ihren Freund Tim zu überprüfen. Und dabei war alles ganz einfach zu erklären gewesen. Alice fühlte sich verraten, sowohl von Maggie als auch von sich selbst.

Sie bog in die President Street ein, holte tief Luft und marschierte weiter. Je näher sie ihrem Häuserblock kam, desto dichter wurde der Verkehr. Sie hörte Autos hupen, und sie bemerkte, dass heute mehr Stau war als sonst. Und dann fiel es ihr ein: Natürlich, ihr neuer Vermieter zog heute ein, und seine Möbelwagen versperrten vermutlich die Straße.

Sie stieg die Stufen zur kühlen Eingangshalle hinauf, stellte die Einkaufstüten vor ihre Wohnungstür und rief die breite Treppe hinauf: «Hallo?»

Sofort ertönten polternde Schritte, und ein dicker Mann kam die Treppe herunter. Er trug eine zu Shorts abgeschnittene graue Trainingshose, aus der seine Beine dick und bleich mit vereinzelten schwarzen Haaren herausragten. Sein verschwitztes weißes Achselunterhemd wölbte sich über seinen Kugelbauch. Die lockigen schwarzen Haare waren offensichtlich gefärbt, und sein Gesicht war aufgedunsen und schlaff. Was Alice aber am meisten überraschte, war seine Brille. Sie war trendy auf eine Art, die überhaupt nicht zu ihm passte, minimalistische rechteckige Gläser in einer lila Fassung. Offenbar hatte er sich am Morgen nicht rasiert, aber das war verständlich, schließlich zog er heute um. Alice beschloss, sich zu zwingen, den Mann zu akzeptieren, auch wenn sie es vielleicht nur tat, um zu überleben.

Sie streckte die Hand aus: «Ich bin Alice Halpern.»

Er schüttelte ihr die Hand, ohne sich vorher den Schweiß abzuwischen, aber sie lächelte tapfer weiter.

«Julius Pollack», sagte er mit öliger Stimme, die sie seltsamerweise an gelben Lack erinnerte.

Auffordernd blickte er sie an.

«Mr. Pollack», begann sie aufgesetzt selbstbewusst, weil sie seinem eindringlichen Blick etwas entgegensetzen musste, «ich weiß nicht, wie viel Ihnen Joey über unsere Lage berichtet hat. Wir hatten ihn gebeten, es Ihnen ...»

«Er hat mir gesagt, Sie seien noch hier.» Julius Pollack lächelte steif, ein Plastiklächeln, das zu seinem gelackten Tonfall passte. Ihr wurde ganz mulmig zumute. «Und jetzt bin ich hier. Wir sind zusammen hier.»

Wieder starrte er sie an und wartete.

«Es kostet Zeit, ein Haus zu kaufen», sagte sie.

Dieses Lächeln. Sie kam sich ganz dumm vor.

«Wir haben Kinder», erklärte sie. «Wir brauchen Platz. Und wie Sie sicher wissen, ist der Markt zurzeit ...»

«Ich will keine Erklärung.» Sein öliger Tonfall war unerträglich süßlich geworden. «Nur die schriftliche Zusage, dass Sie vor Ende des Monats ausziehen.»

Blutsauger, hörte Alice Lauren sagen. *Ich beginne diese Blutsauger zu hassen für das, was sie uns zumuten.* Alice verabscheute diesen Mann, Julius Pollack, bereits aus ganzem Herzen, und dabei kannte sie ihn kaum. Dieser Mann, der sie in einem Monat aus dem Haus haben wollte; dieser Mann, dem sie ihre Lage erklären musste; den sie höflich bitten – nein: anbetteln – musste, damit er ihnen mehr Zeit ließ. Es war zu viel auf einmal – die Haussuche und der Verlust der geliebten Freundin. Lauren hätte seine Arroganz nicht toleriert. Sie hätte ihm schon die Meinung gesagt. Aber Alice war nicht Lauren. Sie stand nur sprachlos in der Eingangshalle, unfähig zu reagieren, während Julius Pollack sie einfach stehen ließ und durch die Eingangstür trat. Sie hörte, wie er den Möbelpackern zurief: «Bitte, seien Sie vorsichtig mit meinen Sachen!»

Sie trug die Tüten in ihre Wohnung. Auf dem Küchentisch lag eine Nachricht von Mike. Er war mit den Kindern ins Kino gegangen. Ohne sie war die Wohnung leer. Sie räumte die Lebensmittel weg und setzte sich in ihre stille Küche, die sich gar nicht mehr wie ihre Küche anfühlte. Nach fünfzehn Jahren kam ihr die Wohnung auf einmal nicht mehr wie ihr Zuhause vor. Es war Julius Pollacks Haus, das hatte er mit seiner Kündigung vollkommen klar gemacht.

Sie blickte auf den Notizblock, der auf dem Tisch lag, und ihr fiel ein, dass ihre Mutter ihr ja einen Termin bei der Maklerin gemacht hatte. Sie schlug die Seite auf, und es versetzte ihr einen Stich, als sie die runde Schrift ihrer

Mutter sah. *Montag, 10.00 Uhr, Pam Short, Garden Hill Realty, Treffen in ihrem Büro, Besichtigung von 3 Häusern.* Pam Short war die Maklerin, von der Sylvie behauptete, dass sie für jeden ein Haus finden würde. Alice hatte eigentlich nicht vorgehabt, den Termin einzuhalten – in ihrer wackeligen Gefühlslage hatte sie sich nicht vorstellen können, Häuser anzuschauen –, aber mittlerweile war ihr klar, dass sie gar keine andere Wahl hatte.

Sie konnte gegen den neuen Eigentümer nichts ausrichten. Ihr Vertrag war nicht mehr gültig, und es war sein Haus. Also griff sie zum Telefon und bestätigte den Termin, indem sie eine Nachricht auf Pam Shorts Anrufbeantworter hinterließ. So konnte sie es sich wenigstens nicht mehr anders überlegen.

KAPITEL 17

Garden Hill Realty lag an der Court Street neben der monolithischen Old St. Paul's Church, wo man samstags Bingo spielen, sonntags beten, unter der Woche abends zu Treffen der Anonymen Alkoholiker gehen und an Donnerstagnachmittagen im Sommer Bio-Produkte kaufen konnte. Auf einem Kupferstich der Brooklyn Bridge stand *Ihr Weg zu einem Brownstone in Brooklyn. Maklerlizenz: Judith Gersten.* Die abgebildeten Häuser kosteten zwei Millionen Dollar oder mehr. Sie konnten unmöglich etwas in ihrer Preisklasse haben, dachte Alice, aber dieses Mal würde sie sich vom Markt nicht entmutigen lassen. Irgendetwas würde es für sie schon geben, und wenn es wieder zur Miete wäre.

Alice blickte auf die Uhr. Es war zehn nach zehn: Pam kam zu spät. Sie musterte die Passanten auf der Court Street, um Pam Court zu entdecken, aber die Frau kam natürlich aus der anderen Richtung.

«Hallo!», rief sie mit glockenheller Stimme. «Entschuldigen Sie die Verspätung!»

Pam Short war eine große, üppige Frau – sie war mindestens fünfzig Pfund schwerer als Alice –, und ihr pink- und orangefarbener Kaftan erinnerte Alice an die Sachen, die ihre Mutter Ende der Sechziger getragen hatte, als sie ihrer damals sehr kleinen Tochter äußerst cool vorgekommen war. Pams schulterlange braune Haare hatten einen hellroten Schimmer, der kürzlich in Mode gekommen war, und ihr pinkfarbener Lippenstift passte zu der Farbe auf dem Kaftan. Zum Schluss fielen Alice die Schuhe der Frau auf: Ihre Füße quollen aus den gleichen roten, mit Strasssteinen besetzten Leder-Flipflops, die an Sylvies schlanken Füßen so hinreißend ausgesehen hatten.

Pam holte ein großes Schlüsselbund aus der Tasche und schloss die lange Metallbox an der Mauer auf, in der sich der Kettenzug für das Gitter vor der Ladenfront befand. Nachdem sie ein paarmal kräftig daran gezogen hatte, öffnete sich das Gitter. Drinnen fuhr Pam mit der Hand über eine Reihe von Schaltern, und alle Lampen im Laden gingen gleichzeitig an, sodass der Raum aufgeschlagen wie ein Pop-up-Buch vor ihnen lag. Die Wände waren in einem blassen Pink gestrichen, und die Stuckdecke war cremefarben. Zwei Deckenventilatoren drehten sich langsam. An den Wänden hingen angestrahlte Fotos von Alt-Brooklyn mit seinen Weiden, Farmen und Hütten und von Neu-Brooklyn mit seinen prachtvollen Villen und Gärten. Ein mit Orientteppichen ausgelegter Gang trennte zwei Reihen mit je vier Schreibtischen, alle sehr ordentlich und aufgeräumt, abgesehen von dem einen am hinteren Ende der rechten Seite, auf dem jede Menge Schnickschnack stand. Dahinter hingen drei gerahmte gestickte Sprüche, die Alice aus der Entfernung nicht lesen konnte.

Pam setzte sich an den ersten Schreibtisch auf der rechten Seite, von dem aus man den besten Blick auf die Straße hatte. Alice nahm auf einem Stuhl neben dem Schreibtisch

Platz. Pam faltete ihre molligen Hände auf einem weißen Aktenordner und blickte Alice an.

«Bevor wir anfangen, möchte ich Ihnen sagen, wie Leid es mir wegen Ihrer Freundin tut. Sylvie hat mir davon erzählt, und ich habe es auch in der Zeitung gelesen. Sie sind wahrscheinlich am Boden zerstört, und das in Ihrem Zustand. Ich fühle wirklich mit Ihnen.»

«Danke», erwiderte Alice. «Das ist nett von Ihnen. Meine Mom meinte, ich solle mich aufraffen, deshalb hat sie diesen Termin gemacht, aber ...»

«Wir können gerne einen neuen Termin machen», unterbrach Pam sie. «Es braucht nicht heute zu sein.»

«Doch, es muss sofort sein. Meine Mutter hat Recht. Unser neuer Vermieter hat uns schon die Kündigung geschickt. Er will uns auf jeden Fall heraushaben.»

Pam fuhr ihren Computer hoch und begann, den weißen Aktenordner durchzublättern. «Ihre Mutter sagte, Sie suchen nach einem Haus, mit mindestens zwei Schlafzimmern, aber wir wären blöd, wenn wir nicht von vorneherein nach einem mit drei Schlafzimmern suchen würden. Das doppelte Einkommen wirkt sich auf die Hypothek aus, und sie meinte, Sie könnten sich im Achthunderttausend-Dollar-Bereich umschauen, aber ich denke, Sie sollten höher anfangen. Das müssen Sie in diesem Markt einfach, aber machen Sie sich keine Sorgen, wir rechnen alles aus, und dann sehen Sie schon, was ich meine.»

Während Pam redete, markierte sie Seiten des Aktenordners mit pinkfarbenen Post-it-Zetteln. Sie trug vier Ringe an jeder Hand, unter anderem auch einen Ehering, der unter einer roten Plastikkugel beinahe verschwand.

«Sollen wir auch nach Mietobjekten schauen? Dann

hätten Sie mehr Zeit, um nach dem perfekten Haus zu suchen.»

Das perfekte Haus. Gab es so etwas überhaupt? Alice sah sich selbst, umgeben von Stapeln von Umzugskisten, die Lungen voller Staub, mit schmerzenden Muskeln von dem ständigen Hin- und Herräumen. Zwei fordernde Kinder und bald zwei schreiende Babys. «Ich bin doch keine Zigeunerin», hatte Lauren erst vor drei Wochen im Autumn Café zu Alice gesagt und die eine Hälfte von Alices Bagel entgegengenommen. Sie sah förmlich vor sich, wie Lauren hineinbiss, und spürte den kühlen, sahnigen Geschmack des Cream Cheese auf der Zunge. «In Amerika gibt es Rechte», hatte Lauren gesagt. «Oder etwa nicht?»

«Nein», erwiderte Alice Pam. «Wir wollen nur kaufen. Ich möchte nicht zweimal umziehen.»

Pam nickte. Alice war sich beinahe sicher, dass sie ein Lächeln unterdrückte, weil sich ein Grübchen in ihrer Wange bildete. Sie blätterte durch ihre Aktenmappe und betrachtete die Seiten, an die sie Post-its geklebt hatte.

«Es sieht ganz so aus, als gäbe es ein paar Möglichkeiten im Moment», sagte Alice.

Pam hielt inne und blickte Alice an. «Meine Liebe, es gibt immer Möglichkeiten. Mein Job ist es, Dinge geschehen zu lassen, und ich habe noch nie einen Kunden enttäuscht, der wirklich kaufen wollte.»

Rasch vereinbarte Pam Besichtigungstermine für Alice: zwei Häuser für den nächsten Morgen, eins später am Nachmittag und eins am Tag danach.

Am nächsten Tag setzte Alice die Kinder an der Schule ab und wanderte langsam zu der Adresse, die Pam ihr am

First Place zwischen Court und Clinton Street angegeben hatte. Weil sie viel zu früh für den Neun-Uhr-Termin war, machte sie einen Umweg über die Carroll bis zur Henry Street, wobei sie den langen Schatten der Häuser auf der Nordseite genoss. Jede Hausfassade erzählte von der Geschichte und den Leidenschaften der Menschen, die darin gewohnt hatten. Die meisten Häuser in dieser Gegend waren um 1800 gebaut worden, als Babys noch zu Hause geboren wurden, Besitz in der Familie blieb und Großeltern in denselben Betten starben, in denen sie schon als Kinder geschlafen hatten. An der Henry Street bog sie auf den First Place ein und kam an hohen, breiten Häusern vorbei, deren Vorgärten, von Eisengittern umgeben, vor Rosen überquollen.

Ein Blick auf ihre Armbanduhr ließ sie ihren Schritt beschleunigen. Rasch ging sie zur Ecke Clinton Street, wo sie auf dem Bürgersteig wartete, bis sie die Straße überqueren konnte. In diesem Moment bemerkte sie den großen grauhaarigen Mann, den Limousinen-Fahrer, den sie an dem Morgen am Kanal gesehen hatte. Er saß auf einem Poller auf der anderen Straßenseite und schien sie zu beobachten. Er nickte ihr zu, aber dieses Mal erwiderte sie den Gruß nicht. Er war seltsam, und sie mochte ihn nicht. Manchmal konnte dieses urbane Dorf wirklich zu klein sein. Hoffentlich wohnte der Mann nicht in diesem Häuserblock.

Pam hatte ihr gesagt, dass der Eigentümer des Hauses, das sie besichtigen wollte, siebenhunderttausend Dollar verlangte. Das war für diese Gegend das reinste Schnäppchen. «Im Herzen von Carroll Gardens», hatte Pam ihr aus dem Exposé vorgelesen. Vier Etagen, eine dreistöckige

Wohnung für den Eigentümer, eine Mietwohnung. Das Haus war zwar ungewöhnlich schmal und nicht besonders groß, aber laut Exposé besaß es viel Potenzial. Und es konnte sofort bezogen werden. Alice hatte auf dem Weg hierhin in allen möglichen Phantasien geschwelgt, aber als sie das Haus erblickte, sank ihr das Herz.

Viel Potenzial, begriff sie angesichts dieses schmalen Ziegelbaus, bedeutete *Kernsanierung erforderlich.* Pam wartete bereits auf sie vor dem Haus und kritzelte etwas in ihr Notizbuch. Als sie Alice erblickte, kam sie auf sie zu.

«Es tut mir Leid», sagte sie mit solchem Nachdruck, dass Alice keine Sekunde daran zweifelte, dass sie es ehrlich meinte. «Es ist neu hereingekommen, und ich habe es noch nie zuvor gesehen. Das glaubt man doch nicht, oder? Ich könnte es Ihnen noch nicht einmal zeigen, wenn Sie es unbedingt sehen wollten. Es hat keine Fußböden! Kommen Sie, wir trinken einen Kaffee vor dem nächsten Termin.»

Sie gingen um die Ecke ins La Traviata Café, stellten sich an die Theke und orderten Cappuccino für Pam und einen Orangensaft für Alice. An der Wand hingen Fotos von Frank Sinatra neben einem lebensgroßen Plakat von Placido Domingo. Es war ein ulkiges, ein wenig chaotisches Lokal, und ein starker, würziger Duft nach Kaffee lag in der Luft. Als Pams Cappuccino kam, war es Alice bereits wieder übel, und sie bedauerte, dass sie Orangensaft bestellt hatte. Die Säure würde ihrem unruhigen Magen nicht gut tun.

Sie nahmen ihre Getränke und setzten sich an einen Tisch vor der Tür. Pam blies Krater in ihren Milchschaum und schüttete ein ganzes Paket Zucker hinein.

«Dieses Haus da», sagte Alice, die über das Haus und den Limousinen-Fahrer nachdachte, als ob über dem Ort irgendwie eine dunkle Wolke schwebte.

«Vergessen Sie es.» Pam trank einen Schluck Kaffee. «Jedes Haus ist ein Blind Date. Entweder es passt oder es passt nicht. Die meisten passen nicht, und dann sucht man weiter.»

«Ich werde es mir merken.»

«Haben Sie vorher noch nie gesucht?»

«Wir wohnen seit fünfzehn Jahren im selben Haus. Bevor wir uns beide selbständig machten, hätten wir mit Leichtigkeit etwas kaufen können. Wir hätten es eigentlich tun müssen. Aber wir hatten ja eine schöne Wohnung, warum sollten wir also?»

Pam verzog das Gesicht. «Sie würden nicht glauben, wie oft ich das schon gehört habe. Damals, als noch niemand diese Gegend kannte, hätten Sie zuschlagen müssen. Aber jetzt?» Sie zuckte mit den Schultern. «Aber machen Sie sich nichts draus. Sie haben Ersparnisse, und Ihr Laden ist ein Erfolg, das spüre ich in den Zehenspitzen.» Pam brach in Lachen aus und streckte einen Fuß unter dem Tisch hervor. Alice erkannte ihre Schuhe sofort: rehbraune Schuhe mit Keilabsatz und runder Kappe.

«Ach, Sie haben die gekauft?» Es war eins der neuen Modelle, ziemlich teuer mit dreihundert Dollar. «Warum habe ich Sie denn noch nie im Laden gesehen?»

«Ich gehe immer erst spät am Tag, nach der Arbeit.»

Maggies Schicht. Die perfekte Mischung: Maggies Charme, eifrige Füße und eine offene Brieftasche.

Pam blickte auf ihre Uhr.

«Müssen wir los?», fragte Alice.

«Wir haben noch ein bisschen Zeit.» Pam schob ihre leere Tasse über den Tisch und lehnte sich zurück. «Sie könnten mir etwas über Ihren neuen Hauseigentümer erzählen.»

Ein Stadtbus hielt an, ließ zwei Frauen einsteigen und fädelte sich in einer Dieselwolke wieder in den Verkehr ein. «Er ist ein Albtraum», begann Alice. «Und gerade jetzt, zwischen der Geburt der Zwillinge und Laurens ...» Ihr wurde schwindlig, als sie daran dachte, wie sie Laurens Leiche aus dem Kanal gezogen hatten. «Ich habe morgens schon Schwierigkeiten, aus dem Bett zu kommen. Aber wir können mit diesem Mann nicht unter einem Dach wohnen bleiben. Lauren kämpfte gegen die Kündigung. Sie war eine Kämpferin. Aber ich bin das nicht.» Und dann flossen die Worte einfach so aus ihr heraus. Sie erzählte Pam alles über Lauren und ihre Freundschaft, beschrieb Laurens Verschwinden und die Entdeckung der Leiche in allen Einzelheiten und erwähnte auch Ivy. Sie erzählte Pam sogar, wie Ivy vielleicht aussah: klein, hellbraune Haare, Laurens hellblaue Augen. Dann hielt sie verlegen inne. Offensichtlich brauchte sie keine Maklerin, sondern eine Therapeutin. Pam Short wäre eine exzellente Therapeutin gewesen, dachte sie gerade, als Pam ihre Gedanken unterbrach.

«Wo wohnte sie denn?»

Alice nannte ihr Laurens Adresse. «Ihr Mann wohnt jetzt dort alleine mit seinem Sohn.»

Pam kniff die Augen zusammen. «Sagten Sie, sie wohnen im zweiten Stock Apartment 2 B? Drei Schlafzimmer, viele Extras, tolle Küche und Terrasse zum Garten?»

«Woher wissen Sie das?»

«Wir haben die Wohnung gerade hereinbekommen. Sie kann ab ersten Oktober bezogen werden. Wahrscheinlich hat er den Kampf aufgegeben.»

Alice war schockiert. Tim zog um? Wohin sollten er und Austin denn gehen? Würden sie in der Gegend wohnen bleiben? Warum hatte er ihnen nichts von seinen Plänen erzählt?

«Na ja, Sie werden keine Probleme haben, die Wohnung zu vermieten», murmelte Alice. «Sie ist mietpreisgebunden.»

«Ach was! Die Wohnung gehört zu den teuersten auf dem Markt. Wenn ich mich recht entsinne, verlangen sie 3200 Dollar dafür.»

«Aber Lauren und Tim haben nur elfhundert bezahlt», erwiderte Alice. «Ich weiß genau, dass sie mietpreisgebunden ist. So viel teurer kann sie doch dann nicht werden, oder?»

«Nur, wenn die Miete sich den zweitausend nähert oder umfangreiche Renovierungsarbeiten stattgefunden haben.» Pam schüttelte den Kopf. «Ich hasse es, wenn die Vermieter uns anlügen. Für was halten sie uns, für Idioten?»

«Aber Sie müssen doch nicht von sich aus wissen, ob eine Wohnung mietpreisgebunden ist oder nicht, oder?»

«Doch, wenn sie registriert ist, dann muss ich es wissen. *Scheiße.* Entschuldigung – zu Hause darf ich nicht fluchen. Ray kann das nicht leiden.» Pam trommelte mit den Fingern auf den Tisch. «Aber das soll im Moment nicht unsere Sorge sein, oder? Ich sehe nach, wenn ich wieder im Büro bin. Sind Sie bereit weiterzumachen?»

Auf dem Weg zum nächsten Haus überlegte Alice, wie

viel mehr ihre Wohnung wert war, wenn schon Laurens Wohnung so teuer sein konnte. Da ihre Wohnung sich in einem Zweifamilienhaus befand, unterlag sie keiner Mietkontrolle. Anscheinend bezahlten sie nur ein Drittel des Marktwertes, und anscheinend wollte Julius Pollack die Wohnung gar nicht für sich selbst, sondern um sein Einkommen aufzubessern. Ganz klar, das war doch immer der Grund. Sie waren ihm völlig egal, ihm ging es nur um Geld.

Das nächste Haus war besser als das erste, aber trotzdem ziemlich deprimierend. Niedergeschlagen trottete sie neben Pam her, die ihr aufmunternd versicherte: «Es ist ein ständiges Auf und Ab. Das nächste Haus ist viel besser, das verspreche ich Ihnen. Geben Sie Ihren prachtvollen Schuhen ein Küsschen von mir. Bis später dann!»

«Ja, mache ich», erwiderte Alice. Es war bereits nach elf, eigentlich zu spät, um Blue Shoes noch aufzumachen. Aber Alice hatte sowieso noch etwas anderes vor. Sie wollte bei Tims Wohnung vorbeigehen, um herauszufinden, was los war.

KAPITEL 18

Tim zögerte einen Augenblick lang, bevor er zu Alice sagte: «Komm herein», und ihr mit dem Summer die Haustür öffnete. Seine Stimme klang komisch, das erste schlechte Zeichen. Ein weiteres schlechtes Zeichen waren die Müllsäcke aus Plastik, die sich vor seiner Wohnungstür stapelten. Laurens Wohnungstür. Sortierte er etwa schon ihre Sachen aus?

Die Tür stand einen Spalt weit auf, also trat Alice einfach ein. Austin spielte im Wohnzimmer. Er hatte noch seinen Schlafanzug an. Sie beugte sich herunter, um ihn auf den Scheitel zu küssen.

«Wo ist Daddy?»

«In der Küche.» Er wandte den Blick nicht von seinem Spielzeug. Wie lange wollte Tim ihn wohl noch zu Hause behalten?

In der Küche stand Tim mitten in Bergen von Geräten, Geschirr, Töpfen und Pfannen. Der Starmix, den Alice Lauren vor kurzem geschenkt hatte, damit sie das Essen für das Baby pürieren konnte, stand noch unausgepackt auf der Theke. Tim wirkte entnervt und erschöpft.

«Was machst du da, Tim?»

«Das wollte ich dir und Mike morgen erzählen.» Tim griff in seine Hemdtasche und zog sein Päckchen Zigaretten heraus. Er nahm eine und wollte sie gerade anzünden.

«Tim, bitte nicht», protestierte Alice. «Ich bin schwanger.» Sie war überrascht über ihr forsches Auftreten, aber sie hatten eine Grenze überschritten: Sie hatte Tim bei etwas erwischt. Von nun an würde sie ihn nicht mehr wie ein rohes Ei behandeln. Er legte die Zigarette auf die Theke und steckte das Päckchen wieder in seine Hemdtasche.

«Es tut mir Leid.» Er hob flehend die Hände. «Alice, es tut mir wirklich Leid. Ich will hier nicht weg. Ich will gar nichts. Aber ich kann nicht wieder zur Arbeit gehen, und ich kann nicht hier bleiben.»

«Wir helfen dir, Tim. Bitte, lass uns ...»

«Du verstehst das nicht.» Er trat an die Spüle, drehte den Hahn auf, hielt seine Hände unter das kalte Wasser und trocknete sie an seinem Hemd ab. «Es hat nichts mit Geld zu tun. Was das Geld angeht, kann ich es mir leisten, zu Hause zu bleiben. Aber ich kann einfach nicht mehr hier sein. Verstehst du? Ich kann nicht mehr hier sein!»

Ja, Alice verstand. Ihr ging es nicht anders. Sie wäre auch am liebsten weggelaufen vor all den Erinnerungen an Lauren. Aber sie musste auch an ihre Familie denken. Und dasselbe galt für Tim.

«Was ist mit Austin?»

«Das wird schon gehen. Wir machen Urlaub und fangen irgendwo neu an.»

«Nimmst du ihn aus der Schule?»

«Alice, er ist im Kindergarten. Es wird schon gehen.» Irritiert ergriff Tim seine unangezündete Zigarette, drehte sie zwischen den Fingern und legte sie wieder zurück auf die Theke. «Wenn wir zurückkommen, suche ich uns eine neue Wohnung und gehe wieder zur Arbeit. Aber es wird nichts mehr so sein, wie es vorher war.»

«Wohin fährst du?»

Tim zuckte mit den Schultern, und Alice sah ihm an, dass er diese Frage nicht beantworten konnte. Aber sie konnte sie doch nicht einfach so gehen lassen! Wie konnte Tim Austin von den Leuten wegreißen, die sein ganzes Leben lang seine Familie gewesen waren?

«Richtung Westen wahrscheinlich. Den Winter über. Im Frühjahr kommen wir zurück.»

Alice nickte langsam. «Wie können wir dich erreichen?»

«Ich rufe euch an, wenn ich eine Adresse habe, okay? Alice, ich werde keinen von euch je vergessen. Wir verlassen nicht euch, sondern wir … wir gehen einfach.»

«Und was ist mit den Ermittlungen? Weiß die Polizei Bescheid?»

«Ja, das habe ich mit ihnen geklärt. Sie brauchen mich nicht mehr. Alice», fügte er mit solcher Bitterkeit hinzu, dass sie begriff, er glaubte, sie traue ihm nicht. Er nahm seine Zigarette und zündete sie an. «Hör zu. In zwei Tagen kommen die Möbelpacker. Das ganze Zeug hier wird eingelagert. Ich muss jetzt weiterpacken, sonst …» Er beendete den Satz nicht, aber Alice wusste sowieso, was er sagen wollte. *Sonst drehe ich durch.*

«Geh nicht, ohne dich zu verabschieden, Tim. Bitte!»

Er blickte sie aus seinen moosgrünen Augen an, legte seine Zigarette ab und trat zu ihr, um sie in die Arme zu nehmen. So nahe war der Geruch nach Rauch stechend.

«Natürlich sagen wir auf Wiedersehen.»

«Ich werde dich und Austin so sehr vermissen», flüsterte sie und vergrub ihr Gesicht ein letztes Mal in der Halsbeuge von Laurens Mann.

Auf dem Weg durchs Wohnzimmer blieb sie bei Austin stehen, der eine winzige Cowboy-Figur mit braunen Plastikkühen umringt hatte. Sie beugte sich zu ihm, um ihn auf seine weiche Wange zu küssen.

«Du riechst nach Zimt.» Wieder küsste sie ihn und flüsterte: «Ich liebe dich.» Austin erstarrte, als sie mit ihren Fingern sanft über sein Gesicht fuhr, um sich jede Linie einzuprägen.

Dann ging sie, ohne sich noch einmal umzublicken. Den ganzen Weg zum Blue Shoes ging sie zu Fuß. Auch wenn es schon spät war, sie würde den Laden aufmachen, dort sitzen, Kunden bedienen. Heute würde ihr alles schwer fallen, deshalb konnte sie genauso gut im Laden sein. Sie fühlte sich hilflos. In weniger als zwei Wochen hatte sich ein Drittel ihres Lebens – die Familie Barnet – in nichts aufgelöst, wie ein Stern, der einfach erloschen war.

Sie blieb vor einem Deli stehen, in dessen Schaufenster zahllose Zeitschriften lagen. Auf dem Bürgersteig stand ein Gestell mit Tageszeitungen. Lauren war eine kleine Meldung geworden, ein kleiner Kasten in der Ecke. *Polizei sucht nach Muttermörder, noch keine Spur. Ungeborenes Baby immer noch vermisst. Der Mörder der jungen Frau immer noch auf freiem Fuß in Brooklyn.* Morgen würde Lauren wahrscheinlich nicht einmal mehr auf der Titelseite erwähnt sein.

Alice ergriff die *New York Times* und schlug den Lokalteil auf. Zum ersten Mal seit Tagen hatte die Journalistin, die Laurens Fall verfolgt hatte, keine Meldung auf der ersten Seite. Alice versuchte sich an den Namen der Reporterin zu erinnern. Ach ja, Erin Brinkley.

Ob sie sie wohl anrufen sollte? Ob sie ihr verraten sollte, dass das Baby ein Mädchen war und Ivy hieß?

Aber dann dachte sie an Frannie und Giometti. Ivys Geschlecht wurde ja nicht ohne Grund geheim gehalten; die Ermittler wussten sicher, was sie taten. Entschlossen verdrängte Alice den Gedanken. Sie würde sich um das kümmern, was sie etwas anging: ihre Familie, die Suche nach einem neuen Zuhause und ihr Geschäft.

Nach drei Stunden im Blue Shoes dachte Alice immer noch pausenlos an Tim und Austin. Um zwei war Maggie gekommen, und sie hatten Tims Entscheidung, wegzugehen, pausenlos analysiert und darüber diskutiert, wie sie es am besten den Kindern beibringen sollten, dass Austin jetzt für eine Weile weg war.

«Es wird ihnen das Herz brechen», sagte Maggie. «Für sie wird es sein wie ein weiterer Tod.»

«Mags, das siehst du zu extrem. Er kommt ja zurück.»

«Ich glaube, Tim geht für immer. Er hat vermutlich die Nase voll.»

«Hoffentlich irrst du dich», sagte Alice.

«Ich weiß nur, dass ich es an seiner Stelle täte. Mir wäre hier alles viel zu schmerzlich.»

Möglicherweise hatte Maggie Recht. Je mehr Alice darüber nachdachte, umso mehr fragte sie sich, warum sie und Mike eigentlich hier in der Gegend blieben. Warum nutzten sie die Vertreibung durch Julius Pollack eigentlich nicht dazu, in eine ganz andere Stadt zu ziehen? In einen anderen Bundesstaat? Warum sollten sie unbedingt hier bleiben, dachte sie, als sie zur Schule fuhr, um Nell und Peter abzuholen. Sie konnten doch in den Süden ziehen, wo es immer warm war, oder in den Norden, wo sie im Winter Ski laufen konnten und die Sommer nicht so heiß waren. Oder sogar ins Ausland, wo ihre Kinder mehrsprachig aufwachsen konnten, weit weg von der krassen Kommerzialisierung der amerikanischen Kultur. Warum wollten sie überhaupt hier bleiben?

Weil, dachte Alice, als sie vor der Schule hielt, *wir hier zu Hause sind. Weil wir hier leben.* Von Anfang an hatte Alice sich in dieser Gegend zu Hause gefühlt. Außerdem wusste sie, seit ihre Mutter vor der Erinnerung an ihren Vater bis nach Kalifornien geflohen war, dass sie den Verlust von Lauren und Ivy doch nie vergessen würde. Er würde sie überallhin verfolgen. Und als die Kinder aus der Schule kamen, dachte Alice schon nicht mehr daran, aus Brooklyn wegzuziehen. Sie lebten hier, und hier würden sie bleiben.

Nell und Peter plapperten über das, was sie heute erlebt hatten, während sie zu Maggies Wohnung gingen. Sylvie hatte sich bereit erklärt, eine Stunde lang auf sie und Ethan aufzupassen; sie freute sich immer, wenn sie sich etwas dazuverdienen konnte. Und Alice hatte beschlossen, dass die Hausbesichtigung ohne quakende Kinderstimmen stressfreier sein würde. Ihr schwirrte ohnehin schon der Kopf.

Das nächste Haus war ein breites Brownstone in der Clinton Street. Mit großen Fenstern, die vom Boden bis zur Decke reichten und so sauber waren, dass sie das schimmernde Licht auf den Blättern der Weide vor dem Haus widerspiegelten. Es war ein großes, fünfstöckiges Haus mit einer hölzernen, mit Schnitzereien verzierten Flügeltür, die aussah, als sei sie kürzlich erst frisch lackiert worden. Es hatte sogar eine Garage innen – was bei Häusern in Brooklyn äußerst selten vorkam –, mit einer Einfahrt, die ins Souterrain führte. Ein alter Rosenstrauch, der über und über mit gelben Rosen bedeckt war, wuchs an der Hauswand. Alice verliebte sich sofort in das Haus. Sie setzte sich auf die Vordertreppe, wartete auf Pam und stellte sich vor, wie sie hierhin nach Hause kam. Es fühlte sich richtig an, perfekt sogar, aber sie wusste zugleich, dass es mit Sicherheit außerhalb ihrer finanziellen Möglichkeiten lag. Und wenn der Preis zu hoch war, beschloss sie, würde sie gar nicht erst hineingehen.

Als sie Pam in ihrem Kaftan und den neuen Schuhen auf das Haus zukommen sah, stand Alice auf und ging ihr entgegen. Sie küssten sich zur Begrüßung auf die Wange wie alte Freundinnen.

«Wie viel?», fragte Alice.

«Wir schauen es uns zuerst an.»

«Wie viel?»

«Sie werden es lieben. Und mit den Zahlen kommen wir schon klar.»

«Ich wusste es.»

«Kommen Sie erst einmal hinein.»

Alice schüttelte den Kopf. «Nein, sagen Sie es mir.»

«Eins Komma neun.» Pam warf Alice einen eindringlichen Blick zu. «Aber man kann über alles reden. Lassen Sie uns hineingehen.»

Alice war klar, dass man über eins Komma neun nicht reden konnte, aber die Versuchung war zu groß, und sie spürte, wie ihr Widerstand dahinschmolz. Sie würde es sich nur einmal anschauen, beschloss sie.

«Sind die Eigentümer zu Hause?» Alice konnte den

Gedanken nicht ertragen, sie kennen zu lernen, ganz gleich, wie sie sein mochten. Sie würden sofort wissen, dass das Haus eine Nummer zu groß für sie war.

Pam klimperte mit dem Schlüsselbund. «Beide bei der Arbeit.»

Alice folgte Pam die Treppe hinauf. Die Eingangshalle war geräumig, mit einem weißen Marmorboden und einem funkelnden Kristalllüster. Das riesige Wohnzimmer war stilvoll und schlicht eingerichtet. Alles im Haus vermittelte Wohlstand.

«Was machen die Hausbesitzer?», flüsterte Alice, als ob die Leute sie hören könnten.

«Wer weiß?» Pam zwinkerte. «Vielleicht krumme Geschäfte.»

Sie absolvierten einen raschen Rundgang durch die Küche, die Restaurant-Qualitäten hatte, das Elternschlafzimmer mit seinem renovierten Badezimmer und einem Ankleidezimmer sowie die drei Schlafzimmer oben. In den prächtigen Garten zu gehen traute Alice sich nicht; sie blickte nur aus einem der oberen Fenster hinunter.

«Warum haben Sie mich hierher gebracht?», fragte Alice Pam, als sie ins Parterre hinuntergingen.

Pam legte ihre Tasche auf den Esstisch. «Sie sollten sehen, was möglich ist.»

Die Frauen blickten einander an.

«Das Haus ist gar nicht zu verkaufen, oder?» Alice wurde es übel.

«Nein.»

«Ist es Ihr Haus?»

«Ganz genau. Wollen Sie wissen, wie viel ich dafür bezahlt habe?»

«Eins Komma neun vermutlich.» Alices Ton war scharf. «Ich gehe.»

«Irrtum!» Pam folgte ihr zur Haustür. «Ich habe einhundertfünfzigtausend Dollar für dieses Haus bezahlt, vor siebzehn Jahren. Damals kam mir das ziemlich teuer vor, und ich sagte, vergiss es, aber mein Mann hat mir dann alles vorgerechnet, und ich begriff, dass er Recht hatte.»

«Kein Vorrechnen auf der Welt könnte mich je davon überzeugen, dass ich mir ein Haus wie dieses leisten könnte, Pam.»

«Noch ein Irrtum! Kommen Sie, ich muss Ihnen etwas zeigen.»

Alice legte ihre Hand auf den Türknauf, drehte ihn jedoch nicht. Diese ganze Immobilienbranche war ihr zuwider. Vielleicht sollten sie doch lieber aus Brooklyn wegziehen.

«Schenken Sie mir fünf Minuten Ihrer Zeit!», rief Pam so pathetisch, dass Alice unwillkürlich lachen musste.

«Na gut», erwiderte sie. «Fünf Minuten.»

Pam dirigierte sie zum Esstisch und nahm Häuserblock und Rechner zur Hand. Zwanzig Minuten später war Alice überzeugt, dass sie und Mike sich ein Haus für eins Komma zwei Millionen Dollar leisten konnten, vorausgesetzt, es hatte zwei Mietwohnungen und lag in einer Gegend, in der man relativ hohe Mietpreise verlangen konnte. Sie war völlig verblüfft.

«Ihre eins Komma zwei Millionen heute waren damals meine hundertfünfzigtausend», erklärte Pam. «Und noch eine gute Neuigkeit. Ich habe heute Nachmittag ein wenig recherchiert. Obwohl die Wohnung Ihrer Freundin mietpreisgebunden war, war sie bei der Wohnungsbehörde nicht registriert, also liegt der Ball beim Vermieter, wenn irgendjemand mit ihm spielen will.» Pam warf die Hände hoch, sodass Alice ihre angeschwollenen Finger sah, in die die Ringe einschnitten. «Aber als ich gesehen habe, wer es ist, wusste ich, dass ich auf gar keinen Fall mit ihm spielen will. Julius Pollack ist der Schlimmste von dem ganzen Vermietergesocks, dem ich in meinem ganzen Leben begegnet bin. Aber eigentlich hat es mich nicht überrascht.»

KAPITEL 19

Alice war fassungslos darüber, dass Julius Pollack Laurens Vermieter gewesen war. Die ganzen Jahre über war der Mietvertrag über Metro Properties gelaufen, ein gesichtsloses Unternehmen. Jetzt, da ein Name dahinter stand, ergab es einen Sinn, warum so erbittert um Laurens und Tims Kündigung gekämpft worden war. Alice war so aufgebracht über diese Entdeckung, dass sie, als sie in die Warren Street einbog, beinahe in Laufschritt verfallen war.

Zahllose Fragen schwirrten ihr durch den Kopf. Hatte sie Julius Pollacks Namen heute früh im Café nicht Pam gegenüber erwähnt? Dieses wichtige Detail hatte sie doch bestimmt nicht ausgelassen? *Julius Pollack.* Ihr war nie in den Sinn gekommen, dass es in ihrer überschaubaren Wohngegend so etwas wie einen Grundbesitz-Tycoon geben könnte; dass die Mieter in Carroll Gardens Marionetten sein könnten, die ein einziger Mann nach seinem Gutdünken tanzen ließ. Alice lief noch schneller, der Schweiß rann ihr übers Gesicht, und als sie bei Maggie ankam, war sie so erschöpft, dass sie kaum die Treppe hinaufkam.

«Was ist los?», fragte Sylvie erschrocken, als sie ihr die Tür aufmachte.

«Ich dachte, ich sei zu spät», keuchte Alice. «Mit den Kindern alles in Ordnung?»

«Ja. Sie haben die ganze Zeit gespielt. Komm doch rein, ich hole dir etwas zu trinken.»

«Ja, ein Glas Wasser wäre toll.»

Alice folgte Sylvie in Maggies weiße Küche und setzte sich dort auf einen Hocker, während Sylvie ihr ein Glas Eiswasser einschenkte. Die plötzliche Kälte auf ihrer Zunge beruhigte sie. Sie trank in tiefen Schlucken.

«Ich habe gerade herausgefunden», sagte sie dann, «dass mein neuer Vermieter und Laurens alter Vermieter ein und dieselbe Person sind.»

Sylvie zog die Augenbrauen hoch. «Ach ja?»

«Pam hat es mir erzählt. Offensichtlich ist der Mann sogar noch schlimmer, als ich gedacht habe.»

Alice leerte ihr Glas und stellte es auf die Marmortheke. Sylvie setzte sich auf den Hocker neben sie. Die Stimmen der Kinder drangen aus dem Zimmer unten, hell und zeternd, aber dann löste sich alles in Gelächter auf.

«Ich habe das Gefühl, dass das etwas zu bedeuten hat», sagte Alice, «aber ich komme nicht darauf.»

Sylvie ergriff Alices Glas, um es nachzufüllen.

«Danke», sagte Alice. Dieses Mal trank sie nur die Hälfte. «Pam hat gesagt, sie überprüft ihn für mich. Sie ist eine tolle Person, oder? Danke, dass du uns zusammengebracht hast.»

«Bitte», erwiderte Sylvie. «Gern geschehen.»

Die Kinder kamen die Treppe herauf und stritten sich lautstark um ein Spielzeug, das jeder von ihnen haben wollte: ein winziger Lego-Astronaut mit einem Helm, dessen Visier man hochklappen konnte. Nell hielt die begehrte Figur fest in der Hand, und beide Jungen versuchten sie ihr zu entreißen.

«Ethan», sagte Sylvie, «du sollst dein Spielzeug doch mit deinen Gästen teilen.»

Alice trat zu den Kindern, um den Streit zu schlichten. «Nell, lass es los. Es gehört Ethan. Lass es los!»

«Siehst du?», triumphierte Ethan. «Es gehört mir!»

«Gib es mir, Nell», sagte Alice und zog Peter von seiner Schwester weg. «Sofort.»

Nell reichte ihr das kleine Plastikspielzeug. Alice hielt es hoch und schüttelte den Kopf.

«Ihr seid Freunde», sagte sie. «Und ihr streitet euch wegen so was?»

«Aber ...»

«Nein», unterbrach Alice Peter. «So viel Aufregung ist kein kleines Plastikspielzeug wert.» Sie reichte es Sylvie, die es in die Tasche ihrer gestreiften Schlaghose steckte.

«Aber es gehört doch mir!», protestierte Ethan.

«Jetzt gehört es mir!» Mit jedem Wort unterstrich Sylvie ihren hübschen französischen Akzent.

«Danke, Sylvie.» Alice ging mit Nell und Peter zur Haustür. «Tut mir Leid, dass sie sich jetzt doch noch gestritten haben.»

«Ach was.» Sylvie schürzte die Lippen. «In zwei Sekunden hat er alles vergessen.»

Auf der Straße redeten Nell und Peter die ganze Zeit von der kleinen Lego-Figur. Zu Hause machte Alice ihnen Abendbrot, und nach ihrem Bad kuschelten sie sich im Ehebett an Alice, die ihnen *Pu der Bär* von A. A. Milne vorlas. Sie schliefen in Alices Armen ein. Mike arbeitete heute lange, deshalb ließ sie sie im Ehebett, deckte sie zu und löschte das Licht.

Als sie den Abwasch gemacht hatte, holte sich Alice

den Laptop an den Küchentisch und schaltete ihn ein. Sie konnte der Versuchung nicht widerstehen, den Namen Julius Pollack bei Google einzugeben. Und was dabei herauskam, überraschte sie.

Zahlreiche Klageschriften, Artikel über Prozesse. Die Webpage einer Mieteranwaltsgruppe listete fast hundert Objekte auf, die ihm gehörten oder an denen er einen Anteil hatte. In allen Auflistungen oder Artikeln hieß es immer: «Julius Pollack und sein Partner bei Metro Properties».

Alice blickte auf die Uhr. Es war fast elf, zu spät, um Pam anzurufen und zu fragen, wer Pollacks Partner war. Sie lehnte sich zurück und lauschte auf die Stille, die sie umgab. Abends, wenn die Kinder schliefen, war sie eigentlich selten allein, und normalerweise lief der Fernseher. Als sich in der Haustür ein Schlüssel drehte, dachte sie: Endlich ist Mike zu Hause.

Sie stand auf und ging durch das Wohnzimmer zur Wohnungstür. Sie wollte gerade den Türknauf drehen, als sie hörte, wie jemand die Treppe hinauftrampelte. Leise öffnete sie die Tür einen Spalt weit und erblickte Julius Pollack von hinten. Er trug einen blassrosa Regenmantel und – trogen sie ihre Augen? – silberne High Heels. Sie zog sich in den dunklen Flur zurück und blickte ihm nach, bis er in seiner Tür verschwunden war.

Was hatte Julius Pollack dazu bewogen, ihr Haus zu kaufen? Es war ein schönes Haus in einem der besten, alten Häuserblocks im Viertel. Er war reich und wollte respektabel erscheinen, aber er wollte auch Privatsphäre. Er hätte sich ein Penthouse irgendwo in Manhattan leisten können. Höchstwahrscheinlich wollte er ihre Wohnung gar nicht, um sie zu vermieten, sondern er wollte sich in diesem großen, alten Haus in Brooklyn verstecken. Warum? Weil er ein Transvestit war? So schockierend war das heutzutage nun auch wieder nicht. Es musste noch mehr dahinter stecken.

Sie schlich in die Eingangshalle und ging leise zur Haustür, als sie auf einmal stehen blieb. Von oben hörte sie ein hohes, dünnes Schreien. Sie trat an den Fuß der Treppe und lauschte angestrengt. Das Schreien war weit weg, aber sie hörte, wie es zunahm. Sie war sich ganz sicher: Da oben musste ein Baby sein.

Langsam ging sie die Treppe hinauf, wobei sie sich schwer auf das Geländer stützte, damit die Stufen nicht knarrten. Dann blieb sie stehen und lauschte erneut. Jetzt war alles still. Leise schlich sie weiter.

«Alice!»

Mike stand im Foyer. «Was machst du da?»

«Psst!»

Rasch eilte sie die Treppe wieder hinunter. Sie hörte Schritte in der Wohnung oben, aber kein Geschrei mehr. Das Baby hatte sich wieder beruhigt.

«Was ist los?» Er klang erschöpft. Es war fast Mitternacht, und er war eben erst aus der Werkstatt gekommen.

«Komm rein», flüsterte sie.

Er folgte ihr in die Wohnung. Sie schloss die Tür und sperrte ab.

«Mike, das musst du dir anhören», sagte sie, und dann erzählte sie ihm alles über Julius Pollack, Metro Properties und das schreiende Baby oben.

«Na ja», sagte Mike schließlich, «das ist wirklich seltsam.»

«Wir sollten die Polizei informieren, findest du nicht auch?»

Mike stand auf, ging leise durch das Wohnzimmer und öffnete die Wohnungstür. Sie quietschte ein wenig.

«Pst!» Alice folgte ihm. «Was machst du jetzt?»

Mike blieb mucksmäuschenstill stehen, während Alice ihn hinter der halb offenen Tür beobachtete. Nachdem er eine Minute angestrengt gelauscht hatte, blickte er sie an, schüttelte den Kopf und formte mit den Lippen: «Nichts.»

Es war so still, dass Alice ihren eigenen Atem hören konnte. Ihr Körper fühlte sich auf einmal unerträglich schwer an. Sie ging ins Wohnzimmer, ergriff das Telefon und ihr Adressbuch und sank auf die Couch. Auch Mike kam wieder in die Wohnung zurück, und es knarrte und quietschte, als er die Tür schloss und absperrte.

«Ich habe kein Baby gehört», sagte er. «Bist du sicher, dass du es gehört hast?»

«Ganz bestimmt», erwiderte Alice. «Zumindest glaube ich es.»

«Alice …»

«Mike.»

«Willst du wirklich die Ermittler anrufen?»

Sie nickte. Ja, sie würde Frannie auf jeden Fall anrufen, auch wenn sie jetzt auf einmal unsicher wurde.

«Es ist Mitternacht», wandte Mike ein.

«Sie haben ja auch Nachtschicht.» Alice suchte die Nummer aus ihrem Adressbuch heraus. «Entweder sind sie da oder nicht.»

Mike setzte sich neben Alice auf die Couch und beobachtete sie, als sie Detective Viola oder Detective Giometti verlangte. Sie wurde durchgestellt, und schließlich kam ein wachhabender Beamter ans Telefon und erklärte ihr, Frannie habe Frühschicht und fange um acht Uhr an, und Giometti käme normalerweise ein wenig später als sie.

«Kann ich Ihnen denn helfen?», fragte er.

Alice zögerte. «Nein, danke», erwiderte sie schließlich. «Es hat bis morgen früh Zeit. Könnten Sie Detective Viola bitte ausrichten, dass ich angerufen habe?» Sie wiederholte nochmal ihren Namen und ihre Telefonnummer und legte auf. «Vielleicht hätte ich es ihm doch sagen sollen, was meinst du?» Nachdenklich blickte sie Mike an.

«Nein, das war schon richtig so. Es hat Zeit bis morgen früh.» Mike beugte sich vor und ergriff ihre Hand. «Komm, lass uns zu Bett gehen. Sie rufen morgen früh schon wieder zurück.»

Sie gingen ins Bett, und Mike schlief sofort ein, aber Alice fand keinen Schlaf. *Und wenn nun Ivy genau hier in diesem Haus ist und ich brauche nur nach oben zu gehen, um sie zu finden?*, fragte sie sich immer wieder. Sie schlüpfte aus dem Bett und legte sich oben auf die Couch. Immer wieder lauschte sie angestrengt in Richtung Decke. Noch ein einziger Schrei, dachte sie, dann würde sie sofort wieder bei der Polizei anrufen.

Die Stunden vergingen, und draußen zeigte sich der erste helle Streifen am Horizont. Schließlich schlief sie doch noch ein und träumte von Ivy, die gierig an Laurens Brust trank. Als sie mit einem Ruck hochfuhr, war sie im ersten Moment erleichtert darüber, dass sie tatsächlich geschlafen hatte, aber dann wurde ihr mit zunehmender Verzweiflung bewusst, dass Lauren tot war. Und sie dachte an Ivy und das schreiende Baby gestern Abend.

Sie musste einfach wissen, ob Ivy den Mord überlebt hatte. Sie musste es wissen, damit sie sich an etwas klammern konnte. Aber war das Babygeschrei gestern Abend überhaupt real gewesen oder hatte sie es sich nur eingebildet?

Sie stand auf und trat an die Wohnungstür. Sie öffnete sie einen Spalt weit und lauschte nach oben. Aber da war nichts, nur die schwere Stille des frühen Morgens.

Es wurde acht Uhr, aber das Telefon klingelte nicht. Nell und Peter machten unten Lärm, als sie sich anzogen, und dann kam Mike hinauf. Er warf Alice, die vor dem Laptop saß, eine leere Teetasse neben sich, einen Blick zu.

«Heute Abend nimmst du eine Schlaftablette, Alice, ja?»

Seit sie ihn kannte, war seine Haut morgens besonders warm und glatt, und sie fasste ihn dann gerne an. Sie trat auf ihn zu und küsste ihn. Seine Lippen waren weich.

«Ja, okay.»

Alice machte den Kindern Waffeln, frische Erdbeeren und Milch zum Frühstück. In der Zwischenzeit bereitete Mike ihnen rasch ihren Lunch zu. Dann zog er sich die Arbeitsklamotten an, in denen er gestern Abend nach Hause gekommen war, und zwanzig Minuten später waren alle aus der Tür. Alice begann das Frühstücksgeschirr abzuräumen und wollte es gerade in die Spülmaschine stellen, als das Telefon klingelte.

«Ich rufe doch nicht zu früh an, oder?» Es war Pam, nicht Frannie, aber Alice freute sich trotzdem über den Anruf. «Unserer Besichtigungstermin heute früh verschiebt sich. Können Sie auch nachmittags um zwei?»

«Klar, kein Problem», erwiderte Alice. «Pam? Wer ist denn der Partner von Julius Pollack bei Metro Properties?»

«Er hat Angestellte ...»

«Nein, ich meine seinen Partner.»

«Was für einen Partner? Soweit ich weiß, arbeitet er allein.»

Alice erzählte Pam, was sie im Internet gelesen hatte.

«Ich sehe mal zu, was ich herausfinde. Wenn ich vor zwei Uhr auf etwas stoße, rufe ich Sie an, ansonsten reden wir hinterher darüber, ja?»

«Danke, Pam. Bis zwei dann.»

Alice legte auf. Dann fiel ihr ein, dass sie noch gar nicht versucht hatte, Frannie auf ihrem Handy zu erreichen. Sie nahm nach dem zweiten Klingeln ab.

«Was ist los, Alice? Man hat mir Ihre Nachricht von gestern Abend ausgerichtet. Ich hatte einen Einsatz, aber ich hätte Sie jetzt sowieso angerufen.»

Im Hintergrund rumpelte laut irgendeine Maschine, dann brach das Geräusch auf einmal ab. Stimmen waren zu hören.

«Ich habe gestern Abend ein Baby weinen hören.» Alice konnte Frannies Ungläubigkeit förmlich spüren.

«Ein Baby.»

«Hier, im Haus. Oben, in der Wohnung meines neuen Vermieters, Julius Pollack. Sagt Ihnen der Name was?»

«Durchaus», erwiderte Frannie. «Erzählen Sie weiter.»

Alice beschrieb ihr alle Einzelheiten: ihre Begegnung mit Julius im Foyer, als er einzog, ihre Suche nach einem Haus, Pam Shorts Entdeckung, dass Laurens Vermieter – Metro – und ihr neuer Hauseigentümer ein und dieselbe

Person waren, ihren Besuch bei Tim, der sich auf seinen Auszug vorbereitete, das schreiende Baby gestern Abend.

«Wussten Sie, dass er auch Laurens Vermieter war?», fragte Alice.

«Ja», erwiderte Frannie, «aber wir wussten nicht, dass er jetzt in Ihrem Haus wohnt.»

«Was ist mit Christine Craddock? Hieß ihr Vermieter auch Metro Properties? Sollte sie auch aus ihrer Wohnung vertrieben werden?»

Frannie schwieg, und Alice hörte, wie die Stimmen hinter ihr lauter wurden.

«Alice, ich muss jetzt los», sagte Frannie, «aber es war gut, dass Sie angerufen haben.»

«Glauben Sie, Ivy ist da oben?»

«Das bezweifle ich, aber wir werden es überprüfen.»

«Wie soll ich mich verhalten? Was soll ich tun, wenn ich das Baby wieder schreien höre?»

«Rufen Sie uns sofort an.»

KAPITEL 20

Es gab so viele Dinge, an die sie nicht denken wollte – Ivy, das schreiende Baby oben, die herzlosen Kündigungen von Metro, Pollacks Schuhe, Maggies Heimlichkeiten und Laurens Leiche, die im Kanal trieb. Und doch schwirrten ihr all diese Gedankenfetzen durch den Kopf. Das Einzige, was ihr Halt gab, war ihr unmittelbares Ziel: ein Haus zu finden, um von Julius Pollack und seinem mysteriösen Geschäftspartner wegzukommen. Und schließlich das größere Ziel: Ivy zu finden.

Während sie an diesem Mittwochmorgen die fünf Häuserblocks zum Blue Shoes ging, spürte Alice wieder einmal, wie Übelkeit in ihr aufstieg. Erschöpfung und Übelkeit schienen zusammenzuhängen, das eine bewirkte das andere. Sie hatte Mike zwar versprochen, heute Abend eine Schlaftablette zu nehmen, war sich aber nicht sicher, ob sie das auch tun würde. Es machte ihr einfach zu viel Angst. Contergan hatte damals auch als sicher gegolten, Wenn sie wirklich eine Schlaftablette brauchte, gelobte sie sich, würde sie schon eine nehmen. Jetzt schaute sie sich erst einmal mit Pam ein weiteres Haus an und versuchte, ihre Familie vor Julius Pollack in Sicherheit zu bringen.

Schließlich hatte sie das Gesetz auf ihrer Seite, rief sich Alice ins Gedächtnis. Und wenn Pollack wirklich Ivy in seiner Wohnung haben sollte, wenn er auf irgendeine Weise in den Tod von Lauren oder Christine Craddock verwickelt war, dann konnte er jetzt nicht mehr entkommen. Die Polizei hatte ihn im Auge.

Die Übelkeit war schlimmer geworden, und jetzt wurde ihr auch noch schwindlig. Das Nächste, was sie wusste, war, dass sie auf dem schmutzigen Pflaster des Bürgersteigs kniete.

Rasch vergewisserte sie sich, ob sie erbrochen hatte. Nein, zum Glück nicht. Vorsichtig stand sie auf und blickte sich verlegen um, um festzustellen, ob sie jemand gesehen hatte. Ein alter Mann in einem Türeingang auf der anderen Straßenseite nickte ihr zu und winkte. An der Ecke stand ein junges Mädchen mit riesigen Goldringen in den Ohrläppchen und dramatisch geschminkten Kleopatra-Augen und starrte sie an. Sie musste wohl wie eine Frau wirken, zu der solche Mädchen niemals werden wollten, dachte Alice. Am liebsten hätte sie ihr zugerufen: *Wart's ab, dir wird's auch noch so gehen!* Sie umklammerte ihre Handtasche und ging vorsichtig weiter. An der Kreuzung wartete sie, bis die Ampel umsprang, und dann überquerte sie die Straße, ohne ihren Zeugen noch einen weiteren Blick zu schenken.

Wieder stieg Übelkeit in ihr auf. O Gott, nicht schon wieder! Sie blieb stehen, um zu warten, bis das Gefühl vorbei war. Hinter sich hörte sie Schritte, die ebenfalls anhielten; es war wie die plötzliche Stille, die eintritt, wenn der Kühlschrank sein Summen einstellt.

Alice drehte sich um und sah ihn. Der Limousinenfahrer stand direkt hinter ihr, so nahe, dass sie ihn hätte berühren können. Er hatte früher sicher einmal gut ausgesehen, aber jetzt zerfurchten tiefe Falten sein Gesicht, und dann diese Augen: eins grün und eins blau. Er nickte ihr zu und lief rasch dicht an ihr vorbei. Er roch nach ungewaschener Kleidung und Zigaretten. Sie sah ihm nach, wie er über die Straße ging.

Die Teenager-Kleopatra war auf sie zugekommen und starrte Alice mit einer Mischung aus Empörung und Besorgnis an. Unter all dem Make-up waren ihre Augen von einem sanften Braun.

«Alles in Ordnung, Ma'am?», fragte das Mädchen.

Alice rieb sich die Augen. «Ich habe mich einen Augenblick lang nicht wohl gefühlt», erwiderte sie.

«Der Typ ist ja fast in Sie hineingerannt», sagte das Mädchen. «Das Arschloch hat Sie ja nicht mal gesehen!»

Also war der Limousinenfahrer zumindest real und keine Ausgeburt ihrer Phantasie. Alice bedankte sich bei dem Mädchen und setzte ihren Weg fort. Heute Abend würde sie doch eine Schlaftablette nehmen, dachte sie, und morgen, wenn sie wieder klar denken konnte, sähe bestimmt alles anders aus.

Kurz vor elf kam sie im Blue Shoes an und schaltete das Licht an. Die prächtigen Farben, die Maggie für den Laden ausgesucht hatte, das Blau und Silber und das helle Holz lenkten Alice von ihrer Übelkeit ab. Sie öffnete die Kasse und beantwortete schon einmal ein paar E-Mails. Jason kam kurz nach elf, mehr oder weniger pünktlich.

Mit seiner drahtigen Gestalt in T-Shirt und Jeans, seinen hellen Augen und seinen kurz geschnittenen blonden Haaren erinnerte Jason Alice immer an Peter Pan: jung und süß und lächerlich hoffnungsvoll.

«Guten Morgen, Chefin.» Er lächelte sie kokett an und blickte auf die Uhr. «Heute bin ich aber pünktlich!»

Als ob zehn Minuten zu spät pünktlich wären, dachte sie. Laut sagte sie jedoch: «Mann, bin ich froh, dass du hier bist!»

Er kam um die Theke herum und küsste Alice auf beide Wangen, was sie überraschte. Er roch nach Eau de Toilette, völlig unamerikanisch. Offensichtlich hatte er sich mit einer der jungen Französinnen herumgetrieben, die seit kurzem die Gegend bevölkerten. *Little France,* nannte Maggie es immer. Einen Moment lang genoss sie seine parfümierten Küsse, dann allerdings revoltierte ihr Magen. Sie sprang auf, rannte zur Toilette und erbrach sich.

Den Rest des Morgens verbrachte sie im friedlichen, schäbigen Hinterzimmer, lag auf der Couch und nahm ein bisschen Toast und Eiswasser zu sich. Sie hörte zu, wie Jason höflich eine Kundin bediente. Dreimal kam er wegen anderer Schuhe in der Größe der Frau nach hinten, und letztlich ging sie, ohne etwas gekauft zu haben. Aber das war nicht ungewöhnlich.

Eine Zeit lang war es ruhig. Dann kam Maggie. Kurz darauf läutete die Eingangsglocke schon wieder, und im Laden entspann sich ein lebhaftes Gespräch. Alice war sich sicher, Pam Shorts Stimme gehört zu haben. Entschlossen stand sie auf und ging nach vorne.

Pam saß auf der Mittelbank, wie eine Königin in einem fuchsienroten Kaftan mit unterschiedlich breiten grünen Streifen. Um ihre Haare hatte sie ein fuchsienrotes Band mit grünen Punkten geschlungen.

«Alice!» Pam breitete die Arme aus, stand aber nicht auf. «Kommen Sie her! Lassen Sie sich umarmen!»

Alice beugte sich vor und schlang die Arme um Pam. Sie roch nach Babypuder.

«Habe ich einen Termin versäumt?», fragte Alice. Die Übelkeit brachte anscheinend ihre innere Uhr völlig durcheinander.

«Nein», erwiderte Pam. «Der ist doch erst um zwei Uhr. Kann ich nicht meinem Lieblingsschuhladen einen Besuch abstatten? Ich habe früh Mittagspause gemacht.»

«Wenig los im Büro heute früh?», warf Maggie ein.

«Genau, meine Liebe.»

Maggie räumte gerade die Schuhe weg, die die andere Kundin anprobiert hatte, und legte einen Pumps in Dunkelorange zu seinem Gefährten in das Bett aus Seidenpapier. Vorsichtig setzte sie den Deckel auf den Karton und reichte ihn Jason.

«Warten Sie mal», sagte Pam. «Ich möchte mir die Süßen mal anschauen.»

Maggie öffnete den Karton und hielt ihn Pam hin, als wolle sie ihr die köstlichsten Pralinen anbieten.

«Sollen wir ihn in Ihrer Größe heraussuchen?»

«O ja, bitte», flüsterte Pam. Sie nahm einen der Schuhe aus der Schachtel und fuhr mit den Fingern über die Wildlederspitze.

Kurz darauf kam Jason aus dem Hinterzimmer und verkündete: «In neun haben wir ihn leider nicht mehr.»

«Können Sie ihn bestellen?», fragte Pam.

«Selbstverständlich», erwiderte Maggie.

«Ich sage Ihnen was», erklärte Alice. «Sie haben bis zum Wochenende das perfekte Haus für mich gefunden, und die Schuhe gehen auf mich.»

«Abgemacht.» Pam stand auf und glättete die Falten in ihrem Kaftan. «Wie wäre es, wenn wir außerdem noch Mittag essen gingen? Es sieht nicht so aus, als ob Sie hier gebraucht würden.» Sie zwinkerte Maggie zu, die eifrig nickte.

«Nun geh schon, Liebes», sagte Maggie. «Jason und ich werden mit den Massen alleine fertig.»

Alice holte ihre Tasche, verabschiedete sich und ging mit Pam essen. Hunger hatte sie zwar, aber sie war skeptisch, ob sie in ihrem jetzigen Zustand überhaupt etwas bei sich behalten konnte.

Als sie Arm in Arm mit Pam die Smith Street entlangging, fragte Alice: «Was möchten Sie denn gerne essen?»

«Julius Pollack.» Pam blieb stehen und drehte sich zu Alice.

«Wie bitte?»

«Er hat mich im Büro besucht. Ich musste einfach da raus. Ich wollte es Ihnen sagen, wusste aber nicht, wie offen ich vor den beiden anderen sein konnte, deshalb habe ich bis jetzt gewartet.»

«Er war heute früh bei Ihnen?»

«Ja. Er kam in mein Büro und bat mich freundlich, ich solle aufhören, herumzuschnüffeln. Er hatte so einen Blick in den Augen.» Pam kniff die Augen zusammen und machte ihn nach. «So ein total passiv-aggressiver Typ. Ich kann gut verstehen, warum Sie ihn verabscheuen, er ist wirklich ein fieser Kerl.»

«Aber warum ist er denn ausgerechnet zu Ihnen gekommen?»

«Keine Ahnung. Ich habe nur ein bisschen herumtelefoniert. Irgendjemand muss ihm das erzählt haben, die kennen sich ja alle untereinander.» Pam zuckte mit den Schultern. «Er ist unglaublich, was? Diese Brille.»

«Ich glaube, er ist Transvestit», sagte Alice. «Ich habe

ihn mit silbernen hochhackigen Schuhen gesehen, und gestern Abend hatte ich das Gefühl, in seiner Wohnung schreit ein Baby, aber er lebt allein und ...»

Pams Gesichtsausdruck stoppte Alices Redefluss. Sie blickte sie mit einer Mischung aus Mitleid und Besorgnis an.

«Machen Sie sich keine Gedanken», fuhr Alice fort. «Ich habe letzte Nacht höchstens zehn Minuten geschlafen. Wahrscheinlich bilde ich mir langsam Dinge ein.»

«Nein», erwiderte Pam und schob erneut ihren Arm unter Alices, «wenn Sie es gehört haben, ist es auch real.»

Sie entschieden sich für das französische Bistro an der Ecke der Dean Street. Als sie sich an einen der Tische draußen gesetzt hatten, sagte Pam: «Wir hatten einen Mitarbeiter im Büro, der Transvestit war, aber er hat es nicht geheim gehalten. Er hat jedem erzählt, was mit ihm los war, deshalb war es nichts Besonderes.»

«Ich glaube, Julius macht ein Geheimnis daraus, wenn man mal von der Brille absieht. Außer nachts natürlich», erwiderte Alice.

«Er ist ein Freak, ob mit oder ohne Frauenkleider.» Pam griff in ihre Tasche, holte eine kleine Tube Handcreme heraus und drückte sich ein wenig auf den Handrücken. «Ich habe nicht herausgefunden, wer sein stummer Partner ist, aber das werde ich noch. Einer vom Bauamt ist mir einen Gefallen schuldig. Er wollte mich zurückrufen.» Sie verteilte die Creme auf ihren Händen und lächelte zufrieden. «Man muss bloß wissen, welchen Knopf man drücken muss, dann gelingt einem alles, wie meine Mutter immer zu sagen pflegte.»

«Ihre Mutter muss eine kluge Frau gewesen sein.»

«Das ist sie immer noch. Sie hat Florida erobert, was bedeutet, dass sie diesen Bundesstaat erst in einer Urne verlassen wird, und das wird nie passieren, denn meine Mutter hat vor, ewig zu leben.»

Nach dem Essen gingen sie in die Hicks Street zu ihrer Hausbesichtigung.

«Da sind wir», sagte Pam und blieb vor einem weiteren 1,5-Millionen-Dollar-Haus stehen. Es war eingerahmt vom Brooklyn Queens Expressway, und auf der anderen Straßenseite befand sich die Einfahrt der Notaufnahme des Long Island College Hospital.

«Ganz schön laut hier», sagte Alice.

«Irgendeinen Haken gibt es immer, oder?» Pam verdrehte verschwörerisch die Augen. Alice fragte sich, ob sie wohl mit allen ihren Kunden so kameradschaftlich umging, oder ob zwischen ihnen beiden eine besondere Chemie herrschte. Sie konnte sich noch gut daran erinnern, wie viel Energie es sie als Cutterin immer gekostet hatte, ihre Werbefilm-Kunden zufrieden zu stellen.

«Nun, dann wollen wir es uns einmal anschauen.»

Alice ging die Treppe hinauf und Pam folgte mit den Schlüsseln. Die Treppe bröckelte ab, stellte Alice fest, aber sie erwähnte es nicht. Sie hatte noch nicht einmal Geduld mit ihren eigenen Beschwerden.

«Im Parterre befindet sich eine Einzimmerwohnung, die vermietet werden kann», sagte Pam und öffnete die Tür. Sie traten in einen dämmerigen Flur mit Stuckwänden, der nur von einer schwachen Glühbirne erhellt wurde. Trotzdem sah Alice deutlich das braune Linoleum auf der Treppe, von Rissen durchzogen und auf jeder Stufe an den Kanten aufgebogen. «Kosmetik», sagte Pam. «Ein bisschen Lippenstift macht einen ganz anderen Eindruck, wie meine Mutter immer zu sagen pflegte.»

Das hatte Alices Mutter auch immer gesagt; offensichtlich hatte es was mit der Generation zu tun.

«Hier geht es hinein.» Pam schloss eine Tür auf halber Treppe auf. Wieder traten sie in einen schmalen Flur, um den sich fünf kleine Zimmer drängten, die ziemlich dunkel waren, bis auf das letzte Zimmer, das zur Straße hinausging. Es war größer als die übrigen und das einzige, das ein wenig Licht bekam.

«Bedenken Sie doch, wie hübsch es sein könnte», sagte Pam, «wenn man alle Wände herausreißt. Wenn Sie die gesamten drei oberen Stockwerke nähmen, könnten Sie diese Etage hier völlig zur Treppe hin öffnen. Das Haus würde gleich ganz anders aussehen.»

«Geht es denn von dieser Wohnung nach oben?»

Verlegen schüttelte Pam den Kopf. Alice war klar, dass die Frau ja nur ihr Bestes tat, um ihr auf diesem lächerlichen Markt zu zeigen, was alles möglich war.

«In den beiden Stockwerken darüber sind auch abgeschlossene Wohnungen. Man kann hier eine Menge Geld mit Mieteinnahmen verdienen, wenn man seine Belastung niedrig halten will.»

«Oder viel Geld für Renovierung ausgeben, wenn man darauf keinen Wert legt», sagte Alice. Sie blickte sich um und versuchte, das Potenzial in diesem Haus zu sehen. Das Gebäude war breit und tief, die Decken schmucklos und einigermaßen hoch. Trotzdem kam es für sie nicht in Frage, weder im Hinblick auf den Preis noch auf den Renovierungsbedarf. Sie und Mike waren bereit, einen angemessenen Preis für ein hübsches Haus zu bezahlen, aber mehr als Anstreichen und Parkettböden abziehen konnten sie sich nicht leisten. Außerdem mussten sie schnell umziehen. Für größere Arbeiten hatten sie gar keine Zeit.

«Lassen Sie uns lieber weitersuchen», erklärte Alice.

«Sie sind der Boss.» Pam folgte Alice aus der Wohnung und schloss die Tür hinter ihnen ab.

«Es tut mir Leid ...», begann Alice.

«Was habe ich Ihnen gesagt?» Pam hob die Hand. Heute passten ihre Ringe farblich zu den grünen Streifen im Kaftan.

«Ich weiß, aber trotzdem.» Alice hakte sich bei Pam ein. «Danke für Ihre Geduld, Pam.»

«Gut. Ich bin die geduldigste Person, die ich kenne. Deshalb habe ich auch immer Erfolg.»

Aus der Nähe betrachtet wirkte Pams Haut durchscheinend in der Mittagssonne. Alice bemerkte einen Hauch von Puder in den Falten von Pams Hals. Sie standen auf der Hicks Street vor dem Haus, direkt neben dem lauten Highway. Pam holte ihren Terminkalender aus ihrer grünen Ledertasche, löste das Gummiband, mit dem er zusammengehalten wurde, und blätterte ihn durch, bis sie fand, wonach sie suchte.

«Morgen früh haben wir um zehn Uhr einen Termin.»

«Ach ja?» Alice blickte Pam über die Schulter.

«Hatte ich Ihnen das nicht gesagt?»

«Nicht dass ich wüsste», erwiderte Alice, «aber vielleicht hat Mike nur vergessen, es an mich weiterzugeben.»

Pam kritzelte die Uhrzeit und die Adresse rasch auf eine leere Seite in ihrem Planer, riss sie heraus und reichte sie Alice.

«Gibt es noch mehr Besichtigungstermine?», fragte

Alice, als sie auf einmal auf der anderen Straßenseite den Limousinenfahrer sah, der langsam auf dem Bürgersteig entlangschlenderte.

«Der Mann da!», flüsterte Alice, konnte aber die Hysterie in ihrer Stimme kaum unterdrücken. «Er verfolgt mich schon die ganze Woche.»

«Der?» Pam zeigte auf den Mann, der bemerkt hatte, dass man auf ihn aufmerksam geworden war, und jetzt rasch wegging. «Der Typ da? Sind Sie sicher?»

«Ja, bestimmt.»

«Hey!», schrie Pam, so laut sie konnte. «Hey, Sie da! Was machen Sie da?»

Sie rannte über die Straße hinter dem dicken, grauhaarigen Mann her und schrie dabei die ganze Zeit aus Leibeskräften: «Komm bloß her, du Scheißkerl! Mama will ein Wörtchen mit dir reden! Spanner!»

Der Mann begann zu laufen, und zu Alices Überraschung sprang er sogar über den hüfthohen Zaun, der die Hicks Street vom Highway trennte. Pam beugte sich über den Zaun, wobei sich ihr Kaftan in der Brise blähte wie ein Segel.

«Komm zurück, du Arschloch!», schrie sie. Dann drehte sie sich zu Alice um und zuckte die Schultern. «Ich habe mein Bestes getan.»

Pams Verhalten erschreckte und begeisterte Alice zugleich. Und plötzlich hatte sie keinen Zweifel mehr. Wenn sie etwas hörte, dann war es auch real. Und der Limousinenfahrer hatte sie tatsächlich verfolgt.

KAPITEL 21

«Sind Sie sicher, Alice?» Frannies Stimme klang blechern, die Handy-Verbindung war nicht besonders gut.

«Frannie? Sind Sie noch dran?»

«Wer ist Frannie, Mommy?» Nell war in die Küche gekommen und suchte etwas im Kühlschrank.

Alice winkte ab und flüsterte: «Ich bin am Telefon. Was brauchst du denn?»

«Apfelsaft, bitte.»

Sie goss Nell einen Becher Apfelsaft ein und zog sich ins Badezimmer zurück, um ungestört telefonieren zu können; die Kinder sollten nicht hören, dass sie verfolgt wurde.

Alice setzte sich auf die Toilette und lauschte dem Verkehrsrauschen am anderen Ende der Leitung. Wo war sie? Schließlich ertönte ihre Stimme wieder.

«Hallo?»

«Ich bin noch dran, Frannie. Wo sind Sie? Im Auto?»

«Paul sitzt am Steuer. Wir fahren gerade in einen Tunnel. Wenn die Verbindung wieder abbricht, rufe ich Sie zurück.»

Wenn sie gerade in einen Tunnel fuhren, dann waren sie wahrscheinlich auf dem Weg nach New Jersey. Was wollten sie da?

«Alice», sagte Frannie, «sagen Sie mir genau, was Sie gesehen haben.»

«Zuerst habe ich den Mann vor einer Woche bemerkt, an der Carroll Street Bridge. Dann hab ich ihn wieder auf der Clinton Street gesehen. Und ich glaube mittlerweile, dass er derselbe Mann war, den ich auch vor dem Parkplatz, auf dem unser Auto steht, gesehen habe. So, wie er heute weggerannt ist, bin ich mir ganz sicher, dass er mich verfolgt hat. Er ist unheimlich, Frannie. Er riecht nach schmutziger Wäsche.»

«So nahe ist er Ihnen gekommen?»

«Heute Morgen, zum ersten Mal», sagte Alice. «Ich dachte, ich kriege einen Herzinfarkt, als ich mich umdrehte und er hinter mir stand.»

«Beschreiben Sie ihn.»

Alice beschrieb ihn, so gut sie konnte. Dichte, stahlgraue Haare. Ein blaues und ein grünes Auge. Groß und massig, roch nach Tabak, schlecht gekleidet.

«Also», sagte Frannie, «wir können ja mal sehen, ob wir ihn in unserer Kartei finden. Es gibt nicht allzu viele Leute mit zwei verschiedenen Augenfarben. Wir schauen jetzt erst mal, wer er ist.»

«Danke.»

«Versuchen Sie, möglichst nicht allein aus dem Haus zu gehen, und meiden Sie unbelebte Straßen. Okay? Wenn er tatsächlich ein Spanner ist, kriegen wir ihn schon.»

«Frannie?», sagte Alice. «Und wenn er nun die andere Hälfte von Metro Properties ist? Wenn er Lauren umgebracht hat und jetzt hinter mir her ist?»

Am anderen Ende der Leitung herrschte Schweigen.

«Alice, in dem, was Sie gerade gesagt haben, stecken so viele Vermutungen und Annahmen, dass ich nicht einmal wüsste, wo ich überhaupt anfangen soll.»

«Ja, verstehe. Aber wenn …?»

«Glauben Sie, dass Sie in Gefahr sind?»

«Ich weiß nicht. Er versucht nie, mit mir zu reden.»

«Ich sage Ihnen, was wir tun werden.» Die Leitung wurde wieder schlechter, und Frannie redete schneller. «Wenn Sie ihn das nächste Mal sehen, rufen Sie uns sofort an. Sie erzählen uns alles. *Alles.* Den Rest erledigen wir.»

Dann verschwand ihre Stimme erneut im Tunnel.

Am nächsten Morgen brachte Mike die Kinder zur Schule und kam dann wieder nach Hause, um Alice zu ihrer Verabredung um zehn Uhr mit Pam zu bringen. Sie fand ihn am Küchentisch, in sauberer, aber zerrissener Arbeitskleidung, wie er ausdruckslos auf die Tageszeitung starrte.

«Mike?» Er zuckte zusammen. «Alles okay?»

«Ja, klar.» Er schob die Zeitung weg und erhob sich. «Bist du fertig?»

«Du hast die Zeitung gar nicht gelesen, oder?»

«Ich kann mich nicht konzentrieren», erwiderte Mike. «Ich habe nicht viel geschlafen letzte Nacht.»

«Das sieht dir gar nicht ähnlich.» Sie schlossen die Wohnungstür ab und gingen gemeinsam durch die dämmerige Eingangshalle. «Wir können doch jetzt nicht beide nachts wach liegen. Das wird nie was.»

Er lächelte ein wenig, lachte jedoch nicht.

Als er die Haustür hinter ihnen abschloss, steckte Alice das verblasste Schildchen seines waldgrünen T-Shirts zurück in den Ausschnitt. Sie wollte gerade die Treppe hinuntergehen, als er ihr Handgelenk ergriff. «Von jetzt an lässt du dich von Pam abholen, wenn ich nicht mitkommen kann, um Häuser zu besichtigen, okay?»

«Ja», erwiderte Alice. Es lag ein kühler Hauch in der Luft, ein erstes Anzeichen dafür, dass der Herbst nahte.

«Und Maggie oder Jason kommen dich zur Arbeit abholen.»

«Mike, ich brauche keinen Babysitter! Frannie hat nur gesagt, ich soll auf belebten Straßen bleiben, und das tue ich auch.»

«Ich begreife das nicht!» Er ging ein bisschen zu schnell für Alice, die Mühe hatte, mit ihm Schritt zu halten. «Warum darf ich mir keine Sorgen machen? Das ist doch nicht nur dein Privileg!»

«Mike, geh langsamer.»

Er hatte immer schon mit Schnelligkeit auf alles reagiert, was ihm Angst einjagte, und sie wünschte tatsächlich, er würde das Sorgenmachen ihr überlassen – sie konnte das wesentlich besser.

Er lief noch schneller.

«Mike, ich habe dir doch nur erzählt, was ich gesehen und gehört habe. Die Fakten. Du bist doch derjenige, der mir ständig predigt, ich solle nichts schönreden.» Sie wünschte, sie hätte ihn nicht an jeder Nuance und jedem Detail ihrer Gedanken und Ängste teilhaben lassen, sondern lieber ihrem Instinkt vertraut und nichts gesagt.

Sie hakte sich bei ihm ein, damit er nicht so rannte. «Du bist der einzige Mensch, den ich kenne, der auch ohne Schlaf genug Energie hat.»

Nach und nach wurde er ruhiger, und sie schlenderten eingehakt die Court Street entlang. Die Gegend hier erinnerte mehr an das alte Carroll Gardens als das prächtigere, edlere Viertel näher an der Atlantic Avenue. Hier gab es noch unauffällige Ladenfronten, ganz normale Friseurläden, unabhängige Videoläden und Imbissbuden, in denen man für fünf Dollar einen Hamburger bekam.

«Es ist nett hier», stellte Alice fest. «So ruhig.»

Mike summte zustimmend; die Gegend hatte auch auf ihn eine positive Wirkung.

Sie waren zu früh an dem Haus am Third Place. Es war ein hübscher, ruhiger Häuserblock mit einfachen Brownstones und prachtvollen Vorgärten, die Carroll Gardens die zweite Hälfte seines Namens beschert hatten. Die Adresse, die Pam aufgeschrieben hatte, war ein Eckhaus mit großem Garten. Riesige Büsche mit alten roten Rosen wuchsen am Zaun.

«Riech mal», sagte Mike und schnupperte an den Blüten.

Der Duft war betörend. «Hier kann man sich richtig auf den Frühling freuen», sagte Alice und stellte sich vor, wie sie im Haus hinter einem der glänzenden Fenster stand.

Sie standen vor dem dreistöckigen Haus und diskutierten das wenige, das sie von außen erkennen konnten. Es war offensichtlich erst kürzlich renoviert worden. Die Fenster sahen neu aus, mit blaugrau gestrichenen Holzrahmen. Die Fassade des Hauses war schokoladenbraun. Die Vordertreppe war breit und solide mit einem verschlungenen, schwarz gestrichenen Eisengeländer, das sich zu einem Vordach über der Haustür aus glänzender Eiche wölbte. Das ganze, gut gepflegte Haus strahlte Frieden aus.

«Von allen Häusern, die ich bisher gesehen habe, gefällt es mir am besten», sagte Alice.

«Von außen sieht es gut aus.» Mike grinste sie spitzbübisch an. «Aber das bedeutet, dass es von innen eine Ruine sein muss, oder? Poetische Gerechtigkeit sozusagen.»

«Ich hoffe nicht.»

«Wir sollten es vermutlich so oder so nehmen», sagte er. «Ganz gleich, wie es aussieht. Nur endlich umziehen!»

«Du klingst wie Maggie.»

Seine Augen glitzerten, und sie wusste, was jetzt kam. Mike konnte unglaublich gut Stimmen und Situationen nachmachen. «In der Tat, es war ein annus horribilis, in der Tat.» Er legte Alice eine Hand auf den Hintern und zog sie an sich. Lachend umarmten sie sich.

Eine halbe Stunde später war Pam immer noch nicht da. Alice versuchte, sie telefonisch zu erreichen, aber sowohl im Büro als auch zu Hause sprang nur der Anrufbeantworter an. Sie hinterließ an beiden Orten Nachrichten. Dann ging sie entschlossen die Treppe hinauf und läutete an der Haustür. Sie konnte das leise Echo der Glocke im Inneren des Hauses hören, aber niemand öffnete ihnen.

Als Alice am Nachmittag mit den Kindern zu Hause war, griff sie sofort zum Telefon und rief in Pams Büro an. Sie hatte es schon den ganzen Tag vom Blue Shoes aus probiert, hatte aber nie jemanden erreicht. Auch jetzt erwartete sie halb, dass wieder der Anrufbeantworter anspringen würde, stattdessen meldete sich jemand. «Garden Hill Realty. Was kann ich für Sie tun?»

«Ich möchte gerne Pam Short sprechen.»

«Einen Moment, bitte.»

Eine andere Frauenstimme, tiefer und ein wenig heiser, kam an den Apparat: «Judy Gersten.»

Alice erinnerte sich an den Namen aus dem Schaufenster des Ladens: *Maklerlizenz: Judith Gersten.*

«Ich vertrete Pam heute. Darf ich fragen, mit wem ich spreche?»

«Alice Halpern. Pam hat mir Häuser gezeigt. Wir hatten heute Morgen um zehn einen Besichtigungstermin, und sie ist nicht gekommen. Ich war überrascht …»

«Ja, Alice. Pam erwähnte, dass sie Ihnen das Haus am Third Place zeigen wollte. Ich konnte Ihre Telefonnummer nicht finden. Ich wollte Sie eigentlich schon den ganzen Tag über anrufen.»

«Ist Pam krank?»

Judy schwieg. Dann sagte sie: «Sie hatte einen Unfall.»

«Geht es ihr gut?»

Wieder eine Pause, dieses Mal ein bisschen länger, und in diesem Moment wusste Alice, dass etwas Schreckliches passiert war.

KAPITEL 22

«Was ist passiert? Wo ist sie?»

«Alice, meine Liebe.» Judy senkte die Stimme. «Pam mochte Sie sehr, das hat sie mir erzählt.»

Mochte?

«Ich habe heute Ihre Nachrichten auf dem Anrufbeantworter gehört. Ich kümmere mich um das Haus am Third Place.»

«Bitte, sagen Sie mir, was passiert ist.»

Judy stieß einen tiefen Seufzer aus. Alice sah sie vor sich, wie sie an ihrem Schreibtisch saß, ganz hinten rechts in der Ecke, dem Schreibtisch mit dem Schnickschnack.

«Ein Nachbar hat sie heute Morgen in ihrem Auto gefunden, mit laufendem Motor. Der Mann hat das Benzin durch das Garagentor gerochen.»

Alice sah das schwarz gestrichene Tor von Pams Garage vor sich. «Aber das ist unmöglich», sagte sie. «Das würde Pam nie tun ...»

Alice dachte an Pam, mit ihrem Lächeln, ihrem lauten, unbeherrschten Lachen, ihrem Duft nach Babypuder. Die Frau hatte noch so vieles vor. Sie hätte Alice nie heute früh zu dem Haus geschickt, wenn sie gewusst hätte ...

Es sei denn, es wäre ein Abschiedsgeschenk gewesen, weil sie gewusst hatte, dass Alice das Haus gefallen würde.

Alice hatte keine Erfahrung mit Selbstmord, und wenn sie es recht bedachte, kannte sie auch Pam nicht wirklich.

«Wir stehen alle unter Schock», sagte Judy leise. «Pam liegt im Long Island College Hospital, wenn Sie Blumen oder eine Karte schicken möchten.»

«Ich verstehe nicht ganz», sagte Alice. «Lebt sie noch?»

«Ja. Es geht ihr sehr schlecht, aber wir hoffen.»

Alice notierte sich das Krankenhaus auf ihrem Küchenkalender, wobei ihr auffiel, dass schon wieder Donnerstag war. Noch ein Donnerstag.

Ihr wurde plötzlich übel. Sie verabschiedete sich rasch und legte auf. Peter spielte auf dem Teppich mit seinem kleinen Feuerwehrauto und fuhr damit durch ein Labyrinth, das er sich aus Schachteln und Holzklötzchen gebaut hatte. Froh darüber, dass er so in sein Spiel vertieft war, lief Alice an ihm vorbei ins Badezimmer und erbrach sich über der Kloschüssel.

Am Abend rief sie dreimal im Krankenhaus an, aber man sagte ihr lediglich, Pam läge auf der Intensivstation und dürfe außer Familienangehörigen keinen Besuch empfangen. Zumindest erfuhr Alice so, dass sie noch am Leben war.

Schließlich beschloss sie, sich zu beruhigen, indem sie wie eine gute Nachbarin handelte. Sie würde Pams Ehemann, Ray, einen Hühnereintopf bringen; der Mann musste ja schließlich etwas essen. Sie holte ein Hühnchen aus der Tiefkühltruhe und legte es in den Kühlschrank, damit es bis zum nächsten Tag auftaute. Dann stellte sie alle Zutaten auf die Küchentheke und ging in den Garten, um einen Zweig frischen Rosmarin zu holen.

Sie hörte die Kinder unten, die gerade aus dem Badezimmer kamen und sich für die Nacht fertig machten. Mike war an der Reihe, sie ins Bett zu bringen, und Alice hatte Küchendienst gehabt. Zwischendurch kam Mike in die Küche.

«Gibt es etwas Neues?», fragte er.

«Nichts.»

Er sah Alice zu, wie sie ihre Vorbereitungen beendete, die letzte Dose Tomaten aus dem Schrank nahm, Karotten und Kartoffeln aus dem Kühlschrank holte.

«Kochst du etwa jetzt noch?»

«Nein, aber ich dachte, ich fange gleich morgen früh an, wenn die Kinder aus dem Haus sind.» Sie nahm zwei Zwiebeln aus dem Schubfach im Kühlschrank.

Mike hockte sich vor den Eckschrank, holte den großen, schweren Suppentopf heraus, den sie zur Hochzeit geschenkt bekommen hatten, und stellte ihn auf den Herd. Dann trat er zu Alice und nahm sie in den Arm. «Alles wird gut», flüsterte er. «Es muss ja. Okay?»

Wollte er sie beruhigen? Oder bat er sie, ihn zu beruhigen?

«Okay», erwiderte sie leise. «Und wenn nicht, dann nehmen wir einfach die Kinder und gehen, ja? Irgendwohin. Wir gehen einfach.»

Er nickte. Lange würden sie diesen Kampf nicht führen.

«Ich bringe die Kinder ins Bett», sagte Mike.

«Ich komme mit», erwiderte sie und schaltete das Licht aus.

Pams Brownstone sah so prächtig und friedlich aus wie beim ersten Mal, als Alice es gesehen hatte. Das Garagentor war fest verschlossen. Der Anblick der gelben, duftenden Rosen im Vorgarten tat Alice im Herzen weh. Sie konnte immer noch nicht glauben, dass Pam versucht haben sollte, ihrem Leben ein Ende zu setzen. Sie waren doch erst vor zwei Tagen noch zusammen gewesen, und da hatte Pam so gewirkt, als ginge es ihr bestens.

Alice läutete an der Tür und wartete mit Jason auf der Treppe. Sie hatte ihn gebeten, ihr zu helfen, den schweren Suppentopf zu tragen, hatte dabei allerdings nicht erwähnt, dass Mike darauf bestand, dass sie keinen Schritt mehr allein ging, ehe der Limousinenfahrer nicht gefasst war.

Eine sehr alte Frau öffnete die Tür und blinzelte sie hinter dicken Brillengläsern, die ihre Augen unnatürlich vergrößerten, fragend an. Sie war so dünn, dass ihre Venen dick und bläulich durch die Haut schimmerten. Die Haare hatte sie wie in den fünfziger Jahren zu einer Bienenkorbfrisur hochgesteckt, und sie hatte dick blauen Lidschatten aufgetragen. Am besten aber war das psychedelische Marimekko-Kleid, das sie trug.

«Sie sind bestimmt Pams Mutter», sagte Alice.

«Kenne ich Sie?»

«Ich bin Alice, eine Kundin von Pam, und das ist Jason.»

«Esther. Der Topf sieht schwer aus. Geben Sie her.»

Energisch nahm Esther Jason den Suppentopf aus der Hand und trug ihn in die Küche. Alice folgte ihr. Sie verstand jetzt, von wem Pam die Entschlossenheit geerbt hatte. Größe und Umfang allerdings nicht. Jason blieb in der Diele stehen und wartete auf Alice.

«Kennen Sie Pammies Mann, Ray?» Esther stellte Alice'

Eintopf zu einer kleinen Ansammlung anderer Töpfe und Schüsseln auf der Küchentheke. Ein winziger Mann mit rasiertem Schädel, der weite olivgrüne Shorts und ein schwarzes T-Shirt trug, saß auf einem Hocker an der mit Marmor belegten Kücheninsel.

Ihm gegenüber saßen Frannie und Giometti.

Es war ein Schock, die beiden Detectives in Pams Küche zu sehen. Was hatten sie hier zu suchen? Verblüfft blieb Alice auf der Schwelle stehen.

Als Ray sich zu ihr umdrehte, sagte sie: «Ich heiße Alice. Pam hat mir bei der Suche nach einem Haus geholfen. Ich war in der letzten Zeit häufig mit ihr zusammen, und ich war schockiert, als ich erfahren habe …»

«O ja, sie hat Sie erwähnt!» Rays Gesicht hellte sich auf, und er erklärte den beiden Polizisten: «Pam war ganz wild darauf, für diese Dame ein Haus zu finden. Sie hat niemals aufgegeben. Sehen Sie? Genau das meinte ich. Es ergibt einfach keinen Sinn, dass sie sich selber etwas angetan haben soll.»

Dann wandte er sich wieder an Alice, die immer noch unschlüssig in der Tür stand. «Das ist einfach nicht Pams Art», sagte er. «Sie würde nie Selbstmord begehen.»

«Meinen Sie, jemand wollte sie ermorden?», fragte Alice und verstand im gleichen Augenblick, warum Frannie und Giometti da waren. Sie waren von der Mordkommission, sie untersuchten keine Selbstmorde. Offensichtlich hatte jemand versucht, Pam umzubringen.

«Wie geht es Pam?», fragte Alice.

«Sie liegt im Koma. Mein Baby liegt im Koma.» Er begann zu weinen.

Esther trat zu ihm und legte ihm ihren dünnen Arm

um die Schultern. «Schscht, wir bekommen unser Baby schon wieder zurück. Du wirst sehen.»

Giometti trommelte ungeduldig mit den Fingerspitzen auf die Küchentheke. Frannie saß ganz still da und machte ein ernstes Gesicht. Ihr Blick ruhte auf Alice, und Alice kam sich auf einmal vor wie ein Eindringling. Sie kannte Pam kaum. Sie sollte jetzt lieber wieder gehen.

Sie warf einen Blick auf ihre Armbanduhr und sagte: «Ich würde Pam gerne besuchen, wenn sie wieder Besuch empfangen kann.»

«Sagen Sie mir Ihre Telefonnummer», erwiderte Esther. «Ich habe ein hervorragendes Gedächtnis.»

Alice nannte ihr die Nummer, und Esther lauschte aufmerksam. Dann nickte sie und begann, die Töpfe und Schüsseln in den Kühlschrank zu räumen.

«Alles Gute», sagte Alice zu Ray.

Ihm liefen immer noch die Tränen über die Wangen, aber er stand auf und nahm ein mit Alufolie bedecktes Tablett von der Küchentheke.

«Das sind Brownies», sagte er. «Esther achtet auf ihre Figur, und ich darf so etwas wegen meines Herzens nicht essen. Pam hat erwähnt, dass Sie Kinder haben. Wir hätten auch gerne welche gehabt, aber es hat leider nicht geklappt. Hier.» Er reichte Alice das Tablett. «Wenn ich die Brownies esse, bringt sie mich um. Mit Sicherheit!»

«Danke! Nell und Peter werden sich freuen.» Alice küsste Ray auf die Wange und wandte sich zum Gehen.

«Gehen Sie gleich nach Hause», sagte Frannie. Verwundert drehte Alice sich um und blickte die junge Frau an.

«Aber ich muss den Laden aufmachen.»

Frannie beugte sich vor. «Lassen Sie sich von dem jungen Mann da draußen nach Hause bringen. Er kann den Laden allein aufmachen.»

«Warum?», fragte Alice.

Frannie antwortete nicht, aber ihr angespannter Gesichtsausdruck verhieß nichts Gutes.

TEIL III

KAPITEL 23

Mörder in Carroll Gardens noch nicht gefasst von Erin Brinkley.

Alice schlug das Herz bis zum Hals, als sie die Schlagzeile las. Sie war den ganzen Morgen über so beschäftigt gewesen, dass sie erst jetzt, nachdem sie von Ray nach Hause zurückgekehrt war, dazu kam, einen Blick in die Zeitung zu werfen.

Der Leitartikel war nicht lang, aber es gab noch eine Reihe anderer Berichte dazu, und sie machte sich daran, alle aufmerksam zu lesen.

> Eine Immobilienmaklerin aus Brooklyn, die am Donnerstag von einem Nachbarn beinahe erstickt in ihrem Auto gefunden wurde, ist das Opfer eines Mordanschlags. Der mutmaßliche Mörder schoss Pam Short in den Hals und ließ sie dann bei laufendem Motor in ihrem Auto zurück, damit sie in ihrer Garage erstickte. Die .22er-Kugel, mit der Ms. Short getötet werden sollte, prallte aber an ihrem Kieferknochen ab und drang in eine Fetttasche seitlich an ihrem Hals ein.

Entsetzt las Alice den Artikel, der auch Bezug nahm auf die jüngsten Ereignisse in ihrer Umgebung.

Pam Short hatte anscheinend keine Feinde in der Gegend, in der sie seit über zwanzig Jahren lebt und arbeitet. Mit ihrem Mann, Ray Short, einem Antiquitätenhändler, ist sie seit siebzehn Jahren verheiratet.

Obwohl die Lage der Kugel auf eine selbst verursachte Verletzung hindeuten könnte, ist bei der gerichtsmedizinischen Untersuchung versuchter Selbstmord ausgeschlossen worden, da man an Ms. Shorts Händen keine Schmauchspuren gefunden hat. Es gab auch keine Anzeichen von Blutspritzern oder Gewebepartikeln, die bei zehn Prozent aller Selbstmorde gefunden werden.

Die Polizei hat weiterhin festgestellt, dass der Schuss auf Ms. Short aus der gleichen Waffe abgegeben wurde, mit der vor zwei Wochen Lauren Barnet, ebenfalls aus Carroll Gardens, erschossen wurde. Ms. Barnet war im neunten Monat schwanger, und bis heute fehlt von ihrem ungeborenen Baby jede Spur.

Der Artikel setzte sich im Lokalteil fort, und dort wurden auch Christine Craddock und noch einmal Lauren erwähnt. Der Anblick von Laurens Foto wirkte auf Alice wie ein endgültiger Abschied. Sie konnte sich nicht überwinden, den dazugehörigen Artikel zu lesen, deshalb widmete sie sich zunächst Christine Craddock.

In ihrer Geschichte gab es neue Erkenntnisse, seit Erin Brinkley sich dafür interessiert hatte. Offensichtlich war die junge Reporterin *hungrig*, wie man in der Branche sagte, und ließ sich in ihrer Recherche durch nichts aufhalten. Sie hatte jemanden aufgetan, der am Morgen ihres Verschwindens mit Christine gesprochen hatte. Das musste eine ganz neue Information sein, denn Alice konnte sich nicht erinnern, davon etwas auf Christines Website oder in den früheren Artikeln gelesen zu haben. Offensichtlich war nicht der Mann, bei dem Christine im Deli eine kleine Flasche Wasser gekauft hatte, kurz bevor sie verschwand, der Letzte gewesen, der sie gesehen hatte, sondern Andre Capa, der in dem runden Haus am Gowanus-Kanal lebte.

Andre Capa – so hieß er also. Der Künstler, dessen Giftwasser sprühende Skulpturen die Passanten betrachteten und bewunderten. Der gelegentlich mit seiner Staffelei auf der Brücke saß und den Horizont malte. Andre Capa. Der letzte Mensch, der Lauren, acht Minuten vor ihrem Tod, lebend gesehen hatte. Und jetzt auch der letzte Mensch, der Christine Craddock gesehen hatte.

Andre Capa hatte auf der Carroll Street Bridge gestanden und Aufnahmen für seine damalige Brunnenskulptur gemacht – einen Engel aus Draht, der Kanalwasser aus dem Mund spritzte –, als er ungefähr zweihundertfünfzig Meter flussabwärts eine hochschwangere Frau auf der Union Street Bridge bemerkte. Er sah, dass sie offensichtlich Schmerzen hatte und sich nach vorne beugte, und statt den Engel weiter zu fotografieren, richtete er seine Linse auf die Frau, die anscheinend Wehen hatte. Eines der Fotos war neben dem Artikel abgedruckt. Man konnte verschwommen die Brücke und eine Frau erkennen, die sich auf dem Geländer abstützte. Ihr Kopf war vornübergebeugt, und sie hatte die Ellbogen angewinkelt, als wolle sie verhindern, dass sie fiel. Man fragte Capa, ob sie gefallen sei, und er antwortete, nein, sie habe sich wieder aufgerichtet und sei langsam weitergegangen. Als man ihn fragte, warum er diese Information damals zurückgehalten habe, erklärte er, er läse keine Zeitungen und besäße keinen Fernseher, außerdem sei er kurz nach Christines Verschwinden nach Bali gereist, wo er ein Haus besitze.

«Ich rief ihr zu, ob sie Hilfe brauche», wurde Capa im Artikel zitiert, «aber sie sagte, nein, sie habe Wehen und sei auf dem Weg ins Methodist Hospital.» Die naheliegende Frage, warum Christine Craddock sich nicht selbst ein Taxi gerufen hatte, beantwortete Erin Brinkley damit, dass Frauen im Anfangsstadium der Wehen gerne geraten wurde, herumzulaufen.

Alice dachte an ihre eigenen Entbindungen, wie sie sich, wenn die Wehen kamen, alle paar Minuten vor Schmerzen gekrümmt hatte. Zum Schluss hatte sie nicht mehr laufen können. Wie weit mochte Christine gekommen sein, bevor sie nicht mehr weitergehen konnte?

Sie wandte sich zu dem Artikel über Lauren, und ihr tat das Herz weh, als sie las: *Lauren Barnet machte ihr Examen an der Harvard Law School, gab jedoch ihren Beruf auf, um zu Hause bei ihren Kindern zu bleiben. Sie hinterlässt ihren Ehemann, Tim Barnet, und einen fünfjährigen Sohn, Austin.*

Und auch sie gingen jetzt weg, und Alice blieb nichts mehr aus ihrem Leben mit Lauren.

Angewidert schob Alice die Zeitung weg. Warum musste das alles Menschen passieren, die sie kannte? In ihrer Nachbarschaft? In ihrem *Zuhause*?

Im Haus war es unheimlich still. Noch nicht einmal Julius schien zu Hause zu sein, oder aber er bewegte sich so leise in seiner Wohnung, dass sie ihn nicht hören konnte.

Draußen fuhr ein Auto vorbei, und die Balken des Hauses knarrten und ächzten.

Sie rief im Polizeipräsidium an und hinterließ eine Nachricht auf Frannies Anrufbeantworter: «Bitte rufen Sie mich zurück. Ich sitze hier und drehe durch. Haben Sie heute die Zeitung gelesen? Ich glaube, es ist der Künstler, der mich verfolgt.» Sie wusste, dass ihre Nachricht paranoid klang, und sie schämte sich auch dafür, aber andererseits war sie wütend, weil sie das Gefühl hatte, mit ihren Ängsten nicht ernst genommen zu werden.

Nachdenklich schob sie die Krümel auf dem Küchentisch zu einem kleinen Berg zusammen.

Andre Capa.

Vielleicht war er der Limousinenfahrer. Vielleicht arbeitete er für Metro. Vielleicht war es ja sein Job, Julius Pollack von seinen eigensinnigen Mietern zu befreien. Aber was wollten sie mit den Babys?

Um auf andere Gedanken zu kommen, griff sie zu einem Block und begann mit einer Einkaufsliste. *Milch, Brot, Orangen, Vollkorn-Cracker,* ganz alltägliche Dinge. Ohne den Stift abzusetzen, schrieb sie auf ein anderes Blatt *Umzug, Baby-Vorbereitungen, Kinder/Schule, Blue Shoes.* Für jeden Punkt, der ihr einfiel, erstellte sie eine neue Liste. *Lauren/Ivy. Phantom-Baby. Pam. Julius/Partner. Capa/Spanner. Ermittlungen. Neuigkeiten. Angst davor, die Nächste zu sein.*

Sie rief bei Frannie an, bei Giometti, und hinterließ weitere Nachrichten. «Rufen Sie mich an.» Auch bei Mike sprang nur der Anrufbeantworter an. «Ruf mich an. Bitte.» Dann fiel ihr Maggie ein.

Maggie kam sofort ans Telefon.

«Hast du heute früh Zeitung gelesen?»

«Alice? Nein, noch nicht. Was ist los?»

Sie beschrieb Maggie, wie ihr Vormittag verlaufen war, und die Freundin hörte ihr zu, ohne sie zu unterbrechen. Fünfzehn Minuten später stand sie vor Alices Wohnung.

«Wenn Mohammed nicht zum Berg kommen kann ...» Maggie küsste Alice zur Begrüßung auf die Wange und trat ein.

«Jason macht den Laden auf», sagte Alice. «Ich darf nicht aus dem Haus gehen. Man hat mir befohlen, hier zu bleiben und zu warten, aber ich weiß nicht, worauf ich eigentlich warte. Ich ...»

«Ganz langsam, Liebes. Beruhige dich erst mal.» Maggie drückte Alice auf einen Stuhl, brachte ihr ein Glas Wasser und setzte sich neben sie. «Um den Laden mache ich mir keine Gedanken, ich mache mir Sorgen um dich. Du bist ja völlig außer dir. Hast du denn nicht geschlafen?»

Alice schüttelte den Kopf. «Nicht viel.»

«Aber du hast doch die Schlaftabletten!»

«Ich bin schwanger, Mags ...»

«Hat deine Ärztin nicht gesagt, sie wären ungefährlich?»

«Das hat man von Thalidomid auch gesagt.» Das erste Mal seit Tagen verlieh Alice auch dieser Angst Ausdruck. Erschöpft rieb sie sich das Gesicht. «Du weißt doch noch, all die Contergan-Kinder.»

«Das ist Jahrzehnte her.» Maggie fuhr mit der Fingerspitze sanft über Alices Wange. «Denk an deinen Autounfall. Deine Schlaflosigkeit ist gefährlich. Du musst die Dinge ein bisschen abwägen.»

«Heute Abend nehme ich eine», versprach Alice halbherzig. «Ganz bestimmt.»

«Weißt du was?» Maggie stand auf. «Ich lade dich zum Lunch ein. Komm, hol deine Tasche. Draußen ist es so schön. Lass uns gehen.»

«Ich bin schon zum Lunch eingeladen», versuchte Alice zu scherzen. «Mags, ich kann nicht weg. Frannie hat mir gesagt, ich soll zu Hause bleiben.»

«Auch gut. Dann wollen wir doch mal sehen, was ich dir hier auftischen kann.» Maggie stand auf und begann, die Schränke und den Kühlschrank zu durchsuchen. «Ich persönlich verstehe ja nicht, warum der Amerikaner an sich so auf Thunfisch versessen ist, aber in der Not ...» Sie öffnete zwei Dosen Thunfisch, mischte Mayonnaise darunter, wusch Salat und toastete Brot.

«Maggie, ich muss dir etwas gestehen», sagte Alice zu Maggies Rücken.

Maggie drehte sich kurz um. «Ja?», erwiderte sie, dann wandte sie sich wieder ihrer Arbeit zu.

Alice erzählte ihr alles: von ihrem Besuch bei Frannie, von dem schreienden Baby, dem Mann, der sie verfolgte. Als sie fertig war, fühlte sie sich ungeheuer erleichtert. «Ich weiß nicht, warum ich nicht schon viel früher mit dir darüber gesprochen habe, Mags. Ich war wie zugeschnürt. Es tut mir Leid.»

«Ach, Quatsch», erwiderte Maggie. Sie stellte zwei Teller mit Sandwiches auf den Tisch und eine Schüssel mit Karottenstäbchen. «So schlimm ist es auch wieder nicht. Aber wirklich, Alice. Du hast ein Baby schreien gehört? Und du wirst verfolgt? Na, du bist echt verschwiegen.»

«Eigentlich nicht», sagte Alice. «Nur müde und hormonell belastet.»

«Ich finde, du hältst dich toll», erwiderte Maggie. «Jedenfalls unter diesen Umständen.» Sie tätschelte Alices Hand.

«Wie meinst du das?»

«Das mit Lauren war auch für mich ein Albtraum. Ich schlafe auch schlecht und muss auch immer an die kleine Ivy denken. Aber, Alice, Liebes, du bist im sechsten Monat schwanger und lebst mit dem fiesen Vermieter von Lauren unter einem Dach. Ehrlich gesagt, an deiner Stelle würde ich sofort meine Koffer packen und irgendwo anders hinziehen.»

Alice wusste, dass Maggie Recht hatte – Mike sagte ja nichts anderes –, aber sie reagierte trotzdem defensiv. «Was meinst du, was wir die ganze Zeit versuchen?», erwiderte sie, wobei ihr klar war, wie scharf das klang. «Ich bemühe mich, nicht zu hysterisch zu werden, aber anscheinend habe ich nicht viel Erfolg dabei.»

«Hör mal», sagte Maggie und legte ihr Sandwich beiseite, «ich sage viele Dinge, die ich gar nicht so meine, aber lass dich davon nicht beirren, Liebes. Ich weiß, was du durchmachst. Die Freundschaft zwischen dir und Lauren war etwas ganz Besonderes, vermutlich weil ihr beide so amerikanisch ernsthaft wart. Aber jetzt bin ich für dich da. Ich mag dich sehr. Du bist meine beste Freundin, und wenn ich irgendetwas sage, womit ich dich verletze, dann Asche auf mein Haupt! Einverstanden?»

So offen war Maggie noch nie gewesen. Im Grunde hatte sie Recht. Sie mussten jetzt füreinander da sein.

Sie aßen ihr Mittagessen und warteten gemeinsam darauf, dass das Telefon klingelte, dass Frannie oder Giometti anriefen und Alice erklärten, warum sie zu Hause bleiben sollte. Es beruhigte Alice immens, dass Maggie da war, und sie war dankbar, als Maggie ihr einen Kräutertee und für sich selbst einen starken Kaffee kochte und sie sich einfach nur unterhielten.

«Glaubst du, dass du mit Simon wieder zusammenkommst?», fragte Alice.

Maggie grinste. «Als Liebhaber ist er viel besser. Warum sollte ich das mit häuslichem Alltag verderben?»

«Weiß Ethan Bescheid? Ist er dabei, wenn ihr zusammen seid?»

«Ist das nicht ulkig? Einer von uns beiden engagiert immer Sylvie, wenn wir uns abends treffen wollen. Wir wollen nicht zu viele Hoffnungen bei ihm schüren, der arme Schatz. Er würde mich dauernd damit quälen, dass wir wieder ins Haus zurückziehen sollen.»

«Maggie.» Alice beugte sich vor und senkte die Stimme. «Ist dir schon mal der Gedanke gekommen, dass du dir Simons Untreue nur eingebildet hast? Ich meine, er leugnet es doch immer noch, oder?»

«Ja, das tut er, der Mistkerl.»

«Und?»

Maggie zögerte. Diese Frage hätte sie offensichtlich lieber vermieden.

«Ich habe daran gedacht, ja.»

«Und?»

«Es gab Beweise.» Auch Maggie beugte sich jetzt vor. «Da war der Knopf ...»

«Ein Knopf, Maggie!» Alice würde diesen Knopf nie vergessen, eine rote Plastikrose, so wie Maggie sie nie besessen hatte. Sie hatte ausführlich mit Lauren und Alice darüber diskutiert und ihn ständig bei sich getragen. Was sie sich allerdings nie eingestehen wollte, war die Möglichkeit, dass jeder von Ethans Spielgefährten diesen Knopf ins Haus geschleppt haben konnte. Alice selbst war immer äußerst überrascht, was sie alles so in den Taschen ihrer Kinder fand, und sie hatte auch schon beobachtet, wie sie Dinge von der Straße aufhoben und in die Tasche steckten.

«Ja, ein Knopf. Und all diese Besorgungen, die stundenlang dauerten.» Maggies Augen glänzten, so sehr bemühte sie sich um Glaubwürdigkeit. «Hör mal, es ist ja keine große Sache, wenn ich Sex mit ihm haben will, oder wenn ich ihn sogar wieder liebe. Ich will eben nur nicht mit ihm leben, weil ich ihm nicht mehr vertraue. Es würde wieder passieren, aus was für einem Grund auch immer.»

«Ja», erwiderte Alice, «ich verstehe.»

Es war egal, wem der Knopf gehörte. Der Knopf war nur der Auslöser gewesen, in Wirklichkeit hatten Maggies Eifersucht und ihre Ängste die Ehe beendet.

Ob ihre eigenen Ängste ihr wohl auch so einen Streich gespielt hatten? Hatte es doch kein Babygeschrei im oberen Stockwerk gegeben? War der Mann, der sie verfolgte, wirklich real? Eins war klar: Maggie fühlte sich mit der Ambivalenz ihrer Aussagen wohl, aber Alice wusste nicht so genau, ob das auch für sie selbst galt. Sie wollte lieber die Wahrheit wissen.

Plötzlich begann ihr Handy zu vibrieren und zu klingeln. Sie klappte es auf und nahm den Anruf an.

«Alice, ich bin es, Frannie. Entschuldigung, dass es

so lange gedauert hat, bis ich Sie zurückgerufen habe. Es war wie verhext. Aber jetzt haben wir Zeit. Wo sind Sie?»

KAPITEL 24

Giometti saß am Steuer der blauen Limousine, als sie vor dem Haus in der President Street anhielten. Als sie hörten, dass Maggie da war, wollten sie nicht im Haus mit ihr sprechen, sondern bestanden darauf, mit ihr zur Schule zu fahren, damit sie die Kinder dort um drei Uhr abholen konnte. Mühsam stieg Alice hinten im Wagen ein. Ihr wachsender Umfang machte es ihr immer schwerer, sich normal zu bewegen.

Alice sah Giomettis ruhigen Blick im Rückspiegel. Er blickte sie kurz an, dann wandte er seine Aufmerksamkeit wieder dem Verkehr zu. Frannie drehte sich zu ihr herum.

«Sie haben die Zeitung gelesen.» Sie klang erschöpft. Es war ein anstrengender Tag gewesen, und er war noch nicht vorbei.

«Ja.»

«Dann wissen Sie es also.»

«Ist er es?» Alice beugte sich vor. «Ist er der Mann, der mich verfolgt hat? Bin ich als Nächste dran?»

Zögernd antwortete Frannie: «Das wissen wir nicht genau.»

«Haben Sie ihn denn noch nicht gefunden? Sie hatten doch genug Zeit. Ist es Andre Capa?»

Weder Frannie noch Giometti antworteten auf ihren

Gefühlsausbruch, aber es war ihr egal. Sie hatte Angst, und sie verheimlichten ihr etwas.

Schweigend fuhren sie die Smith Street entlang und bogen in die Atlantic Avenue ab. Das Meer kam in Sicht, und wie immer war Alice fast ein bisschen überrascht, weil es sie daran erinnerte, dass sie auf einer Insel lebte.

«Wir haben ihn festgenommen», sagte Frannie schließlich.

«Weswegen?», fragte Alice. «Wegen Mord? Weil er mich verfolgt? Wegen schlechter Manieren? Wegen was?»

«Alice, bitte, beruhigen Sie sich.» Frannie verlor die Geduld. «Es ist einiges los im Moment, und ich sage Ihnen, was Sie wissen müssen.»

«Und?»

«Um Ihre Frage zu beantworten: Ja, es war Andre Capa, der Ihnen gefolgt ist. Wir lassen ihn von der Spurensicherung in jeder erdenklichen Weise überprüfen, und wenn er der Mörder ist, führt er uns hoffentlich zum Tatort.»

«Wenn er es ist», fragte Alice, «glauben Sie, er hat Ivy?»

«Das wissen wir nicht.»

«Was ist mit Julius Pollack? Mit dem Babygeschrei, das ich gehört habe?»

«Wir warten auf den Durchsuchungsbefehl für seine Wohnung und sein Büro. Vorher können wir nichts tun.»

«Warum dauert das alles so lange, Frannie? Glauben Sie, dass Capa irgendetwas mit Metro zu tun hat? Könnte er Pollacks Partner sein?»

«Ich sage Ihnen doch», erwiderte Frannie, «das wissen wir noch nicht.»

Giometti fuhr im Schatten der Bäume die Clinton

Street entlang, vorbei an unbezahlbaren Brownstones, mitten ins Herz von Carroll Gardens hinein.

«Für Sie bedeutet es auf jeden Fall, dass Sie nicht mehr solche Angst haben müssen.» Frannie lächelte sie warm an. «Okay? Wir dachten, diese Information nützt Ihnen schon einmal etwas. Aber sprechen Sie bitte mit niemandem darüber. Wir möchten nicht, dass etwas an die Öffentlichkeit gelangt, bevor wir uns nicht sicher sind.»

Alice nickte. Sie hielten vor der Schule, wo sich bereits die anderen Eltern und Babysitter um den Eingang drängelten.

«Das Wichtigste für Sie ist, dass wir den Mann festgenommen haben, der Sie verfolgt hat. Wir kennen seinen Namen, wir wissen, wo er wohnt. Wir wissen zwar nicht, warum er das getan hat, aber wir haben ihn zumindest. Es kann Ihnen nichts passieren, Alice.»

Alice fragte sich, woher Frannie diese Gewissheit nahm. Sie stieg aus. Peter kam gerade die Treppe herunter, und als er sie sah, strahlte er übers ganze Gesicht.

KAPITEL 25

Als Alice am Samstagmorgen die Zeitung und das Internet durchforstete, konnte sie sich mit eigenen Augen davon überzeugen, dass es der Polizei gelungen war, die Verhaftung Andre Capas geheim zu halten.

«Es überrascht mich, dass diese Reporterin nichts über Capa herausgefunden hat.» Alice faltete die Zeitung wieder zusammen und wandte sich an Mike, der Peters sirupverschmierten Mund gerade mit einem feuchten Küchentuch abwischte. «Sie hat doch sonst alles herausgefunden.»

«Sie hat das herausgefunden, was wir gelesen haben», erwiderte Mike. «Manches wissen wir vielleicht gar nicht.»

«Ja, sicher.» Natürlich, dachte Alice, die Polizei hielt Informationen zurück, zum Beispiel so wichtige Fakten wie Ivys Geschlecht und Namen. Vielleicht verfügten sie ja über noch mehr Erkenntnisse. «Aber sie haben uns immerhin gesagt, dass er verhaftet ist», fuhr sie fort, «dann brauchen wir uns wenigstens keine Sorgen zu machen.»

«Los, putz deine Zähne und sag Nell, sie soll sich auch die Zähne putzen.» Mike scheuchte Peter zur Treppe. «In fünf Minuten fahren wir.»

«Wir brauchen uns doch keine Sorgen mehr zu machen, Mike, oder?»

«Fragst du mich das oder sagst du es mir?» Sein Lächeln war spitzbübisch, und sie stellte mit Erleichterung fest, dass er tatsächlich weniger angespannt wirkte.

«Ein bisschen von beidem, glaube ich.»

«Wir sollten uns lieber beeilen, wenn wir pünktlich sein wollen», ermahnte Mike seine Frau, die als Einzige noch nicht angezogen war. Um zehn Uhr waren sie mit Judy Gersten zur Hausbesichtigung am Third Place verabredet.

Alice machte sich fertig, so schnell sie konnte, aber sie merkte wieder deutlich, wie ihr Umfang ihr zu schaffen machte. Selbst die alltäglichsten Verrichtungen fielen ihr immer schwerer.

Ihre Familie wartete vor dem Haus auf sie. Nell und Peter waren eifrig damit beschäftigt, die Treppenstufen mit Kreide zu bemalen.

«Oh, das wird Julius aber gefallen», sagte Alice.

Mike grinste. «Mehr Farbe, Kinder!»

Sofort begannen sie, die leeren Flächen mit bunter Kreide auszumalen. Alice lächelte und sagte dann: «Wir müssen jetzt wirklich los!»

Mike zog die Augenbrauen hoch: «Ach, entschuldige, dass wir dich aufgehalten haben!»

«Ja, Mom, entschuldige!» Nell hatte die Hände in die Hüften gestemmt und sah sie aus blitzenden Augen an.

«Entschuldige, Mommy», sagte auch Peter, dem jedoch die Ironie völlig entging. Er streckte die Arme nach seiner Mutter aus.

Judy Gersten stand vor dem vom Rosenbusch überwucherten Zaun und wartete auf sie. Alice schätzte sie auf Mitte fünfzig. Sie hatte einen grauen Pagenkopf und trug einen dunkelblauen Rock, der bis kurz über die Knie reichte, eine weiße Bluse und einen blauen Blazer, der fast, aber nicht ganz, im Farbton zum Rock passte. Sie hielt eine große Stofftasche fest an sich gepresst. Als Alice ihr gegenüberstand, stellte sie verblüfft fest, dass Judy blaue Wimperntusche aufgetragen hatte, sonst aber völlig ungeschminkt war.

«Sie müssen Judy sein.» Alice schüttelte ihr die Hand. «Das ist mein Mann, Mike, und unsere Kinder ...»

Nell und Peter warteten gar nicht erst ab, bis sie vorgestellt wurden, sondern rannten sofort auf die Vordertreppe zu. Peter setzte sich genau vor die Haustür und ließ sein Feuerwehrauto über die Stufe fahren.

«Ich habe heute früh mit Pams Mann gesprochen», sagte Alice zu Judy. «Er meinte, sie könne außer der Familie noch keinen Besuch empfangen. Waren Sie schon bei ihr?» Schließlich arbeiteten Pam und Judy ja schon viele Jahre zusammen, da gehörte sie vermutlich auch zum Familienkreis, dachte Alice.

«Ja, heute früh.»

«Wie geht es ihr?»

«Unverändert.» Judy kniff die Lippen zusammen und lächelte säuerlich. Mehr wollte sie offensichtlich nicht sagen.

«Ach, übrigens», setzte Alice an, als sie auf das Haus zugingen, «ist Pam eigentlich vom Bauamt zurückgerufen worden?»

«Haben Sie mich das nicht schon einmal gefragt?»

«Wirklich?»

Wieder das verkniffene Lächeln, das nichts preisgab.

«Bestimmt.» Judy runzelte die Stirn. «Nein, sie hat

keine Nachrichten aus dem Bauamt erhalten, nicht dass ich wüsste.»

Sie stiegen die Treppe hinauf, und Peter begann, mit seinem Feuerwehrauto über die glänzende Eichentür zu fahren, wobei er mit lauter Stimme eine Sirene nachmachte.

«Hey hey hey, Peter», protestierte Mike. «Nicht auf der Haustür.»

«Daddy hat gesagt, du sollst aufhören.» Nell versuchte, ihm das Auto zu entreißen, aber er wehrte sich.

Mike trennte die beiden Streithähne. «Noch ein Problem mit dem Feuerwehrauto, Petie», sagte er, «und ich stecke es den ganzen Tag in die Tasche. Okay?»

Peter, der das Auto fest umklammert hielt, nickte.

Judy läutete an der Tür, wartete einen Augenblick, um sicherzugehen, dass niemand zu Hause war, dann schloss sie auf. Sie wirkte sehr beherrscht, stellte Alice fest, die sie von der Seite beobachtete.

«Im Souterrain befindet sich eine Zweizimmerwohnung, die vermietet werden kann», sagte sie. «Sie hat einen eigenen Eingang. Wir können später dort hinuntergehen, wenn Sie möchten. Die Mieteinnahmen sind beachtlich.»

Die Kinder liefen voraus, durch das Wohnzimmer und direkt in die Küche. Alice hörte sie aufgeregt schnattern. Offensichtlich fühlten sie sich schon wie zu Hause. Sie und Mike folgten Judy in das Wohnzimmer, das nur durch einen Bogendurchgang von der Küche getrennt war. Breite Dielen vermittelten Bauernhaus-Atmosphäre, zu der der Marmorkamin einen schönen Gegensatz bildete. Ein einfacher, aber wunderschöner Kronleuchter hing von einer Stuckrosette an der Decke herab. Zwei deckenhohe Fenster ließen sanftes Licht in den Raum.

In der Küche hatten sich die Kinder bereits an den Tisch gesetzt, und Alice hatte den Eindruck, sie fühlten sich dort wohl. Es war eine schöne Küche, nicht besonders schick und auch nicht neu. Aber die Geräte waren modern, die Schränke aus hellem Holz und die Arbeitsplatte aus einem rosafarbenen Kunststoff, der in der letzten Zeit wieder in Mode gekommen war. Alles sah aus, als ob es in gutem Zustand sei; entweder hatte jemand diese Küche im alten Stil nachgebaut, oder sie war nicht häufig benutzt worden.

«Nicht renoviert», stellte Mike sachlich fest. Das war ein ganz neuer Zug an ihm: der vorsichtige Käufer.

«Dieses Haus ist über die Jahre sehr gut instand gehalten worden», erwiderte Judy. «Rohre und Leitungen sind in exzellentem Zustand. Der Keller ist trocken, es sind neue Fenster eingebaut worden. Die Küche ist zwar nicht neu, aber es ist alles in Ordnung.»

Alice hätte ihr am liebsten begeistert zugestimmt, aber sie hielt sich zurück. Sie war froh, dass die Küche nicht renoviert war, und hoffte, dass es bei den Badezimmern ebenso war. Bei diesem Haus ging es nicht um neue Armaturen, sondern um das tägliche Leben ihrer Familie und ihr Glück. Renovierte Küchen und Badezimmer mochten mondän sein, aber sie trieben den Preis in die Höhe, und wirklich wichtig waren sie nicht.

Rechts vom Tisch führte eine Glastür auf einen Küchenbalkon mit einer Treppe in den Garten. Auf einer kleinen Terrasse am Fuß der Treppe stand ein schmiedeeiserner Tisch mit vier dazu passenden Stühlen.

«Ein gutes Haus für eine Familie», sagte Judy, obwohl sie das nicht ausdrücklich hätte betonen müssen.

«Können wir uns auch das Obergeschoss anschauen?», bat Alice.

Nell und Peter standen vom Küchentisch auf und folgten den Erwachsenen nach oben.

Judy ging als Erste die Treppe hinauf, dann kamen die Kinder, gefolgt von Alice und Mike. Alice stupste ihren Mann an, und als er sie anblickte, zog sie die Augenbrauen hoch und nickte. Er zwinkerte, und sie wusste, sie hatten ihr Haus gefunden.

Oben waren drei Schlafzimmer, zwei durchschnittlich groß, das dritte sehr klein, aber mit Fenster. Alles sah ordentlich und sauber aus und war frisch gestrichen. In die Nischen waren Regale eingepasst, wodurch die Zimmer sehr aufgeräumt wirkten.

Im Flur befanden sich eingebaute Wandschränke, einer neben dem Badezimmer und einer neben einem der größeren Schlafzimmer. «Und oben ist noch ein großer Einbauschrank.»

«Es gibt noch ein Stockwerk?», fragte Mike.

Judy lächelte. «Folgen Sie mir.»

Über eine weitere Treppe stiegen sie ins Dachgeschoss. Dort gab es keinen Flur, aber zwei große Zimmer, die durch einen offenen Durchgang miteinander verbunden waren. Eines der Zimmer wurde als Büro genutzt, das andere offenbar als Nähzimmer. Alice blickte sich um und sah im Geiste ein weiteres Schlafzimmer und ein Spielzimmer vor sich.

«Wenn Sie möchten, kann ich Ihnen auch den Keller zeigen», bot Judy an.

Mike nickte. «Ja, bitte», erwiderte er.

Sie folgten Judy die Treppe hinunter, und Mike ließ sich alles zeigen. Alice blieb mit den Kindern im Untergeschoss zurück, damit sie keinen Schaden anrichten konnten. Aber auch von hier aus konnte sie sehen, dass es ein normaler, steinerner Keller war. An einer Wand standen Vorratsregale, Fahrräder hingen an einer anderen Wand, und in der Ecke befand sich ein großer Heißwasser-Boiler.

«In technischer Hinsicht ist alles vollkommen in Ordnung», erklärte Judy. «Aber Sie sollten natürlich trotzdem einen Gutachter zurate ziehen. Wenn Sie möchten, kann ich Ihnen einige Namen nennen.»

Ja, dachte Alice, sie wollten einen Gutachter bestellen. Und einen Notar, um den Kaufvertrag zu machen. Und einen Spediteur für den Umzug. Sie konnte es kaum erwarten, aus Julius Pollacks Haus auszuziehen. Aber eines musste sie vorher noch wissen.

«Judy», rief Alice hinunter. «Pam hat mir noch keinen Preis für dieses Haus genannt.»

Judy blickte hinauf und nickte, ohne zu lächeln, was in Alice die schlimmsten Befürchtungen weckte. Sicher würde der Preis für ein solches Schmuckstück astronomisch hoch sein. Wahrscheinlich eins Komma sieben oder eins Komma acht Millionen, eine Summe, die sie nie würden aufbringen können. Die Enttäuschung schnürte ihr fast die Kehle zu.

Judy griff in ihre Tasche und holte das Exposé heraus. «Sie wollen wohl neunhundertfünfundneunzigtausend haben.» Sie blickte Alice an. «Aber wir haben bestimmt noch Verhandlungsspielraum.»

«Mike.» Alice winkte ihren Mann zu sich. «Können wir mal kurz miteinander reden?»

Er nickte, und sie scheuchten Nell und Peter in die Küche. Judy blieb im Untergeschoss zurück und wartete auf sie.

«Was meinst du?», flüsterte Alice. «Ich finde, das ist ein wirklich guter Preis.»

Mike blickte sich in der Küche um. «Mir gefällt es sehr.»

«Dieses Haus ist perfekt.»

«Okay», sagte er. «Los. Wir nehmen es.»

Alice rief Judy, die sich ein Lächeln kaum verkneifen konnte, als sie die Treppe hinaufkam. Sie war gut in ihrem Job, wenn auch auf eine andere Art als Pam, dachte Alice. Sie war beherrscht und gefasst, wo Pam vor Begeisterung losgeschrien hätte. Pam hätte nicht abgewartet, bis Alice ihre Meinung kundgetan hätte; sie hätte es von vorneherein gewusst und darauf bestanden, dass sie das Haus nähmen. *Schätzchen, seien Sie nicht blöd. Nehmen Sie es!*

«Wir möchten den verlangten Preis bieten», sagte Alice.

«Na! Ich freue mich, das dem Verkäufer mitteilen zu können.»

Sie verließen das Haus, Judy schloss ab und sie verabschiedeten sich.

«Ich rufe Sie an, sobald ich etwas höre», sagte Judy und wandte sich zum Gehen.

«Judy, entschuldigen Sie, wissen Sie vielleicht, wer Julius Pollacks Partner ist?» Die Frage war Alice im letzten Moment eingefallen. Bisher war sie nicht auf die Idee gekommen, dass die Maklerin vielleicht etwas darüber wissen könnte.

Judy blickte sie ausdruckslos an.

«Julius Pollack», erklärte Alice, «dem Metro Properties gehört. Sie vermitteln doch bestimmt ein paar seiner Wohnungen.»

«Ja», erwiderte Judy. «Natürlich. Soweit ich weiß, arbeitet er allein.»

«Sind Sie sicher? Ich bin ein paarmal auf Erwähnungen eines Partners gestoßen, aber niemand scheint zu wissen, wer er ist. Ich dachte, Sie wüssten es vielleicht.»

«Nein, meine Liebe. Tut mir Leid.» Die Ampel sprang auf «Walk» um, aber Judy schien es gar nicht zu bemerken. Sie blickte Alice fragend an. «Warum haben Sie solches Interesse an seinem Partner, oder ob es überhaupt einen gibt?»

Die Frage kam Alice seltsam vor. Warum sollte es sie nicht interessieren, ob hinter ihrem und Laurens Vermieter ein Partner stand? Und Pam war überfallen worden, als sie versucht hatte, etwas darüber zu erfahren.

«Das Haus, in dem Sie wohnen, gehört Julius Pollack allein», fuhr Judy fort, die auf einmal erstaunlich gut informiert war. «Nicht Metro. Ich habe den Eindruck, dass Ihre Kündigung eine sehr persönliche Angelegenheit ist und überhaupt nichts mit Metro Properties zu tun hat.» Sie lächelte Alice an und zeigte dabei überraschend schöne, weiße Zähne.

«Alice!», rief Mike. Er war schon ein ganzes Stück entfernt, weil die Kinder nicht stehen bleiben wollten.

Judy wandte sich zum Gehen. «Wegen des Angebots sage ich Ihnen Bescheid. Es ist ein wunderschönes Haus, finden Sie nicht?» Dann überquerte sie die Straße, ohne Alices Antwort abzuwarten.

Am Eingang zum Carroll Park holte Alice ihre Familie ein. Nell und Peter liefen zwei getrennte Wege zur Parkmitte, aber kaum war er losgelaufen, kam Peter auch schon wieder weinend zu seinen Eltern zurück.

«Wo ist mein Feuerwehrauto?» Er drückte sein Gesicht an Alices Bauch.

Alice streichelte ihm über die Haare. «Hast du es jetzt gerade verloren? Hier im Park?»

«Nein!» Er weinte lauter.

Nell kam ebenfalls zurückspaziert, mit dem überlegenen Gesichtsausdruck, der bedeutete, dass sie etwas wusste, was ihnen entgangen war.

«Er hat es im Haus vergessen», sagte sie. «Als wir nach oben gegangen sind.»

«Wusstest du, dass er es da gelassen hat?», fragte Mike verärgert.

«Ich habe gesehen, wie er es hingelegt hat, aber ich habe nicht geglaubt, dass er es da lässt.»

«Okay, Süßer», sagte Alice. «Ich rufe Judy an und bitte sie, uns das Auto wiederzubeschaffen. Wenn wir wissen, wo es ist, ist es nicht wirklich verloren. Du bekommst es wieder zurück, das verspreche ich dir.»

Beruhigt rannte Peter zum Spielplatz und kletterte die Leiter zur Rutsche hinauf. Alice zog die Visitenkarte hervor, die Judy ihr gegeben hatte, weil sie hoffte, darauf eine Handynummer zu finden, unter der sie die Frau erreichen konnte, aber es war nur eine Büronummer angegeben. Insgeheim erleichtert darüber, dass sie nicht schon wieder mit der etwas merkwürdigen Frau sprechen musste, hinterließ Alice eine Nachricht auf dem Anrufbeantworter im Büro.

Judy erwiderte ihren Anruf erst am darauf folgenden Abend. Alice fand, dass ihre Stimme sehr undeutlich klang, als sie ihr eine Nachricht hinterließ.

«Herzlichen Glückwunsch, sie haben Ihr Angebot akzeptiert! Außerdem habe ich das Feuerwehrauto Ihres Sohnes gefunden. Es steckt jetzt in meiner Tasche. Ich bin morgen den ganzen Tag zu Hause, weil ich auf den Reparaturdienst für meine Spülmaschine warten muss, als ob ich zwischen acht und fünf nichts Besseres zu tun hätte! Zwischen acht und fünf! Als ob ich nichts Besseres zu tun hätte!»

Alice war sich nicht ganz sicher, aber bevor Judy den Anruf mit ihrer Privatadresse beendete, schien ihre Stimme zu brechen. Weinte sie etwa?

KAPITEL 26

Judy Gersten wohnte an der Douglas Street, in einem der blauen Häuser, die sich von den typischen Brownstones abhoben. Alice stieg die Vordertreppe hinauf, läutete und wartete. Es war erst Viertel vor neun, aber Judy hatte ja ausdrücklich erwähnt, dass sie von acht bis fünf auf den Reparaturdienst warten müsse, also konnte Alice ja nicht zu früh vorbeigekommen sein. Aber niemand öffnete. Alice ging durch den Kopf, dass sie gar nichts über Judy wusste, ob sie allein lebte oder eine Familie hatte. Und sie hatte gestern Abend so durcheinander geklungen, vielleicht war ja etwas geschehen. Alice läutete noch einmal.

Endlich ging die Haustür einen Spalt weit auf und Judy musterte ihren Besuch. Anscheinend erkannte sie Alice nicht. Alice wollte sich fast schon entschuldigen und zurückziehen, aber sie hatte Peter versprochen, dass er heute nach der Schule sein Feuerwehrauto zurückbekommen würde.

«Bin ich zu früh?», fragte sie. «Ich komme wegen des Spielzeugautos meines Sohnes.»

Judy öffnete die Tür. Sie trug einen champagnerfarbenen Satin-Morgenmantel, der über einer Jogginghose und einem Männerunterhemd auseinander klaffte. Ohne die Fassade aus Berufskleidung wirkte sie ungeschützt. Seltsamerweise sah sie älter und jünger zugleich aus, und Alice fühlte sich zu dieser Judy wesentlich mehr hingezogen als zu der Immobilienmaklerin, die ihr das Haus gezeigt hatte. Allerdings änderte sich das, als sie anfing zu reden.

«Es ist gleich da drüben», sagte Judy. «Ich hole es.»

Sie stank nach Whiskey. Das war es also: Judy war betrunken. Aber Alice wollte Peters Feuerwehrauto wiederhaben, also folgte sie ihr nach drinnen. Das Wohnzimmer war gemütlich-chaotisch, im französischen Landhausstil eingerichtet und ein bisschen abgewohnt.

«Wenn Sie mir das Feuerwehrauto geben, bin ich gleich wieder weg.»

Judy gab einen Laut von sich, als wolle sie wieder anfangen zu weinen.

Es war anscheinend noch schlimmer, als Alice befürchtet hatte. «Vielleicht sollte ich später wiederkommen.»

«Warten Sie bitte, ja?» Judys Stimme klang jämmerlich, Mitleid erregend.

Die Morgenzeitung lag aufgeschlagen auf einem Diwan vor einem großen Fenster. Daneben auf dem Boden stand ein Becher mit Judys *Kaffee*, einer öligen, bernsteinfarbenen Flüssigkeit, die jeder sofort als Whiskey erkannt hätte.

Judy durchwühlte ihre Tasche, als Alices Blick auf ein Foto in der Zeitung fiel, das ihr einen Schlag versetzte. Es war ein Foto von Julius, eine seltsame Aufnahme, weil er lächelte. Sie hatte ihn noch nie lächeln gesehen. Er hatte den Arm um einen anderen Mann gelegt. Die Schlagzeile über dem Foto konnte Alice nicht lesen, da in diesem Augenblick schon wieder Judy neben ihr stand.

«Danke.» Alice nahm das kleine rote Auto entgegen.

Aus der Nähe sah Judy nicht nur betrunken, sondern auch gepeinigt aus, und Alice fragte sich, ob wohl etwas anderes als der Whiskey an ihrem Zustand schuld war. «Ist alles in Ordnung?», fragte sie.

«Oh, mir geht es wunderbar», erwiderte Judy dramatisch. Sie trat zu einer Couch, die an einer Ziegelwand stand, und sank in die weichen Polster. Alice blickte auf die zusammengesunkene Gestalt. Die arme Frau. Hinter einer besonders beherrschten Fassade verbarg sich wie so oft der größte Aufruhr.

«Es ist etwas passiert», schluchzte Judy und schlug sich die Hände vors Gesicht, «und jetzt ist alles vorbei.»

«Das tut mir Leid», flüsterte Alice. Und das stimmte auch, obwohl sie nicht wusste, wovon Judy redete. Sie stand da und wartete darauf, dass das Schluchzen nachließ, damit sie sich verabschieden konnte.

Als sie sich in dem hübschen, unordentlichen Zimmer umblickte, entdeckte sie überall ähnliche Handarbeiten wie auf Judys Schreibtisch im Büro. Jede weiche Fläche im Zimmer, abgesehen vom Teppich und dem silbrigen Jacquard-Bezug des Sofas, war von Judy bearbeitet worden. Die Sitzflächen von zwei antiken Sesseln waren mit Petit-Point-Stickerei bezogen. Zwischen den Sesseln stand ein kleiner Tisch mit einer großen, gerahmten Fotografie von Judy und einem Mann, der Alice irgendwie bekannt vorkam. Sie standen Arm in Arm da, wie ein altes Ehepaar, und lächelten breit in die Kamera. Aber nichts sonst im Zimmer gab einen Hinweis darauf, dass Judy verheiratet war. Es war eindeutig das Zimmer einer Frau. Auf der Couch, auf der Judy saß, lagen zahlreiche gestickte Kissen, alle bis auf eins mit symmetrisch angeordneten winzigen

Blumen, was wie eine Art Gartenfeuerwerk wirkte. Die Ausnahme war ein Kissen, auf das nur eine einzige Blume gestickt war, in der Art eines Georgia-O'Keeffe-Gemäldes.

Alice musste das Kissen unwillkürlich angestarrt haben, denn Judy hörte abrupt auf zu schluchzen. «Es sollte eine Pfingstrose werden», sagte sie, «aber wahrscheinlich habe ich auch das, wie alles andere, nicht richtig hingekriegt.»

Erst jetzt erkannte Alice, dass es tatsächlich eine Pfingstrose war. «Es ist wunderschön», sagte sie.

Judy ergriff das Kissen und strich mit zitternden Fingern über die Oberfläche. Dabei blickte sie Alice an. «Es war die Idee dieses französischen Mädchens.» Ihre Stimme war rau vom Weinen. «Sylvie. Sie hat mir von der Frau erzählt, die Pfingstrosen geliebt hat, die, die sie im Kanal gefunden haben. Eine Frau, die wie Abfall weggeworfen wurde.» Wieder begann sie zu weinen. «Hier.» Sie warf Alice das Kissen zu. «Sylvie hat mir auch erzählt, dass die Frau Ihre Freundin war. Ihnen bedeutet es sicher mehr als mir.»

Alice fing das Kissen auf. «Das kann ich nicht annehmen.»

«Mir bedeutet es nichts.» Judy holte tief Luft. Flehend blickte sie Alice aus ihren verquollenen Augen an. «Ich mache sie nur, weil ich etwas zu tun haben will. Sylvie bringt sie in den Frauenladen. Ich verkaufe sie, weil sie mir nichts bedeuten. Ich brauche das Geld nicht. Nehmen Sie es, bitte.»

Judy stand auf und trat zum Diwan. Dort ergriff sie ihren Becher und leerte ihn in einem Zug. Die Zeitung beachtete sie gar nicht.

«Danke», sagte Alice. «Ich weiß schon genau, wo ich es hintun werde.»

Judy entließ sie mit einer nonchalanten Handbewegung, und Alice eilte mit Peters Feuerwehrauto und dem Kissen aus dem Haus.

Zu Hause holte sie sofort die Zeitung aus ihrer Plastikhülle und breitete sie auf dem Küchentisch aus. Im Lokalteil fand sie das Foto von Julius und seinem Gefährten unter der Schlagzeile *Gegen Brooklyner Immobilienhai wird wegen Angriff auf Maklerin ermittelt.* Von Erin Brinkley.

Alice war erstaunt darüber, wie schnell Erin Brinkley auf Julius Pollack gestoßen war. In der letzten Zeit konnte die Reporterin offenbar Alices Gedanken lesen. Der Mann auf dem Foto wurde als Pollacks Partner, Sal Cattaneo, identifiziert. Er war in den Fünfzigern, schätzte Alice, mit einem wirren Haarkranz aus weißen Haaren und Lachfältchen um die Augen. Er sah freundlich aus, im Gegensatz zu Julius, der trotz seines Lächelns hart wirkte. Alice betrachtete Sal Cattaneo, den Mann, über den Pam erfolglos Nachforschungen angestellt hatte. Wie war es Erin Brinkley gelungen, ihn so einfach zu entdecken? Der Name und auch das Gesicht kamen ihr bekannt vor, aber sie konnte ihn nicht einordnen.

Sie setzte sich an den Küchentisch und las den Artikel.

Wegen Übereinstimmungen in drei ungelösten Fällen hat die örtliche Polizei begonnen, die berüchtigten Immobilienhaie Julius Pollack und Sal Cattaneo, seit langem Partner bei Metro Properties, unter die Lupe zu nehmen, auch im Hinblick auf den Tod von Lauren

Barnet und das Verschwinden ihres ungeborenen Babys. Gegen die beiden Männer wird auch in Verbindung mit dem Verschwinden von Christine Craddock, die ebenfalls schwanger war, ermittelt. Ms. Craddock verschwand vor zwei Jahren am errechneten Geburtstermin ihres Babys. Sowohl Ms. Barnet als auch Ms. Craddock waren Mieter bei Metro Properties und wehrten sich zur Zeit ihres Verschwindens gegen die Bemühungen von Metro, sie aus ihren mietpreisgebundenen Wohnungen in der Gegend Carroll Gardens-Cobble Hill zu vertreiben. Gut informierte Kreise berichten, dass die Polizei Mr. Pollack und Mr. Cattaneo auch im Zusammenhang mit dem Überfall auf Pam Short verhört hat. Ms. Short ist Immobilienmaklerin in Brooklyn und hat möglicherweise etwas über Metro erfahren, das sie in Gefahr gebracht hat. Sie liegt immer noch im Koma im Long Island College Hospital.

Nach Angaben der Polizei gelten Ms. Barnets Ehemann, Tim Barnet, und Ms. Craddocks Freund, David Jonstone, nicht mehr als Hauptverdächtige. Man sah sich gezwungen, die Suche wesentlich zu erweitern, als deutlich wurde, dass die drei Fälle offenbar miteinander in Verbindung stehen.

Im Rahmen der Ermittlungen kursieren verschiedene Hypothesen, die von der des einsamen Serienkillers über die eines Komplotts in der Immobilienbranche bis hin zu jener eines schwarzen Markts für Babys reichen. Die Angelegenheit scheint eine harte Nuss für die Polizei zu sein.

«Offensichtlich spielt jemand mit uns», sagt Detective Francesca Viola vom 76. Revier. «Wir suchen nach dem gemeinsamen Nenner, und im Moment sind das zwei schwangere Frauen, die verschwanden, ihr Vermieter Metro Properties, und eine Immobilienmaklerin, die möglicherweise einer Sache auf der Spur war.»

Alice las den Artikel noch zweimal durch. Andre Capa wurde immer noch nicht erwähnt, diese Information hielten Frannie und Giometti offensichtlich zurück. Aber warum? Einen Augenblick lang war Alice wieder versucht, die Reporterin anzurufen, um die Lücken aufzufüllen. Aber schließlich entschied sie sich doch dagegen. Sie hatte Frannie versprochen, nichts zu sagen.

Als könne die Polizistin Gedanken lesen, klingelte in diesem Moment ihr Handy, und das Display kündigte das 76. Revier an. Alice wollte das Gespräch gerade entgegennehmen, als ihr noch etwas klar wurde.

Sie wusste jetzt, wo sie Sal Cattaneo gesehen hatte: vor einer halben Stunde in Judy Gerstens Wohnung in dem Rahmen auf dem hübschen Tischchen. Wie ein Ehemann, Partner oder langjähriger Freund hatte er neben Judy gestanden.

Und dann fiel Alice ein, wo sie den lächelnden Mann auf Judys Foto noch gesehen hatte; plötzlich wusste sie ganz genau, wer er war.

KAPITEL 27

Judy Gerstens lieber Freund und Julius Pollacks Partner war auch der Metzger des Viertels. Sie sah die blaue Markise über dem Laden in der Court Street vor sich, auf der in weißer Schrift stand *Cattaneo & Sohn*. Der Sohn schien allerdings eine Erfindung zu sein. Und jetzt gab es mindestens drei Sal Cattaneos. Der, den sie kannte, war immer so nett und freundlich, aber was war mit den anderen beiden?

Sie griff zum Handy, in der Hoffnung, Frannies Anruf noch entgegennehmen zu können, bevor sie ihre Nachricht zu Ende gesprochen hatte. Aber es war schon zu spät.

Gerade wollte sie die Nummer wählen, um Frannie zurückzurufen, als auf einmal jemand heftig gegen ihre Wohnungstür donnerte.

«Sie! Sie verdammtes Luder, machen Sie die Tür auf, oder ich trete sie ein!», brüllte Julius Pollack.

«Hören Sie auf, Julius!», schrie Alice.

Sie stellte sich mit dem Handy neben die Gartentür, damit sie nach draußen entkommen konnte, wenn er die Tür wirklich einschlagen würde. Wie es dann weitergehen sollte, wusste sie allerdings nicht. Seine Faustschläge dröhnten durch das ganze Haus.

«Hören Sie auf! Ich rufe die Polizei!»

Kaum hatte sie die Drohung ausgesprochen, als der Lärm verstummte. Plötzlich war es, als sei Julius gar nicht mehr da.

Sie wählte Frannies Nummer, und während sie wartete, dass sie an den Apparat ging, schien sich die Küche mit Stille zu füllen. Sie traute sich kaum zu atmen und lauschte angestrengt auf Pollacks Schritte, die sich nun die Treppe hinauf bewegten.

«Alice?», meldete sich Frannie.

Alice erklärte ihr rasch, was passiert war.

«Wo sind Sie jetzt?», fragte Frannie.

«In der Küche.»

«Ist er noch draußen?»

«Er ist gerade nach oben gegangen.»

«Bleiben Sie, wo Sie sind. Machen Sie die Tür nicht auf und gehen Sie auch nicht ans Telefon. Wir sind in zwei Minuten bei Ihnen.»

Die Zeit dehnte sich endlos, als Alice wartend in der Küche stand. Offensichtlich dachte Julius, sie habe etwas mit dem Artikel in der Zeitung zu tun. Hatte er sie mit Pam Short in Verbindung gebracht? Wusste er, dass Pam auf Alices Bitte hin Erkundigungen eingezogen hatte? Arbeitete Andre Capa auch für ihn? Hatte Capa ihm alles berichtet, bevor man ihn verhaftet hatte?

Alice dachte an den alten Mann, der nach dem Autounfall zu ihr gesagt hatte: *Atmen Sie tief durch, Lady, eins, zwei, drei.* Das tat sie jetzt. Zwar schlug ihr das Herz immer noch bis zum Hals, aber sie merkte doch, wie sie sich langsam beruhigte.

Mit zitternden Fingern wählte sie die Nummer von

Mikes Handy. Nach dreimaligem Klingeln sprang die Mailbox an. Offensichtlich sägte er gerade, oder aber er hörte das Handy nicht, weil er die Musik so laut gestellt hatte. «Mike», flüsterte sie auf seine Mailbox. «Julius hat versucht, in die Wohnung zu kommen. Komm nach Hause. *Bitte!*»

In diesem Moment hörte sie Pollacks Schritte erneut auf der Treppe. Sie umklammerte das Handy so fest, dass ihre Finger taub wurden. Wo blieben Frannie und Giometti nur? Als er an ihrer Wohnungstür angelangt war, wählte sie panisch die Notrufnummer. Aber Julius ging vorbei, und sie hörte, wie er die Haustür öffnete.

Leise schlich sie ins Wohnzimmer. Dort konnte sie hören, dass er mit jemandem redete. Die Stimme kannte sie. Es war Frannie.

Aus dem Handy drang eine blecherne, ferne Stimme: «Hallo? Hallo? Was ist passiert?» Alice drückte auf den AUS-Knopf.

Julius widersprach Frannie anscheinend, aber dann mischte sich Giometti ein, und was immer er sagte, schien Pollack zur Räson zu bringen. Alice hielt den Atem an. Sie verhandelten über irgendetwas. Sie hörte, wie Frannie sagte «einstweilige Verfügung».

«Gut», hörte Alice Julius sagen. «Wie viel?»

Die nächsten Worte konnte sie nicht verstehen, dann jedoch erhob Pollack die Stimme und stieß hervor: «Wenn Sie das tun, werden Sie es bereuen.» Mit festen, wütenden Schritten marschierte er wieder die Treppe hinauf.

Alice wartete angespannt. Als die Polizisten an ihre Wohnungstür klopften, riss sie sie erleichtert auf.

«Alles in Ordnung?», fragte Giometti.

«Ja, ich hatte nur Angst.»

Frannie schob ihre Sonnenbrille auf den Kopf, sodass ihr die Haare nicht in die Stirn fielen. «Wir möchten, dass Sie eine einstweilige Verfügung erwirken.»

«Aber er wohnt hier.»

«Ja, das stimmt.» Giomettis Stimme war sanft. «Aber Sie nicht mehr.»

Er hatte Recht – sie konnte mit den Kindern hier nicht länger wohnen bleiben.

«Aber er wird mich überall finden», wandte Alice ein. «Er ist wütend wegen des Zeitungsartikels von heute. Er glaubt, ich hätte etwas damit zu tun. Würde eine einstweilige Verfügung nicht nur alles schlimmer machen?»

«Das wissen wir nicht», erwiderte Giometti.

«Also», warf Frannie ein, «es geht vor allem darum, dass es sofort aktenkundig wird, wenn er irgendetwas gegen Sie oder sonst jemanden unternimmt. Es bedeutet nicht, dass er aufhört, aber wir können es damit lückenlos dokumentieren, was eines Tages vor Gericht sehr nützlich sein könnte.»

«Das heißt, wenn er jemandem etwas angetan hat», sagte Alice. «Mir zum Beispiel.»

Frannie blickte ihr fest in die Augen. «Genau», erwiderte sie.

«Kommen Sie, wir gehen», sagte Giometti, die Hand bereits auf dem Türknauf.

«Warten Sie», erwiderte Alice. «Ich muss noch rasch ein paar Sachen mitnehmen.»

Sie lief nach unten und packte eine Reisetasche für sich und die Familie. Nach fünfzehn Jahren wohnten sie hier nicht mehr. Einfach so.

Giometti saß am Steuer und Frannie auf dem Beifahrersitz. Sie hatte sich zu Alice umgedreht, die ihr alles über den Besuch bei Judy Gersten und das Foto mit Sal Cattaneo erzählte. Frannie und Giometti hatten den Artikel in der *Times* bereits gesehen, aber offensichtlich hatte der Inhalt sie nicht überrascht. Sie hielten auf dem Parkplatz des Polizeireviers, die beiden Ermittler stiegen aus, und Frannie öffnete Alice die Wagentür.

Frannie und Giometti führten sie in ein Zimmer hinter der Empfangstheke und blieben bei ihr, während sie bei einem Beamten Anzeige erstattete und die einstweilige Verfügung beantragte. Es dauerte nur ungefähr zehn Minuten, und dann musste Alice unten auf dem Protokoll unterschreiben.

Anschließend fuhren die Detectives mit ihr zum Gericht, wo sie ihre Limousine auf der Adams Street in zweiter Reihe parkten, mit einer Selbstverständlichkeit, die Alice seltsam faszinierend fand. Es war eine Geste der Macht, des Schutzes. Sie eilten mit Alice durch eine Drehtür und einen langen Korridor entlang. Die Richterin, die für Alice zuständig war, war eine Frau um die sechzig, die ungeduldig wirkte.

«Machen Sie es nicht so kompliziert», flüsterte Frannie Alice zu, als sie aufgerufen wurde.

So einfach wie möglich schilderte sie ihren Fall. «Mein Vermieter heißt Julius Pollack. Er hat begonnen, mir zu drohen. Ich habe Angst um meine Kinder.»

Die Richterin stellte einige Fragen über ihre Beziehung zu Julius, dann trat Giometti vor und beantwortete verfahrenstechnische Fragen. Alice verstand so gut wie gar nichts. Schließlich nickte die Richterin, unterschrieb ein

Gesuch auf Personenschutz, knallte ihren Stempel darauf, und sie waren fertig.

Alice war es schwindlig, so schnell war alles gegangen. Benommen saß sie hinten im Polizeiwagen, als endlich Mike anrief.

«Ich bin zu Hause», sagte er. «Was zum Teufel ist eigentlich los?»

Alice erklärte ihm alles. «Ich habe schon für dich gepackt. Wenn du sonst noch etwas mitnehmen willst, dann tu es jetzt. Ruf Simon an, ja? Frag ihn, ob wir bei ihm wohnen können.»

«Das ist doch unrealistisch, Alice.» Sie hörte ihm an, wie beunruhigt er war. «Lass uns einfach abhauen, okay? Wir nehmen das nächste Flugzeug und fliegen irgendwohin.»

Es war ein reizvoller Gedanke, und einen Augenblick lang lockte sie das Bild von blauem Meer und weißem Strand. Ja, es wäre schön, für eine oder zwei Wochen hier rauszukommen.

«Sie fahren mich jetzt wieder zum Revier zurück», sagte sie. «Ruf bitte Simon an. Und holst du die Kinder von der Schule ab? Ich bin nicht sicher, ob ich es rechtzeitig schaffe.»

Auf dem Revier führten Frannie und Giometti Alice sofort die Treppe hinauf in das Büro der Ermittler. «Wir wollen aufrichtig mit Ihnen sein, Alice.» Ein Schatten des Unbehagens glitt über ihr Gesicht.

«Gut», erwiderte Alice. «Ich muss jetzt auch wirklich wissen, was los ist.»

Giometti steckte die Hände in die Taschen und rutschte auf seinem Stuhl hin und her. Frannie warf ihm einen Blick zu, dann richtete sie ihre Aufmerksamkeit wieder auf Alice.

«Es war nicht Andre Capa, der Ihnen gefolgt ist», sagte sie. «Andre Capa ist ein Künstler, der am Gowanus-Kanal wohnt. Er hat mit diesem Fall nichts zu tun.»

Alice war verwirrt. Andre Capa war der Letzte, der Lauren lebend gesehen hatte. Und Erin Brinkley hatte doch erwähnt, dass er auch Christine Craddock am Tag ihres Verschwindens am Kanal gesehen hatte. Außerdem hatte Alice ihn doch auch selbst bei ihrem einsamen Morgenspaziergang bemerkt.

«Wer ist mir denn dann gefolgt?» In Alice stieg Panik auf, als sie daran dachte, dass der Limousinenfahrer vielleicht noch frei herumlief.

«Einer von unseren Leuten», antwortete Giometti.

«Ein Polizist?» Alice blickte ihn entgeistert an. «Wie bitte? Wieso denn das?»

«Alice.» Frannie beugte sich vor. «Wir haben Sie im Auge gehabt, seit Lauren verschwunden ist. Zuerst Christine Craddock, dann Lauren, dann ...»

«Ich?»

«Wir durften kein Risiko eingehen», erwiderte Frannie.

«Und war ich tatsächlich in Gefahr?», fragte Alice. «Bin ich es immer noch?»

«Wir kommen der Lösung des Falls immer näher, aber es fehlen noch wichtige Erkenntnisse», sagte Frannie.

«Warum haben Sie mich in Bezug auf Andre Capa angelogen?» Alice spürte leise Empörung in sich aufsteigen. Schließlich hatte sie versucht, der Polizei immer die Wahrheit zu sagen, und sie hatten ihr frech ins Gesicht gelogen. «Warum haben Sie behauptet, er würde mich verfolgen und Sie hätten ihn verhaftet? Warum?»

Giometti schaltete sich ein. «Haben Sie Zeitung gelesen?»

«Ja.»

«Alle Artikel über die Fälle?»

Alice nickte.

«Einiges von dem, was in den Artikeln stand, war als Information noch nicht freigegeben», sagte er. «Wir haben mit Erin Brinkley, der Reporterin, gesprochen. Sie behauptete, eine Frau würde sie anonym anrufen und ihr Hinweise geben. Allerdings stimmt nicht alles.»

«Wir mussten einfach wissen, ob Sie die undichte Stelle sind», erklärte Frannie. «Es tut uns Leid, Alice, aber wir mussten Sie einfach auf die Probe stellen.»

So langsam begriff Alice. «Sie meinen, Sie haben mich absichtlich angelogen, um zu sehen, ob die Geschichte mit Capa, der mich verfolgt hat und deshalb verhaftet wurde, in der Zeitung auftaucht?»

«Genau», bestätigte Giometti.

«Aber sie ist nicht erwähnt worden. Und wenn Sie bereit sind, können wir jetzt mit Ihnen zusammenarbeiten.»

«Wie?» Alice fröstelte auf einmal, als ob jemand die Klimaanlage auf kalt gestellt hätte. Sie blickte sich um, aber alle anderen Detectives im Raum saßen in Hemdsärmeln da. Am Schreibtisch nebenan ließ sich ein Polizist sogar von einem kleinen Tischventilator direkt das Gesicht anpusten.

«Wir haben einen Plan, Alice», sagte Frannie. «Wir

glauben, dass Sie möglicherweise in Gefahr sind. Wir werden Ihnen helfen, und wir hoffen, dass Sie einverstanden sind.»

KAPITEL 28

«Das ist Dana», sagte Frannie zu Alice. «Sie ist über den Fall informiert.»

Dana war eine hellhäutige Schwarze mit einer Frisur aus unzähligen dünnen Zöpfchen. Sie war mittelgroß, schlank und sportlich, eine Kollegin Giomettis aus dem Morddezernat im 60. Revier. In Carroll Gardens war sie als Polizistin noch nie in Erscheinung getreten, und deshalb konnte sie sich ohne weiteres als Alices Freundin ausgeben, zumal man unter ihrer fließenden roten Batikhose nie im Leben eine Pistole vermutet hätte, die in einem Schaft am Knöchel saß.

«Sie dürfen Danas Identität niemandem verraten», sagte Frannie. «Erzählen Sie bitte keinem Menschen davon.»

«Und was ist mit Mike?» Er wäre bestimmt enttäuscht, wenn er erführe, dass Alice eingewilligt hatte, die Polizei bei ihren Ermittlungen zu unterstützen. Wegfahren konnten sie nun nicht mehr.

«Nur Mike.»

«Und den Kindern?»

«Tun Sie ihnen einen Gefallen», warf Dana ein. «Sagen Sie es ihnen nicht. Sie werden sich mit mir bestimmt wohler fühlen, wenn Sie glauben, ich sei eine Ihrer alten Schulfreundinnen. Kinder, die ein Geheimnis für sich behalten sollen, platzen beinahe immer, wenn sie es niemandem erzählen dürfen.»

«Okay», erwiderte Alice. «Sind Sie eine alte Schulfreundin, die bei uns wohnt, oder bleiben Sie die ganze Zeit vor der Haustür stehen?»

Dana und Frannie lachten. «Das war gut», sagte Dana, «das gefällt mir.»

«Sie wird nicht bei Ihnen wohnen», erklärte Frannie. «Sie ist eine alte Freundin vom College, die Sie ab und zu besucht. Wenn sie nicht bei Ihnen ist, wird jemand anderer ein Auge auf Sie haben.»

«Okay, College-Freundin.» Alice und Dana schüttelten einander die Hand.

«Und wo sind wir zur Schule gegangen?»

«Sarah Lawrence College in Bronxville, New York.»

«Okay.»

«Was waren unsere Hauptfächer?»

«Bei mir Film, und bei Ihnen ... Tanz.»

Dana nickte. «Okay, Tanz. Warum nicht?»

«Wir werden bei unserem Freund Simon wohnen», sagte Alice. «Auch seine Frau Maggie wird häufiger da sein, obwohl sie getrennt leben ... Ich fürchte, dass Maggie mir die Geschichte von der alten Freundin nicht abkaufen wird, dazu kennt sie mich schon viel zu lange.»

«Da bin ich mir nicht so sicher.» Frannie lehnte sich zurück und verschränkte die Hände hinter dem Kopf. «Sie können sich gar nicht vorstellen, was die Leute alles zu glauben bereit sind.»

Es war schon fast vier, als Alice endlich fertig war. Sie ging mit Dana zu Fuß zu Simons Haus. Der Tag, der so kühl begonnen hatte, war feucht und warm geworden, und als sie an Simons Haus ankamen, war Alice schweißgebadet.

«Hübsches Haus», sagte Dana anerkennend.

Mike öffnete. Nell und Peter standen neben ihm. Peter hatte die Hände voller Popcorn und hatte auf dem blauen Teppichboden der Treppe, die zum Wohnzimmer im ersten Stock führte, eine deutliche Spur hinterlassen.

«Mommy!», schrien beide Kinder aufgeregt und umarmten sie stürmisch.

«Wir schlafen heute Abend hier!», sagte Nell.

«Ich auch?», fragte Peter.

«Wir alle», erwiderte Mike und zwinkerte Alice zu.

Sie reichte ihm die Reisetasche.

«Hast du meinen Schlafanzug dabei?», wollte Nell wissen?

«Meinen auch?», fragte Peter.

«Ja, ja, ja», erwiderte Alice.

Mike öffnete die Tür weiter, während die Kinder bereits wieder die Treppe hinaufrannten. Alice hörte Jubelrufe aus dem Wohnzimmer, offensichtlich lief der Fernseher.

«Ist Ethan zu Hause?» Sie konnte sich nicht erinnern, ob heute Maggie oder Simon an der Reihe war.

«Sylvie hütet ihn drüben bei Maggie, aber sie kommen nachher alle zum Abendessen vorbei. Ich muss rasch noch etwas einkaufen, ich habe nur auf dich gewartet.» Er küsste Alice, dann streckte er Dana die Hand hin. «Mike Halpern.»

«Das ist Dana», sagte Alice und fügte laut hinzu, «meine alte Freundin vom College.» Dann flüsterte sie

Mike zu: «Mordkommission. Sie arbeitet mit Frannie und Giometti zusammen. Das darf sonst niemand wissen.»

«Na, das kann ja heiter werden!», sagte Mike.

Dana lächelte ihm zu. «Nett, Sie kennen zu lernen, alter Freund.»

«Möchten Sie nicht hereinkommen?» Mike trat einen Schritt zur Seite.

«Sehr gern.» Dana trat in die Eingangshalle. Alice konnte sich noch gut daran erinnern, wie sie das erste Mal hier gewesen war. Maggie, Lauren und zwei andere Mütter hatten eine Spielgruppe gegründet, als die Jungen noch Babys waren. Damals war sie ganz überwältigt von der Ausstattung des Hauses gewesen, aber mittlerweile kannte sie auch ein paar Mängel.

Seit Maggies Auszug hatte sich nur wenig verändert. Sie hatte dem Haus ihren Stempel aufgedrückt mit ihrer Vorliebe für wuchtige Möbel, extravagante Farben und Kunstwerke. Simons geliebter Steinway-Flügel dominierte das Wohnzimmer, unter einem Kristalllüster, den Maggie in Österreich gekauft hatte. Weiße Wände, Orientteppiche auf glänzenden Walnussböden, moderne Halogenlampen an den viktorianischen Stuckdecken. Maggie hatte dieses Haus geliebt. In einer dramatischen Geste hatte sie darauf bestanden, dass Simon es behielt, und betont, sie sei durchaus in der Lage, sich eine schicke neue Eigentumswohnung auf der Warren Street zu leisten, wohingegen er kaum für irgendetwas zahlen könne.

Wieder ertönten Jubelschreie von oben.

«Was ist denn da los?», fragte Alice Mike.

«Yankees gegen Red Sox, vier zu vier, Ende der neunten Runde.»

«So knapp?», sagte Alice. «Aber glaubst du ...?»

«Ach was, Liebling. Heute machen wir sie fertig.»

Mike war ein glühender Red-Sox-Fan, da er in der Nähe von Boston aufgewachsen war. Simon hingegen war als geborener New Yorker natürlich eingefleischter Anhänger der Yankees.

«Mike, hör mal ...», begann Alice, aber bevor sie weitersprechen konnte, unterbrach ihr Mann sie flüsternd.

«Ich habe beim Reisebüro angerufen. Wir können heute Abend noch fliegen ...»

«Nein, das können wir nicht», erwiderte Alice. «Das muss ich dir erklären. Komm bitte.»

Sie ergriff seine Hand und führte ihn ins Wohnzimmer, wo Dana bereits am Flügel saß und wunderschön zu spielen begann. Eine Sonate. Alice glaubte, Mozart zu erkennen.

«Beeindruckend», sagte Alice, als sie zu Ende gespielt hatte.

«Ich wünschte, ich hätte den Unterricht ernster genommen.» Dana schloss den Deckel über den Tasten und fuhr mit der Hand zärtlich über das glänzende Holz. «Meine Mutter hat mich damals immer gewarnt, ich würde es nochmal bereuen, und sie hatte Recht.»

Mike und Alice saßen nebeneinander auf dem smaragdgrünen Sofa. Dana erhob sich vom Klavierhocker und setzte sich ihnen gegenüber in einen saphirblauen Lehnsessel, von dessen Sitzfläche Fransen baumelten. Sorgsam stellte sie die Füße nebeneinander, und Alice dachte sofort, dass man die Pistole sähe, wenn sie die Beine übereinander schlagen würde. Alice berichtete Mike von ihrem Besuch bei Judy Gersten, den Artikeln in der Zeitung, Pollacks

Angriff auf ihre Wohnungstür, der einstweiligen Verfügung, ihrem anschließenden Gespräch mit den Ermittlern und der wahren Identität des Mannes, der sie verfolgt hatte. Sie ließ nichts aus, und wenn sie doch etwas vergaß, dann kam ihr Dana zu Hilfe.

Am nächsten Morgen sollten sie wieder aufs Revier kommen, damit die Polizei Alice auf den Besuch bei Cattaneo & Sohn vorbereiten konnte. Sie sollte versuchen herauszufinden, welche Rolle Sal Cattaneo in dem Netz spielte, das drei Frauen und ein Baby verschluckt hatte.

KAPITEL 29

Händchen haltend gingen Mike und Alice zusammen mit Dana an diesem zunehmend schwülen Morgen zum Polizeirevier. Mike hatte darauf bestanden, mitzukommen, und Alice war dankbar dafür. Sie hatte schlecht geschlafen, und ihre heldenmütige Entschlossenheit war ziemlich ins Wanken geraten. «Ich kann doch nicht einfach in die Werkstatt fahren, während du als verdeckte Ermittlerin arbeitest», hatte er zu ihr gesagt, und es tröstete sie zwar, dass er bei ihr war, aber sie hatte doch auch Angst davor, mit einem versteckten Mikrophon zu Sal Cattaneo, dem Metzger, zu gehen.

Auf dem Revier begaben sie sich in einen kleinen Raum im Keller, der leer war bis auf einen Tisch und einen großen Metallschrank, dessen Doppeltüren mit einem Vorhängeschloss gesichert waren. Giometti öffnete ihn, und Alice sah, dass er voller elektronischer Geräte steckte. Frannie und Giometti wählten verschiedene Stücke aus und legten sie nebeneinander auf den Tisch, während Dana aus einem anderen Schrank Batterien holte. Sie schlossen lange, dünne Drähte an eine rechteckige Vorrichtung an. Am Ende eines Drahtes befand sich ein winziges schwarzes Mikrophon, von der Größe eines Knopfes.

Giometti hockte sich hin und wühlte im untersten Schrankfach herum. «Da ist ja das Band.» Er reichte Frannie eine Rolle schwarzes Isolierband.

«Wir haben moderne, also drahtlose Ausrüstung beantragt», erklärte Frannie Alice und Mike, «aber da wir hier in New York sind, wird es vor nächstem Jahr nichts werden.»

«Aber wir wissen zumindest, dass dieses Set hier funktioniert», warf Giometti ein. «Das Altbewährte hat doch etwas für sich.»

Während die Polizisten alles für ihre Verkabelung vorbereiteten, dachte Alice darüber nach, wie sie von den Ereignissen der letzten beiden Wochen überrollt worden war. Offensichtlich sah Mike ihr an, was ihr durch den Kopf ging, denn er drückte ihre Hand. Dankbar schmiegte sie sich an ihn. Es wäre schön, wenn er sie zu Cattaneo begleiten könnte, aber das ging natürlich nicht.

«Okay, meine Damen», sagte Giometti schließlich. «Wir können beginnen.»

Er verließ das Zimmer, und Alice zog sich das Kleid aus, damit Frannie und Dana die Vorrichtung auf ihrer Haut befestigen konnten. Als sie fertig waren, trat Frannie ein paar Schritte zurück und sagte mit normaler Stimme, als würden sie über Belangloses plaudern: «Test, Test. Mary hat ein kleines Lamm.»

Giometti klopfte dreimal an die Tür. «Alles klar!», rief er.

Alice zog sich wieder an, und Dana öffnete die Tür. Giometti stand da mit den Händen in den Hosentaschen. Er lächelte Alice herzlich an und gab ihr dadurch das Gefühl, dass vielleicht doch nicht alles ganz so schlimm war.

Möglicherweise würde ja am Ende doch niemand zu Schaden kommen.

Alice holte tief Luft, wobei sie die Drähte auf der Haut spürte.

«Fertig?», fragte Frannie.

«Fertig.»

KAPITEL 30

Alice ging die Court Street entlang und kam sich vor wie in einem anderen Körper, einem anderen Leben. Dana befand sich zusammen mit Frannie, Giometti und einem Techniker in einem weißen Lieferwagen mit der Aufschrift *Van Brunt Bakery*, der gegenüber von Sal Cattaneos Laden geparkt hatte. Alice vermisste Mike, der auf dem Revier geblieben war und dort auf sie wartete.

Schwitzend lief sie weiter. Nichts an dieser vertrauten Straße war real, sie kam sich vor wie in einem Film und hatte das Gefühl, eine Rolle zu spielen. Sie winkte der alten Mrs. Foglia zu, die auf der anderen Straßenseite mit ihren Einkaufstüten entlanghumpelte, grüßte im Vorbeigehen eine Bekannte aus dem Park. *Sie ging zum Metzger, um herauszufinden, ob der geheime Partner ihres Vermieters ihre Babys oder ihr Blut wollte.*

Alice lief weiter.

Sie hatte schon so einiges überstanden: einen Vater, der sie verlassen hatte, und den Job als Cutterin in der Filmbranche. Im Augenblick war sie dabei, das Dasein als Mutter zu überstehen. Bisher war es ihr gelungen, jede Hürde zu nehmen, und das musste sie auch weiterhin schaffen. Sie musste ihre Angst beiseite schieben.

Es konnte ihr nichts geschehen; sie wurde beschützt.

Die Verkabelung klebte an ihrer verschwitzten Haut.

Sie lief weiter.

Zwei kleine Jungen, die sie vom Spielplatz kannte, flitzten auf ihren Fahrrädern an ihr vorbei. Das Kindermädchen lief hinter ihnen her und lächelte Alice an.

Sie überquerte die Warren Street, ging am Schlosser, am Antiquitätenladen und am alten Gemüseladen vorbei. Die Tür zur Metzgerei war geschlossen, damit die Klimaanlage funktionierte. Sie öffnete sie und fühlte sich auf einmal ganz schwach. Dann aber holte sie tief Luft und trat entschlossen ein.

Der rundliche junge Mann hinter der Theke lächelte sie an. «Was kann ich für Sie tun?»

«Ist Sal in der Nähe?»

«Ja, er ist hinten.»

Alice wappnete sich. «Kann ich ihn bitte sprechen?»

Der junge Mann verschwand durch die Schwingtür, die den Verkaufsraum vom hinteren Teil des Ladens trennte. Einen Moment später erschien Sal Cattaneo, der heute mehr denn je wie ein Metzger aussah. Seine weiße Schürze war blutverschmiert, und an seinen durchsichtigen Plastikhandschuhen klebte irgendetwas Gelbliches.

«Was kann ich für Sie tun?» Er lächelte Alice freundlich an.

«Können wir unter vier Augen miteinander sprechen?», fragte Alice.

Sal zögerte einen Augenblick lang, verlor jedoch sein höfliches Lächeln nicht. «Kommen Sie mit nach hinten.»

Sie folgte ihm durch die Schwingtür in den hinteren Raum, der zugleich Büro und Vorratslager für trockene Waren war. Er wirkte auf raue Art gemütlich und hatte so gar nichts von dem schicken Gourmet-Ambiente des Ladens. Links befand sich eine Metalltür mit einem langen Griff, an dem Sal zog. Er hielt sie für Alice offen, die den Kühlraum nur zögernd betrat.

Rinder- und Schweinehälften hingen von der Decke, und auf dem Fußboden lagen große Plastiksäcke voller Geflügel. Es roch stechend nach Fleisch und Blut. Mitten im Raum standen zwei Metzgertische aus Stahl. Auf dem einen lag ein halb zerlegtes Schwein. Daneben ein blutiges Hackbeil.

«Nach Ihnen», sagte Sal.

Alice hielt die Luft an und trat ein.

Die Kälte traf sie wie ein Schlag. Sal schlug die Tür hinter ihr zu, und sie drehte sich erschreckt um, weil sie sich plötzlich fragte, ob er sie vielleicht allein hier eingeschlossen hatte und ob man die Tür von innen überhaupt öffnen konnte. Aber da trat Sal schon langsam an den Metzgertisch und ergriff das Hackbeil. Und an der Tür war ein Hebel.

Sal fuhr mit seiner Arbeit fort, und während Alice ihm zusah, dachte sie, dass sie die köstlichen Schweinswürstchen, die sie manchmal hier kaufte, weil sie gegrillt so lecker schmeckten, wahrscheinlich nie wieder in ihrem Leben essen konnte.

«Was kann ich für Sie tun?», fragte Sal erneut und blickte sie an. Unter seinem Ehering klebte Blut.

Alice sammelte sich. «Ich habe gehofft, Sie könnten Julius Pollack für mich zur Vernunft bringen», begann sie.

Er lachte leise in sich hinein, sagte aber nichts, sondern konzentrierte sich ganz auf seine Arbeit.

«Julius ist mein Vermieter.»

Er legte das Messer beiseite, griff mit den Fingern in den Schnitt am Brustbein, den er gerade gemacht hatte, und riss den Brustkorb auseinander.

«Nicht über Metro», fuhr Alice fort. «Ich wohne in seinem Haus.»

Sal nahm das Schweineherz heraus und warf es in einen Eimer. Dann lachte er.

«Darum beneide ich Sie nicht!»

«Sal, Julius soll wissen, dass wir auf jeden Fall ausziehen werden. Wir haben schon ein Haus gefunden, aber die Formalitäten werden natürlich noch eine Weile dauern. Seine Ungeduld war ...» Beinahe hätte sie *grausam* gesagt, besann sich jedoch im letzten Moment eines Besseren. «... unnötig.»

«Damit habe ich nichts zu tun.» Sal ergriff ein kleineres Messer und stach dem Schwein die Augen aus. Alice wurde übel.

«Wir wissen, dass Julius uns dort nicht haben möchte und wir ziehen auf jeden Fall aus. Es dauert nur noch ein bisschen. Ich hatte gehofft, dass Sie ihm das vermitteln könnten, damit er mit sich reden lässt.»

«Wer sagt denn, dass Julius nicht mit sich reden lässt?»

Sie hatten also doch darüber gesprochen. Ein Schauer lief Alice über den Rücken.

«Er benimmt sich, als ob ...»

«Er ist ein alter Schauspieler», unterbrach Sal sie. Er zwinkerte ihr zu. Was sollte das denn jetzt bedeuten?

«Unser neues Haus kaufen wir über Garden Hill Realty», begann Alice einen neuen Versuch. Vielleicht konnte sie ihn ja damit aus der Reserve locken. «Ich war gestern bei Judy Gersten zu Hause.»

Sal hielt inne und warf Alice einen Blick zu. Das höfliche Lächeln war aus seinem Gesicht gewichen, und seine freundlichen blauen Augen wirkten auf einmal stahlgrau.

Im gleichen Moment wusste Alice, dass Judy nicht Sals Frau war. Sie war auch mehr als nur eine Freundin. Sie war seine Geliebte oder Teil von Metro oder beides.

«Sie war in schlechter Verfassung», fuhr sie fort.

Trotz der Kälte im Raum brach ihr erneut der Schweiß aus.

«Sie war betrunken, und dabei war es noch ganz früh am Morgen. Die Zeitung lag aufgeschlagen da. Ich glaube, sie hat diesen langen Artikel in der *Times* gelesen.»

Sal legte das Messer weg.

«Gehen Sie da nicht mehr hin», sagte er ruhig.

Alice nickte, aber dann fiel ihr ein, dass sie ja etwas sagen musste, damit man sie draußen im Van hörte. «Okay.»

«Ich rede mit Julius, machen Sie sich wegen der Kündigung keine Gedanken. Lassen Sie sich Zeit.»

Er ging zur Tür und entriegelte sie. Alice trat aus der eisigen Kälte in den Vorraum, durchquerte den Laden und war wieder in der Sommerhitze auf der Straße.

Sie ging auf direktem Weg zurück zur Union Street, zum 76. Revier. Der weiße Bäcker-Lieferwagen fuhr langsam an ihr vorbei. Dann bog er rechts ab, und sie sah ihn nicht mehr.

KAPITEL 31

Mike, Frannie, Giometti und Dana standen zusammen in der Lobby der Polizeiwache, als Alice hereinkam. Mike eilte sofort zu ihr. Seine Haare waren so zerzaust, dass sie ihm förmlich ansah, was für Sorgen er sich gemacht hatte. Er schob ihr eine verschwitzte Haarsträhne aus der Stirn.

«Wie war es?», fragte er.

Alice schüttelte sich. «Lass uns nie mehr Fleisch essen», sagte sie.

Lächelnd legte Mike den Arm um sie und führte sie zu einem Stuhl, damit sie sich hinsetzen konnte. Frannie holte ihr eine Flasche Wasser aus dem Getränkeautomaten, und erst als sie sie mit drei Schlucken leer getrunken hatte, merkte sie, wie durstig sie gewesen war.

«Sie haben Ihre Sache gut gemacht», sagte Frannie anerkennend.

Dana streichelte ihr über den Nacken. «Hervorragend.»

Langsam entspannte sich Alice, aber immer noch brach ihr der Schweiß aus.

«Das ist die verspätete Reaktion auf den Stress», erklärte Dana. «Kommen Sie, wir nehmen Ihnen die Kabel ab.»

Sie führten sie wieder in den kleinen Raum im Keller,

wo der Techniker gerade die Geräte aus dem Lieferwagen in den Schrank räumte.

«Hast du alles, Eddie?», fragte Frannie ihn.

«Ja. Alles da.»

«Wir können nichts im Wagen lassen.» Frannie verdrehte die Augen. «Noch nicht einmal auf unserem eigenen Parkplatz.»

«War es denn gut?», fragte Alice.

«Ja, es war sehr gut.» Frannie wandte sich an Eddie. «Okay, Kumpel, raus mit dir.»

Eddie verschwand, und die beiden Polizistinnen befreiten Alice von den Kabeln und dem Mikrophon.

«Wir haben erfahren», sagte Frannie, «dass Garden Hill Realty involviert ist. In dem Moment, als Sie Judy Gersten erwähnt haben, wurde Cattaneo nervös. Warum, wissen wir nicht genau. Aber mein Gefühl sagt mir, dass die Verhältnisse auf dem hiesigen Immobilienmarkt nun gehörig durcheinander geraten werden.»

«Und jetzt?», fragte Alice.

«Wir warten ab», erwiderte Frannie.

«Soll das heißen, wir sollen einfach ganz normal weitermachen, obwohl von normal gar keine Rede sein kann?»

«Ich will damit nur sagen, dass Sie versuchen sollten, so alltäglich wie möglich weiterzuleben, und dann sehen wir mal.»

«Und wenn wir eine Zeit lang verreisen würden?», fragte Mike. «Ich würde gerne mit Alice und den Kindern irgendwohin fliegen.»

In der Pause, die entstand, blickte Alice ihren Mann voller Mitgefühl an. Er hatte ihr gegenüber nichts davon erwähnt, aber sie konnte sich denken, dass er seinen Plan, nach Las Vegas zur Möbelmesse zu fahren, aufgegeben hatte. Jeden Tag mussten sie im Augenblick neue Prioritäten setzen, und ihr war klar, dass er «weit weg» meinte, wenn er von «irgendwohin verreisen» sprach. Er würde sicher in ein ganz anderes Land wollen.

«Uns wäre es lieber, Sie blieben hier.» Frannie setzte sich an den Tisch. «Es könnte für die Ermittlungen wichtig sein.»

«Warum?» An Mikes Hals pochte eine Vene. «Damit dieser Irre meine Frau abschlachten kann? Damit Sie ihn auf frischer Tat ertappen können, wenn es für uns zu spät ist?»

Frannie seufzte tief und lehnte sich auf dem Stuhl zurück. Sie schloss die Augen. Sie hatte lange Wimpern, stellte Alice fest. Und ihr war eins klar: Auf Mikes Vorwürfe gab es keine Antwort, weil sie berechtigt waren.

«Sagen Sie uns nur», bat Alice Frannie leise, «was als Nächstes passiert, damit wir uns darauf einstellen können. Wir müssen es einfach wissen, damit wir unsere Entscheidungen treffen können.»

Frannie öffnete die Augen. Sie schwieg einen Moment lang, dann sagte sie: «Wir haben uns ein paar Dinge überlegt, aber darüber dürfen wir im Augenblick noch nicht sprechen.»

Ach, so weit war es also schon wieder! Alice presste die Lippen zusammen. Frustration und Ärger schnürten ihr die Kehle zu.

«Ich will nach Hause», flüsterte sie Mike zu.

«Ich auch», erwiderte er ärgerlich. «Das geht aber nicht.»

Alice vermisste ihr altes Zuhause in der President Street und sehnte sich nach dem neuen Zuhause am Third Place. Aber nun, da sie in Simons Haus lebte, hatte sie entdeckt, dass Zuhause immer dort war, wo ihre Familie sich aufhielt. Zuhause, das waren Nell und Peter und Mike und auch die Zwillinge. Zuhause war das dunkle Loch in ihrem Leben, wo sie Lauren vermisste und wo es schmerzte. Zuhause war eine gute Mahlzeit, eine heiße Dusche, ein sauberes Bett. Zuhause konnte überall sein.

Und dennoch fehlte ihr die Wohnung in der President Street. Obwohl sie sich ein wenig davor fürchtete, wandte sie sich mit einer Bitte an Frannie.

«Ich muss in unsere alte Wohnung.» Unerschrocken blickte sie Frannie in die Augen. «Ich muss ein paar Sachen dort holen.»

Und sie musste sich verabschieden.

Frannie nickte. «In Ordnung. Morgen. Ich arrangiere das.»

KAPITEL 32

Mike setzte die Kinder an der Schule ab und fuhr in die Werkstatt. Um elf Uhr schloss Alice zusammen mit Dana das Blue Shoes auf. Kurz nach zwei signalisierte man ihnen, die Luft sei rein, und sie fuhren rasch in die Wohnung in der President Street, um Kleider, Spielzeug und ein paar andere Dinge zusammenzupacken. Sylvie hatte sich einverstanden erklärt, die Kinder von der Schule abzuholen, für den Fall, dass Alice nicht rechtzeitig da sein konnte.

«Das ist er», flüsterte Dana Alice zu, als sie an einem grauen Ford vorbeikamen, der vor dem Haus geparkt war. Ein einzelner Mann mit einer Yankees-Kappe saß darin und tat so, als ob er Zeitung läse. «Er» war natürlich der Polizist, der das Haus beobachtete, aber er blickte nicht auf, als die beiden Frauen die Treppe hinaufliefen und eintraten.

Sie waren erst wenige Tage weg, doch das Haus wirkte auf unheimliche Weise verlassen. Alles stand genau, wo es gestanden hatte, als sie so überstürzt gegangen waren. In der Spüle lag schmutziges Geschirr, Alices halb voller Teebecher stand auf der Theke beim Telefon. Überall lag Spielzeug herum.

Alice blickte auf die Uhr. «Wie viel Zeit haben wir denn?»

«So viel Sie brauchen.» Dana setzte sich an den Küchentisch und wartete.

Alice zwang sich, das schmutzige Geschirr und auch den Müll, der bereits zu stinken begann, zu ignorieren. Sie ging direkt nach unten, packte Kleider für alle, einen Stapel Kinderbücher, die Nell noch nicht gelesen hatte, und eine kleine Tasche mit Peters Lieblingsautos und Action-Figuren. Als sie nach oben kam, machte Dana ein komisches Gesicht.

«Was ist?», fragte Alice.

«Pst.» Dana lauschte angestrengt, und jetzt hörte es auch Alice. Über ihnen waren Schritte zu hören.

«Er ist zu Hause», flüsterte Alice. «Er sollte doch gar nicht zu Hause sein.»

«Er ist gerade zurückgekommen. Kommen Sie, wir müssen weg hier. Leise.»

Als sie durch das Wohnzimmer schlichen, fiel Alices Blick auf Judy Gerstens Pfingstrosenkissen, das sie auf die Couch gelegt hatte. Rasch stopfte sie es in die Tasche. Es war vielleicht die letzte Chance, es noch mitzunehmen. Sie wollte es im Blue Shoes zur Erinnerung an Lauren zu den Pfingstrosen legen, damit es so eine Art Altar wurde.

Dana öffnete die Wohnungstür so vorsichtig wie möglich und Alice folgte ihr in die Eingangshalle. Abgesehen von den Schritten war alles still. Dann verstummten auch die Schritte, und oben weinte wieder das Baby.

Alice warf Dana einen eindringlichen Blick zu, als wolle sie sagen: *Hörst du das auch? Das musst du doch hören! Da oben schreit ein Baby.*

Aber Dana schüttelte den Kopf. *Nicht jetzt,* formte sie mit dem Mund und ging zur Haustür.

Doch, genau jetzt, dachte Alice. Wann sonst? Die Polizei hatte immer noch nichts unternommen, und soweit Alice wusste, gab es auch noch keinen Durchsuchungsbefehl für Pollacks Wohnung.

Aber jetzt war sie hier. Und das Baby schrie genau über ihren Köpfen.

Alice stellte ihre Reisetaschen ab und wandte sich zur Treppe.

«Halt!», zischte Dana. «Sie verderben alles, wenn Sie jetzt dort hinaufgehen. Überstürzen Sie nichts.»

Aber Alice war bereits auf halbem Weg die Treppe hinaufgeeilt, und Dana blieb nichts anderes übrig, als ihr hinterherzulaufen. «Nein, Alice! Lassen Sie uns ...»

Keuchend stand Alice vor Pollacks Wohnungstür und hämmerte mit den Fäusten dagegen. Die Tür öffnete sich und Julius stand vor den Frauen, in seinem weißen, ärmellosen Unterhemd. Seine Haare waren völlig zerzaust, und er sah elend aus. Die rechteckige lila Brille hing ihm halb auf der Nase.

Böse musterte er sie. «Was tun Sie in meinem Haus?»

Das Babygeschrei hinter ihm war jetzt lauter, aber auch irgendwie irrealer. Alice hörte eine Frauenstimme ein Schlaflied summen. Das Baby beruhigte sich und das Geschrei ließ nach.

Dana stand neben Alice, die Pistole in der Hand, und zielte auf Julius Pollacks schäbige Küche. Auf einem weißen Kunststofftisch stapelten sich Post und Zeitungen. Überall standen Kisten. Hinter dem Tisch stand neben einer alten, tiefen Porzellanspüle eine Schneiderpuppe mit üppigen Maßen. Sie war in viele verschiedene, nicht zueinander passende Frauenkleider gekleidet, und davor standen die silbernen Schuhe, die Alice in jener Nacht, als sie das Baby zum ersten Mal hatte schreien hören, an Julius gesehen hatte.

Auf einer freien Stelle auf dem Tisch stand ein Teller mit einem angebissenen Sandwich. Julius war offensichtlich gerade beim Essen gewesen, als sie an die Tür geklopft hatte. Auf einer Theke gegenüber dem Tisch stand ein Fernseher. Julius hatte beim Essen ferngesehen. Über den Bildschirm flimmerten Szenen eines Home-Videos. Das winzige, rosa Gesicht eines Babys in den Armen einer Frau, die nicht auf die Kamera achtete. Eine Nahaufnahme ihrer Fingerspitze, die das Gesichtchen des Babys streichelte, als es sich beruhigte. Dann Julius' Stimme, entspannt und zufrieden, die sagte: «Sie schläft schon. Lass sie einfach in Ruhe.»

Alice erkannte das Babygeschrei, das zu einem leisen Wimmern wurde. Sie hatte diese Laute Ivy zugeschrieben, aber jetzt merkte sie, dass es genau die Töne waren, mit denen Säuglinge sich selbst in den Schlaf weinten. Sie hatte etwas anderes darin hören wollen.

Es war nicht Ivy. Es war ein anderes Baby. Möglicherweise sogar Pollacks eigenes Kind, nach dem er sich in seiner einsamen Wohnung sehnte.

«Was zum Teufel», sagte Pollack. Sein Tonfall war leise und beherrscht.

«Entschuldigen Sie, bitte», erklärte Dana verlegen. «Alice, entschuldigen Sie sich bitte bei dem Herrn.»

«Es tut mir Leid», sagte Alice.

«Nein, das stimmt nicht», erklärte Julius. Er hatte Mayonnaise auf der Oberlippe. «Aber es wird Ihnen noch Leid tun.»

KAPITEL 33

Rasch gingen Dana und Alice die President Street hinauf. Der Himmel hatte sich bewölkt. Es sah nach einem Gewitter aus.

«Was haben Sie sich bloß dabei gedacht?» Danas Ton war streng; sie gab noch nicht einmal mehr vor, Alices Freundin zu sein.

«Ich habe gedacht, dass dort oben ein Baby sei, das meine Hilfe braucht.»

«Und wenn dort wirklich eines gewesen wäre? Warum hätte es gerade Ihre Hilfe brauchen sollen?»

«Weil ich es gehört habe», erwiderte Alice, «deshalb wollte ich ihm auch helfen.»

«Sie hätten die Ermittlungen ernsthaft gefährden können. Ist Ihnen das eigentlich bewusst?»

Alice nahm ihre schwere Tasche in die andere Hand. «Ich konnte nicht anders handeln.»

«Warum nicht? Ich habe Ihnen doch ausdrücklich verboten, nach oben zu gehen.»

«Ich bin eine Mutter, darum.»

Sie bogen auf die Smith Street ein, und der Spielplatz kam in Sicht. Sie konnte Nell auf der Rutsche erkennen. Peter wurde auf der Schaukel von Sylvie angeschubst. Sie wünschte, sie könnte in den Park laufen, ihre Kinder küssen und mit Sylvie über irgendwelche Belanglosigkeiten sprechen. Aber sie musste diese Sache zu Ende bringen; sie musste ihr Verhalten Dana begreiflich machen. Und sie musste sich selbst klar machen, dass das Babygeschrei, das sie verfolgt hatte, nicht Ivy gewesen war, sondern eine liebe Erinnerung des Mannes, den sie verabscheute. Eines Mannes, den sie für unfähig gehalten hatte, menschliche Wärme zu empfinden, der aber offenbar eine Vergangenheit hatte, in der es Liebe und Verlust gegeben hatte. Alice hatte auf einmal das Gefühl, über vieles nachdenken zu müssen.

Mit ruhiger Stimme sagte sie zu Dana: «Wenn Sie selbst einmal Mutter sind, werden Sie mich verstehen.»

«Oh, bitte, kommen Sie mir bloß nicht damit!»

Es ist aber so, dachte Alice, doch sie schwieg. Das Leben als Mutter verwandelte einen, und jemand, der diese Erfahrung nicht gemacht hatte, konnte sie auch nicht nachvollziehen. Das konnte sie Dana nicht begreiflich machen, das war ein hoffnungsloses Unterfangen.

«Ich hätte nicht hinaufgehen sollen», sagte Alice. «Sie haben mir gesagt, ich sollte nicht gehen, und ich habe es trotzdem getan.»

«Ganz genau», sagte Dana. «Sie haben eine einstweilige Verfügung gegen Julius Pollack erwirkt und sind geradewegs in seine Wohnung marschiert. Frannie wird stinksauer sein!»

«Aber ich habe ein Ergebnis für sie», sagte Alice.

«Und was bitte?», fragte Dana.

«Das Baby, das ich gehört habe, war noch nicht einmal real.»

Dana verzog das Gesicht. «Wir wussten, dass es da

oben kein Baby gab. Glauben Sie, Frannie hat das nicht überprüfen lassen? Es beweist nur, dass Sie sich das Geschrei nicht eingebildet haben.»

Alice blickte sie erstaunt an. «Aber sie wusste doch, dass mich das Babygeschrei wahnsinnig gemacht hat. Warum hat sie mir das denn nicht gesagt?»

Zögernd antwortete Dana: «Julius Pollack hatte eine Frau und eine kleine Tochter. Sie kamen vor zwei Jahren bei einem Autounfall ums Leben.»

Alice sah das winzige Gesicht des Babys vor sich, das sich unter der zarten Berührung der Mutter beruhigte. Julius' halb gegessenes Sandwich in der einsamen Wohnung. Seine Wutausbrüche.

«Es hätte mir geholfen, wenn sie es mir gesagt hätte», erwiderte Alice leise.

«Ja, wir haben darüber gesprochen», sagte Dana. «Frannie wollte Ihnen natürlich helfen, aber sie ist Polizistin. Die Ermittlungen gehen vor.»

«Ja.» Alice dachte an Frannies Worte. *Wir mussten Sie auf die Probe stellen, Alice.*

Sie starrten einander schweigend an. Vom polizeilichen Standpunkt aus hatte Dana natürlich Recht, und Alice war klar, dass sie sich dem beugen musste.

«Es tut mir Leid», sagte sie.

Dana lächelte schief. «Ich würde es ja für mich behalten, aber Hank hat Sie hineingehen sehen.»

Hank. Der Mann in dem grauen Ford.

«Glauben Sie, er wird es ihr sagen?»

«Ich weiß, dass er das tun wird», erklärte Dana. «Vermutlich hat er sie bereits informiert.»

Ein rascher Anruf bei Frannie bestätigte ihre Vermutung. Aber dass Dana auf einmal so alarmiert wirkte, konnte nicht an einem beruflichen Verweis liegen. Sie beendete das Gespräch, nahm Alice am Ellbogen und schob sie die President Street in Richtung Court entlang, vom Spielplatz weg.

«Warten Sie! Ich muss meine Kinder abholen.»

«Hat die Babysitterin ein Handy?»

«Ja, aber ...»

«Rufen Sie sie an und sagen Sie ihr, sie soll die Kinder zu Simons Haus bringen. Wir gehen auf direktem Weg dorthin.»

Dana nahm Alices Taschen, damit sie ihr Handy aus ihrer Handtasche holen konnte. Als sie Sylvies Nummer wählte, konnte sie das Handy auf dem Spielplatz klingeln hören und sah, wie Sylvie den Anruf annahm.

«Sylvie, ich bin es, Alice.» Sie versuchte, so ruhig wie möglich zu klingen, konnte aber die Angst in ihrer Stimme nicht verbergen. «Ich musste meine Pläne ändern. Können Sie die Kinder bitte direkt zu Simon bringen?»

«Klar», erwiderte Sylvie. «Soll ich sie jetzt gleich rüberbringen? Es sieht nach Regen aus.»

«Ja, wir sehen uns dann da.» Alice beendete den Anruf und steckte ihr Handy wieder in die Tasche. «Was ist los, Dana? Sagen Sie es mir!»

Der Himmel bewölkte sich jetzt rasch.

«Frannie sagt, Pollack ist durchgeknallt. Er hat alle möglichen Leute angerufen und ihnen gesagt, dass die Bullen unrechtmäßig in sein Haus eingedrungen sind. Dann ist er aus dem Haus gerannt.»

«Wo ist er?»

Dana schüttelte den Kopf. Sie wusste es nicht.

«Ist Hank ihm gefolgt?» Alice bemühte sich, mit Dana Schritt zu halten. Ihr Körper fühlte sich schwerfälliger denn je an.

«Heute waren Sie sein Auftrag», erwiderte Dana. «Wir haben zu wenig Personal, Alice, aber wir tun unser Bestes, vertrauen Sie mir.»

«Können Sie Julius nicht festnehmen?» Alice rang nach Luft, Dana ging viel zu schnell. «Er hat mich bedroht. Reicht das nicht aus?»

Die Antwort darauf war Danas Zögern. Ohne einen soliden, überprüfbaren Grund konnte Pollack nicht festgenommen werden.

In diesem Augenblick öffnete der Himmel sämtliche Schleusen, und ein Wolkenbruch setzte ein. Alice wäre am liebsten sofort umgekehrt, um die Kinder abzuholen. Sie würden pitschnass werden, und sie wollte sie heil nach Hause bringen.

«Ich gehe die Kinder holen.» Alice drehte sich um. «Sie werden ja ganz nass.»

Und wenn Julius Pollack ihnen am Spielplatz auflauerte?

«Alice!», schrie Dana. «Die Babysitterin soll sie nach Hause bringen; wahrscheinlich sind sie sowieso schon auf dem Weg. Frannie erwartet uns vor Simons Haus, wenn sie schon aus New Jersey zurück ist. Kommen Sie!»

Da sie erst vor einer halben Stunde nicht auf Dana gehört und dadurch so dramatische Ereignisse heraufbeschworen hatte, beschloss Alice, ihr dieses Mal zu gehorchen. Sie hatte ja Recht: Sylvie war durchaus in der Lage, die Kinder nach Hause zu bringen, und es wäre sicher klug, wenn Alice schon da wäre, wenn sie kamen. Dann konnten sie absperren und drinnen in aller Ruhe abwarten, bis man Julius gefunden hatte. Abwarten, bis das alles hier endlich ein Ende hatte.

«Warum ist Frannie in New Jersey?», fragte Alice, während sie durch den strömenden Regen liefen. «Was macht sie da so häufig?»

«Später», antwortete Dana.

Blitze zuckten und Donner grollte. Es war eines dieser typischen Sommergewitter, die genauso plötzlich vorbei sind, wie sie angefangen haben. Als sie an Simons Brownstone ankamen, hatte es aufgehört zu regnen, und um sie herum war es unheimlich still. Und auf Simons Vorderfenster hatte jemand mit dem Finger geschrieben:

HÖR AUF, SONST SIND SIE DIE NÄCHSTEN

Dana hatte die Schlüssel und öffnete bereits die Haustür. Aber Alice verharrte regungslos. Sie stand auf Simons Treppe und starrte den Satz an, der auf das nasse Glas gekritzelt war. Ihre Hände glitten wie von selbst unter ihr durchnässtes T-Shirt und strichen über die straff gespannte Haut ihres Bauches.

TEIL IV

KAPITEL 34

Innerhalb weniger Minuten war ein Polizeiwagen da, gefolgt von einem zerbeulten Kombi mit Beamten von der Spurensicherung, die sich das Fenster vornahmen.

Alice kauerte auf der Couch, erstarrt und zitternd unter einer roten Wolldecke, und streichelte unablässig ihren Bauch. Sie hatte immer schon das Gefühl gehabt, dass ihre ungeborenen Babys in ihrem Körper sicherer waren, als sie es nach der Geburt jemals wieder sein würden. Sie litt an der Verletzlichkeit ihrer Kinder umso mehr, je weiter sie von ihr weg waren. Und während jetzt ihre Hände über ihren Bauch strichen, gelobte sie den Zwillingen im Stillen ihren Schutz. Aber als sie den Technikern zuschaute, die versuchten, Spuren zu sichern, wusste sie, dass sie dieses Versprechen vielleicht nicht würde halten können.

Mit zitternden Händen holte sie ihr Handy aus der Tasche. Sie würde Mike bitten, nach Hause zu kommen, und wenn Nell und Peter erst einmal da waren, dann hatte sie alles, was sie brauchte. Sie würde mit Mike darüber reden, von hier fortzugehen. Es war alles viel zu gefährlich und zu unüberschaubar.

Als Mike abnahm, hörte sie sofort die Anspannung in seiner Stimme. «Ich stehe hier in der Bronx im Stau. Ich musste in Westchester ausliefern, und eigentlich hätte ich

Diego darum bitten sollen, aber er musste in der Werkstatt noch was erledigen.»

Sie erzählte ihm, was passiert war, und er begann, auf die Hupe zu drücken. Immer wieder. Alice bekam Angst.

«Hör auf, Mike! Dadurch bist du auch nicht schneller hier!»

«Aber ich muss zu dir, ich kann doch hier nicht so feststecken.» Noch einmal heulte die Hupe auf, dann hörte sie ein Rascheln und das Schlagen einer Autotür. «Scheiß drauf, ich fahre mit der Subway.»

«Du kannst doch den Wagen nicht einfach so da stehen lassen, Mike!»

«Sollen sie ihn doch abschleppen. Ich bezahle die Strafe schon.»

«Ich bin doch nicht allein, Mike. Die Polizei ist hier, ein ganzer Haufen Leute, und Dana ...»

«Wo sind die Kinder?»

«Bei Sylvie. Sie bringt sie nach Hause.»

Sie hörte ihn keuchend atmen und sah ihn vor sich, wie er rasch durch die Straßenschluchten der Bronx eilte, das Handy ans Ohr gepresst.

«Mike, Liebling, geh wieder zurück zum Auto.»

Er seufzte, und um ihn herum schien es ein wenig ruhiger zu werden.

«Es bringt ja nichts, wenn du dich jetzt so beeilst, um zu mir zu kommen», fuhr Alice fort. «Dana hat alles im Griff.»

«Wahrscheinlich hast du Recht.»

«Ich liebe dich.» Wieder hörte sie eine Autotür schlagen. «Bist du jetzt wieder im Pick-up?»

«Ja.»

«Fließt der Verkehr wieder?»

«Nein, aber gleich bestimmt.»

«Ruf mich an, wenn du dir Sorgen machst, Mike. Ich bin ja hier.»

Sie legten auf, und Alice hielt nachdenklich ihr Handy in der Hand. Es überraschte sie, dass sie sich jetzt weniger panisch fühlte. Sie zog die Decke fester um sich und schaute zu, wie Dana die Ermittlungen leitete.

Ein Labortechniker sprühte etwas auf das Fenster, damit das Wasser verdunstete, und untersuchte sorgfältig jeden Quadratzentimeter der Glasscheibe. Ein Fotograf machte Aufnahmen von jeder Phase des Prozesses.

Alice fragte sich, wann Frannie wohl endlich eintreffen mochte. Und wo blieben Nell und Peter?

Um sich abzulenken, sagte sie zu Dana: «Das war doch offensichtlich Julius.»

Dana warf Alice einen Blick zu. «Nichts ist offensichtlich», antwortete sie. «Wir sammeln Beweise und schauen sie uns an. Und wir arbeiten mit dem, was wir vorfinden. Entscheidend sind die Fakten.»

Aber es konnte doch gar kein anderer sein als Julius. *Du bist bestraft worden,* dachte Alice, *bestraft für deinen bösen Charakter und den Schmerz, den du anderen Menschen zugefügt hast.* Andererseits war er natürlich nicht immer so gewesen. Der Verlust seiner Familie hatte Julius Pollack zu dem Misanthropen gemacht, der er war.

«Ja», sagte Dana gerade. Alice hatte gar nicht gemerkt, dass sie am Telefon war. «Wir sehen uns dann in zwanzig Minuten, wenn der Tunnel nicht gesperrt ist.»

«Warum ist Frannie eigentlich in New Jersey?» Alice versuchte vergeblich, eine bequeme Sitzposition auf der Couch zu finden.

Dana drehte sich zu Alice um. «Sie haben den Tatort gefunden, und die Spurensicherung ist gerade eingetroffen. Paul bleibt da und leitet die Ermittlungen.»

Sie haben den Tatort gefunden. Den Ort, an dem Lauren ihr Leben verloren hatte – nein, an dem es ihr genommen wurde.

«Was ist mit dem Baby?», fragte Alice. «Haben sie ...?»

«Nein.» Dana setzte sich neben sie auf die Couch. «Kein Baby. Nur viel Blut.»

Alice starrte durch Simons Wohnzimmer. «Was haben sie sonst noch gefunden?»

«Sie sind ja ganz nass. Sie sollten sich umziehen.»

«Sagen Sie es mir. Was haben sie sonst noch gefunden?»

«Die Spurensicherung hat ja gerade erst angefangen. Frannie kann uns bestimmt mehr sagen, wenn sie hier ist. Sie muss jetzt gleich kommen, Alice. Sie ist schon auf dem Weg.»

Alice begriff nicht: Wie konnte Lauren um Viertel vor zwölf über die Carroll Street Bridge in Brooklyn gehen und sieben Minuten vor zwölf in New Jersey sterben? Sie fragte Dana, wie diese Diskrepanz zu erklären sei.

«Die Tat wurde in Brooklyn begangen», antwortete Dana, «in einem Fahrzeug, das nach New Jersey fuhr.»

«Ein Fahrzeug?» Alice schloss die Augen und sah es im Geiste vor sich. Es musste ein Auto mit getönten Scheiben oder ein geschlossener Lieferwagen gewesen sein. Eine Tür glitt geräuschlos auf, starke Hände zerrten Lauren hinein und zerstörten ihr Leben, das Leben ihrer Familie.

Julius Pollack, das Schwein.

Aber Dana korrigierte Alices Vorstellung kühl. «Es war

ein Eiscreme-Wagen. Man hat ihn auf einem einsamen Parkplatz in der Nähe von Trenton gefunden.»

Alice wurde es schwindlig, und sie atmete tief durch.

Wie oft hatten sie und die anderen beiden Frauen ihren Kindern an solchen Wagen Eis gekauft? Nell hatte Alice einmal gestanden, sie glaube, es gäbe nur einen einzigen Eiscreme-Wagen, und er tauche wie durch ein Wunder immer genau zum richtigen Zeitpunkt auf. Sie war völlig desillusioniert, als sie zum ersten Mal den großen Parkplatz von Mr. Frosty kurz hinter der Carroll Bridge sah. Es war also gar keine Magie, es gab einfach nur jede Menge Wagen.

Alice zitterte unter der Decke. Sie sehnte sich danach, ihre Kinder in die Arme zu schließen, und sie wünschte, sie kämen ins Zimmer gerannt.

Wo waren sie überhaupt?

Sie wählte Sylvies Handynummer und lauschte dem elektronischen Klingelton.

Dana hob das Pfingstrosenkissen auf, das aus der Tasche herausgefallen war. Sie betrachtete die Stickerei, fuhr mit den Fingerspitzen darüber und drehte und wendete das Kissen, um es sich von allen Seiten anzuschauen.

Endlich ging Sylvie ans Telefon. «Ich habe die Kinder in Maggies Wohnung gebracht», erklärte sie. «Es war näher, weil es doch so geregnet hat. Bist du jetzt böse, Alice?»

«Nein, ich bin nicht böse.»

«Ist alles okay?»

Sylvies Tonfall gefiel Alice nicht. Sie war jung, und manchmal nahm sie die Dinge nicht ernst genug. Aber sie ließ sich ihre Irritation nicht anmerken.

«Ja, es ist alles in Ordnung. Du brauchst sie nicht herzubringen, Sylvie, Mike ist schon auf dem Weg nach Hause. Ich bitte ihn, kurz bei Maggie vorbeizufahren und sie abzuholen.»

«Ich höre doch, dass du dir Sorgen machst», sagte Sylvie. «Das ist unnötig, und es macht unattraktiv, wie meine Mutter immer sagte.»

«Mike wird gleich vorbeikommen.» Alice wollte das seltsame Gespräch beenden. Sie wollte, dass endlich alles vorbei war, dass Mike kam und die Kinder mitbrachte.

«Tschüs, Alice», sagte Sylvie, in einem Ton, der Alice merkwürdig munter vorkam.

Sofort anschließend rief sie Mike an.

«Ich kann jetzt nicht reden – der Verkehr», sagte er.

«Hol bitte auf dem Heimweg die Kinder ab», bat sie ihn. «Sie sind bei Maggie, mit Sylvie.»

«Mache ich. Geht es dir gut?»

«Ja.» Dass man den Tatort gefunden hatte, würde sie ihm erst später erzählen.

«Bis gleich», sagte er. «Ich bin fast da.»

Sie ließ den Kopf zurücksinken und schloss die Augen. Auf einmal fragte Dana: «Wo haben Sie das denn her?»

Alice öffnete die Augen und blickte auf das Pfingstrosenkissen.

«Von Judy Gersten», erwiderte sie. «Sie macht sie selbst.»

«Sie, Plural?», fragte Dana. «Gibt es noch mehr?»

«Sie macht lauter so ein Zeug. Sticken, stricken, häkeln und nähen. Ihr ganzes Haus und auch ihr Schreibtisch im Büro sind voll davon. Sie sagt, sie muss ihre Hände beschäftigt halten. Sie hat gesagt, Sylvie macht die Kissen für sie fertig.»

«Was bedeutet das?»

Alice war überrascht von Danas plötzlichem Interesse. «Sie wissen schon, die Füllung und das Futter und so. Und dann bringt Sylvie sie zum Frauenladen und verkauft sie da.»

«Warum?» Dana beugte sich vor, das Kissen auf ihrem Schoß.

«Nur aus Hilfsbereitschaft, glaube ich», erwiderte Alice. «Sylvie arbeitet als Teilzeitkraft bei Garden Hill. Judy sagt, sie habe die Idee mit der Pfingstrose gehabt. Als Tribut an Lauren sozusagen. Lauren liebte Pfingstrosen.»

«Dann haben Sie das Kissen also gekauft?»

«Nein, Judy hat es mir geschenkt. Das heißt, sie hat es mir eigentlich *zugeworfen*. Sie meinte, ich solle es nehmen, weil ich Laurens Freundin war.»

Dana hielt Alice das Kissen hin und deutete in die untere linke Ecke. «Sehen Sie mal.»

Alice hatte die Stickerei noch nie aus der Nähe betrachtet, weil die Pfingstrose am besten von weitem wirkte. Und je genauer sie nun hinsah, desto deutlicher wurde, dass der Hintergrund nicht so simpel war, wie es aussah. Er bestand aus zwei Farben, nicht nur aus einer, wie sie zunächst geglaubt hatte, und in der Ecke, auf die Dana zeigte, war noch etwas anderes zu sehen.

Alice musterte das Kissen ganz aus der Nähe. In der unteren linken Ecke waren, eine Schattierung dunkler als der Hintergrund, zwei winzige Buchstaben eingestickt: LB.

KAPITEL 35

«Das sind Laurens Initialen», sagte Alice. «Lauren Barnet.»

«Wo ist dieser Frauenladen?», fragte Dana. «Ich möchte gern die anderen Kissen sehen.»

«Aber Judy hat gesagt, sie hat dieses Kissen extra im Gedenken an Lauren gemacht», erwiderte Alice. «Deshalb stehen dort auch Laurens Initialen, meinen Sie nicht, Dana?»

«Vermutungen bringen uns nicht weiter», sagte Dana und stand auf.

«Der Laden ist auf der Pierrepont Street in Brooklyn Heights», erklärte Alice. «Ich glaube, zwischen Monroe Place und Henry Street.»

Dana ließ das Kissen auf dem Boden liegen. «Wenn Frannie kommt, sagen Sie ihr, ich bin gleich wieder zurück. Und bleiben Sie hier, Alice, gehen Sie nicht weg. Haben Sie gehört?»

«Ja, verstanden», erwiderte Alice. Im Geiste sah sie sich, Mike, Nell und Peter an einem breiten, weißen Sandstrand entlanglaufen. Die Luft war warm und weich, und das Meer rauschte.

Der uniformierte Beamte an der Tür stand da wie ein Wachtposten, die Hände auf dem Rücken. Alice streckte sich aus, zog sich die Decke bis ans Kinn und schloss die Augen. Mike würde gleich in Brooklyn sein, die Kinder abholen und zu ihr kommen. Wo mochte Simon wohl sein, und was würde er sagen, wenn er bei seiner Rückkehr entdeckte, dass es in seinem Haus von Polizei wimmelte? Aber vermutlich würde es ihn kaum erschüttern. Jemand, der die Kraft und Größe besaß, Maggie zu lieben, besaß vollkommene innere Ausgeglichenheit.

Kurz darauf knarrte die Haustür, und sie hörte Schritte, die sich näherten. Sie öffnete die Augen, als sie Frannies Stimme hörte. Alice setzte sich auf und schob die Decke weg.

«Frannie», sagte sie, «wir haben schon auf Sie gewartet.»

«Ja, Dana hat mir Bescheid gesagt.» Frannie trat auf Alice zu. «Sie kauft Sofakissen, was?»

Alice ergriff das Pfingstrosenkissen und reichte es Frannie. «Judy Gersten hat es gemacht. Als ich Dana erzählte, dass Sylvie die Kissen fertig macht und sie zum Frauenladen bringt, wurde sie ganz aufgeregt und ist direkt dorthin gerannt.»

«Ich halte sie eigentlich gar nicht für den Einkaufstyp», versuchte Frannie zu scherzen. Ihre dunklen Augen glänzten, aber sie lächelte nicht. «Tut mir Leid, aber das war ein anstrengender Nachmittag. Dana hat einen guten Instinkt.» Frannie setzte sich neben Alice auf die Couch und rieb sich übers Gesicht. «Ich könnte einen Kaffee vertragen.»

«Ich mache Ihnen welchen.» Alice ging in die Küche und schaltete die Kaffeemaschine ein. Frannie war ihr gefolgt und setzte sich an den großen, runden Tisch. «Dana hat Ihnen also mitgeteilt, dass wir den Tatort gefunden haben.»

«Ja, aber viel mehr hat sie mir auch nicht gesagt», erwiderte Alice. «Sie meinte, Sie würden mir schon alles erklären, wenn Sie hier wären.»

«Vieles werden wir selbst erst wissen, wenn wir alle Spuren ausgewertet haben», sagte Frannie. «Das wird ein paar Tage dauern.» Sie warf einen sehnsüchtigen Blick auf die Kaffeekanne, in die zischend und blubbernd der Kaffee sprudelte.

«Aber?», fragte Alice.

Frannie seufzte. «Aber wir haben bereits viel erfahren. Und es war nicht besonders schön, Alice. Sind Sie sicher, dass Sie es überhaupt wissen wollen?»

«Vielleicht will ich es nicht wissen», erwiderte Alice, «aber ich muss es wissen.»

«Okay, dann setzen Sie sich», forderte Frannie sie auf.

Alice gehorchte und ließ sich auf einen Stuhl gegenüber von Frannie nieder.

In bewusst ruhigem Tonfall begann Frannie: «An der inneren Seitentür waren Blutspritzer, was darauf schließen lässt, dass sie wahrscheinlich direkt, nachdem sie in den Wagen gezogen wurde, erschossen wurde. Der Kaiserschnitt wurde auf dem Boden des Wagens durchgeführt, mit einem gewöhnlichen Küchenmesser, was einen großen Blutverlust zur Folge hatte.» Sie sah Alice eindringlich an.

Alice nickte. «Reden Sie weiter.»

«Wir haben das Messer und auch das Klebeband gefunden, mit dem ihre Wunden zugeklebt wurden. Wenn der Täter so chaotisch war, wie es am Tatort aussah, werden wir überall Fingerabdrücke finden. Das war kein erfahrener Täter, keiner, der viel nachgedacht hat.»

«Aber es ist doch vorher auch schon passiert», wandte Alice ein. «Was ist denn mit Christine Craddock?»

«Christine haben wir nie gefunden. Abgesehen von dem Überfall auf Pam Short haben wir keinen Beweis dafür, dass der Täter irgendwelche Erfahrung mit Gewalt hat.»

«Ich habe zugesehen, wie Sal Cattaneo ein Schwein geschlachtet hat», erwiderte Alice heftig. «Er weiß genau, was er tut.»

«Ja, wenn er ein Tier zerlegt», sagte Frannie. «Der größte Fehler, den ein Ermittler machen kann, ist, sich auf den Täter festzulegen, bevor er alle Beweise ausgewertet hat», erklärte Frannie. «Wir haben jetzt Beweise, und wir haben endlich einen Tatort. Nur ein Teil von allem deutet auf Metro hin, und deshalb ist zurzeit alles noch offen.»

Sie stand auf, suchte nach einem Kaffeebecher in Simons Schränken und schenkte sich einen Kaffee ein. «Stellen Sie es sich einfach wie ein Puzzle vor. Sie sammeln alle Teile, was manchmal schwierig sein kann. Sie setzen die einzelnen Teile zusammen. Und dann betrachten Sie es.»

«Bin ich auch ein Puzzleteilchen?» Alice beobachtete Frannie, die ihren Kaffee trank.

«Sieht so aus.» Sie stellte ihren Becher ab. «Sehen wir den Tatsachen ins Gesicht: Wir wissen nicht, wer den Satz ans Fenster geschrieben hat. Es mag uns ja ganz gut in den Kram passen anzunehmen, dass es Pollack war, aber mit Sicherheit wissen wir es erst, wenn wir ihn gefasst haben und ihn fragen können.»

«Was ist mit Ivy?»

«Die Nabelschnur ist vermutlich durchgeschnitten worden», sagte Frannie, «wir haben Gewebe gefunden, das darauf hindeutet. Wenn das tatsächlich der Fall sein sollte, dann können wir davon ausgehen, dass jemand das Baby haben wollte, beziehungsweise, dass das Baby das Tatmotiv war.»

Wer außer Lauren und Tim konnte denn Ivy so sehr haben wollen?, fragte sich Alice. Und ging es um Ivy oder irgendein Baby?

«Was ist mit Pam?», fragte sie. «Sie wurde doch mit der gleichen Waffe angeschossen.»

Frannie trank einen Schluck Kaffee, dann nickte sie. «Ja. Das auch.»

In diesem Moment kam einer der Labortechniker, die draußen gearbeitet hatten, an die Küchentür und klopfte leicht an den Rahmen. Frannie drehte sich zu ihm um.

«Hey, Jerry.»

«Wir sind hier fast fertig», sagte er. «Wir haben einen ganz guten Abdruck. Ist es eilig?»

«Oberste Priorität.»

«Wir bringen ihn gleich ins Labor und bitten sie, ihn ganz oben auf die Liste zu stellen, wenn es geht», erwiderte er.

«Danke», sagte Frannie. «Rufen Sie mich an, sobald das Ergebnis da ist.»

Jerry nickte und ging wieder hinaus.

Frannie wandte sich an Alice. «Das war alles ein bisschen viel für Sie, oder?»

«Für uns alle, glaube ich.»

«Ja», erwiderte Frannie, «aber in gewisser Weise ist das

erst der Anfang. Sie sollten sich ausruhen, Sie sehen erschöpft aus.»

«Ich warte auf Peter und Nell», erwiderte Alice. «Mike holt sie ab, und ich kann mich nicht entspannen, ehe ich sie nicht gesehen habe.»

«Dann legen Sie sich zumindest ein bisschen hin», schlug Frannie vor. «Ich muss ein paar Anrufe machen, mit Dana und mit Paul sprechen.»

Gehorsam legte Alice sich auf die Couch. Sie hatte das Gefühl, als ob in der letzten Stunde die Zwillinge ihr Gewicht vervierfacht hätten. Sie bückte sich gerade mühsam nach der Decke, die zu Boden gefallen war, als jemand zur Haustür hereinkam.

Dana trat ins Wohnzimmer und schüttete zwei große Einkaufstüten auf dem Boden aus. Sie hatte im Frauenladen drei weitere Kissen von Judy Gersten gekauft, winzige Blumenmuster auf pastellfarbenem Hintergrund: rosé, babyblau, taubengrau. Alle drei waren so makellos gestickt wie das Pfingstrosenkissen.

Frannie ergriff eines der Kissen und musterte es eingehend. Sie hielt es dicht vor die Augen und drehte es hin und her. «ZL», sagte sie schließlich und reichte es Alice. Mit bloßem Auge waren die Initialen, die Ton in Ton gestickt waren, kaum zu erkennen.

Dana reichte Frannie ein weiteres Kissen. «PS.»

Auf dem dritten Kissen stand CC in der Ecke.

«Lauren Barnet, Pam Short, Christine Craddock», sagte Frannie nach einer Pause. «Das kann kein Zufall sein.»

«Wer ist ZL?», fragte Alice.

«Keine Ahnung», antwortete Frannie, «das werden wir herausfinden müssen.»

«Judy Gersten steckt hinter dem Ganzen», sagte Alice, der lebhaft die gerahmte Fotografie vor Augen stand, auf der Judy und Sal Cattaneo in die Kamera lächelten wie ein altes Ehepaar – nur dass er mit einer anderen verheiratet war.

Frannie und Dana warfen einander einen Blick zu. Ja, natürlich. *Keine Vermutungen.*

«Machen wir sie auf», sagte Frannie.

Alice holte eine Schere aus der Küche und Dana begann vorsichtig, das Pfingstrosenkissen aufzutrennen. Als sie die ersten Stiche gelöst hatte, riss sie die beiden Stoffhälften auseinander und spähte hinein.

«Können Sie mir bitte ein sauberes Laken bringen?», bat sie Alice.

Alice ging nach oben zum Wäscheschrank, holte ein Bettlaken heraus und brachte es nach unten. Frannie breitete es auf dem Fußboden aus.

Dana kniete sich hin und leerte das Füllmaterial des Kissens aus.

Massen von langen braunen Haaren fielen heraus.

KAPITEL 36

«Das sind Laurens Haare.» Alice hatte sich ebenfalls hingekniet. Sie hätte die Haare am liebsten angefasst, aber sie wusste nicht, ob sie es durfte. Sie waren ja jetzt Beweismaterial.

«Sind Sie sicher?», fragte Frannie.

Die Polizisten und die Labortechniker, die sich immer noch im Zimmer befanden, wurden ganz still und beobachteten sie. Alice nickte. Ihr versagte die Stimme.

«Lassen Sie uns die anderen Kissen aufmachen», sagte Frannie ruhig.

Dana begann, eines der anderen Kissen aufzutrennen. ZL. Als es offen war, blickte sie hinein.

«Es ist weiß.»

Auch Frannie spähte hinein. «Das sind keine Haare.»

«Ich glaube, das ist so eine Schaumfüllung.» Dana machte das nächste Kissen auf. CC. «Auch Schaum.»

«Was ist das denn hier?» Frannie blickte in das PS-Kissen. «Es ist grau.»

«Sieht auch wie Füllmaterial aus», meinte Dana.

«Geben Sie das mit ins Labor», wies Frannie Dana an.

Alice kniete vor Laurens Haaren und bemühte sich, die Tränen zurückzuhalten. Sanft half ihr Dana auf, als die Techniker mit einer großen Papiertüte ankamen und begannen, die Haare einzusammeln. Dann versiegelten sie die Tüte und beschrifteten sie. *Mommy Killer.* Das war offensichtlich der Codename für den Fall.

«Bringt es ins Labor.» Frannies Stimme klang brüchig, aber sie wirkte sehr kontrolliert. «Ich rufe den Typen an, der mir einen Gefallen schuldet. Ich möchte, dass die DNA von jeder einzelnen Haarsträhne festgestellt wird.»

An Alice rauschte alles wie im Nebel vorbei. Auf einmal dachte sie nur noch an die Kinder. *Nell und Peter.*

«Der Babysitter», hörte sie Dana sagen. «Sylvie. Wie lautet ihr voller Name?»

«Sylvie Devrais», antwortete Frannie.

Wo waren die Kinder?

Die Haustür ging auf und wurde wieder zugeschlagen. Schritte näherten sich durch die Eingangshalle.

«Alice!» Es war Mike. Endlich.

«Wir sind hier drin!», rief Alice.

Mike kam herein. Er sah verschwitzt und müde aus.

Warum war es so still? Wo waren die Kinder?

«Bist du nicht bei Maggie vorbeigefahren?», fragte Alice.

«Dort ist niemand zu Hause», erwiderte Mike.

«Aber Sylvie hat doch gesagt, sie wären da. Sie hat doch gewusst, dass du vorbeikommst.»

«Ich habe immer wieder an der Tür geläutet. Niemand hat aufgemacht, und da habe ich gedacht, sie sind vielleicht schon hier.»

«Vielleicht habe ich Sylvie auch falsch verstanden», sagte Alice. «Möglicherweise hat sie ja gemeint, sie seien bei Maggie im Laden.»

«Nein», erwiderte Mike, «das habe ich mir auch gedacht. Ich habe Maggie angerufen, und sie sagte, sie habe sie nicht gesehen. Ethan ist heute Nachmittag irgendwo mit Simon unterwegs. Sylvie passt nur auf unsere Kinder auf.»

Was erzählte er da? Das stimmte doch nicht.

«Wo sind meine Kinder?» Sie wandte sich an Frannie. «Wo sind sie?»

Auch Mike blickte Frannie an. Schweißperlen standen ihm auf der Stirn.

«Hallo?», ertönte Maggies Stimme von der Haustür her. Sie stürmte ins Wohnzimmer. «Sind die Kinder aufgetaucht? Warum ist die Polizei hier? Kann mir mal jemand sagen, was hier überhaupt los ist?»

«Mags», sagte Alice, «Sylvie hat gesagt, sie sei mit den Kindern vor dem Regen zu dir geflüchtet. Ich dachte, sie würde heute auf Ethan aufpassen, und ich habe sie gebeten, Nell und Peter mit in den Park zu nehmen, während ich ...»

«Simon ist mit Ethan beim Zahnarzt. Sylvie wusste davon.»

Maggie blickte zum Fenster, auf dem die Worte immer noch sichtbar waren. Es dauerte eine Weile, bis sie sie entziffert hatte, aber dann las sie laut: «‹Hör auf, sonst sind sie die Nächsten.› *Sie?*»

Und plötzlich wusste Alice es. *Sie* waren nicht ihre ungeborenen Zwillinge, sondern Nell und Peter. Alice rannte zum Fenster und schlug mit beiden Händen gegen die Scheibe. «Du verdammtes Schwein!»

Mike zog sie weg. Mit starrem Gesichtsausdruck sagte er: «Ich suche nach ihnen.»

«Warten Sie», warf Frannie ein. Sie tippte eine Nummer in ihr Handy ein. «Sylvie Devrais. Ist unser Mann noch hinter ihr her?»

«Ihr Mann?» Mike blickte Alice an, und sie dachten beide dasselbe. Offensichtlich stellte die Polizei Sylvie genauso auf die Probe, wie sie es mit Alice gemacht hatte. Wurden sie denn alle überwacht? Hatte Frannie von Anfang an den Verdacht gehabt, dass der Mörder einer von ihnen war?

«Wann?», fragte Frannie. Eine kurze Pause trat ein.

Alice hatte das Gefühl, keine Luft zu bekommen.

«Hatte sie zwei Kinder bei sich, einen Jungen und ein Mädchen?» Frannie lauschte einen Moment lang, dann befahl sie: «Stellt einen Haftbefehl für Sylvie Devrais aus. Und schickt eine Fahndung nach den Kindern raus. Sofort!»

«Ich wusste, dass sie Ärger macht», sagte Maggie in das Schweigen, das folgte. «Ich wusste es einfach. Dieses kleine Miststück!»

KAPITEL 37

«Ich gehe nach ihnen suchen», sagte Mike.

«Ich komme mit dir.» Alice wandte sich zum Gehen, aber eine Welle der Übelkeit zwang sie dazu, stehen zu bleiben.

«Alice?» Mike legte den Arm um sie. «Setz dich hin, Schatz.»

«Sie bleibt lieber hier», erklärte Frannie und führte Alice zur Couch. «Mike, machen Sie sich auf den Weg. Ich versuche, den Beamten zu erreichen, der Sylvie beschattet; er ist nicht ans Telefon gegangen, aber wenn er sich meldet, wird er uns sagen, wo wir suchen müssen. Geben Sie mir Ihre Handynummer.»

Sie tauschten die Nummern aus, und Mike ging. Alice sank auf die Couch. «Ich halte das nicht mehr aus», weinte sie. «Wir hätten letzte Woche die Stadt verlassen sollen.»

Niemand widersprach ihr. Und es stimmte ja auch – es wäre besser gewesen, wegzufahren. Jetzt war es zu spät.

Es war die längste Stunde in der Geschichte – der Albtraum einer jeden Mutter. Alice hatte nicht ein einziges Mal um die Sicherheit ihrer Kinder gefürchtet. Die ganze Zeit über hatte sie in die falsche Richtung geblickt. Vermutungen angestellt. Blind vertraut.

Sylvie.

Wie konnte das sein? Hatte sie sich denn völlig geirrt?

Alice dachte an all die Stunden, in denen sie Sylvie ihre Kinder anvertraut hatte.

Waren nicht auch Julius Pollack, Sal Cattaneo und Judy Gersten in diese Sache verwickelt? Sylvie arbeitete für Judy. Judy stand Sal nahe. Sal war Julius' geheimer Partner. Alle Opfer hatten etwas mit Metro Properties zu tun.

Welches Geheimnis verband sie?

Hör auf, sonst sind sie die Nächsten.

Nell. Peter.

Und womit sollte sie aufhören? Ärger zu machen? Mit der Polizei zusammenzuarbeiten?

Und warum um Gottes willen hatte die Polizei ihr nicht gesagt, dass ihre Kinder möglicherweise in Gefahr waren? Wenn sie Sylvie beschatten ließen, dann hatte das doch einen Grund. Sie hatten es von vorneherein gewusst. Der Täter war einer von ihnen.

Und sie beobachteten und warteten, bis etwas passierte.

Alice saß wie erstarrt neben Maggie auf der Couch, während im Wohnzimmer um sie herum hektische Betriebsamkeit herrschte. Simon kam mit Ethan nach Hause, setzte den Jungen oben im Familienzimmer vor dem Fernseher ab und gesellte sich zu den beiden Frauen. Er saß dicht neben Maggie und hielt ihre Hand, um sie zu trösten, und die Tatsache, dass sie einander Trost spendeten, tröstete auch Alice.

Die Zeit dehnte sich unendlich, aber dann kamen die ersten Neuigkeiten.

«Sie haben Pollack», sagte Frannie. «Er ist kooperativ. Dana, Sie bleiben hier. Paul kommt ins Revier, und wir treffen uns da. Wir werden das FBI einschalten.»

Dana nickte. Sie stand in der Nachmittagssonne, die durch das große Fenster fiel, und wirkte wie in Gold getaucht, fast irreal.

«Ich halte Sie auf dem Laufenden.» Frannie wandte sich zum Gehen. «In Kürze haben wir sicher auch Sal Cattaneo und Judy Gersten zum Verhör da. Und die ersten Ergebnisse aus dem Labor werden reinkommen. Es wird eine lange Nacht, aber wenn wir Glück haben, bekommen wir heute Abend die ersten Antworten.»

Wenn sie Glück hatten? Was sollte dieses Wort in diesem Zusammenhang? Alice hätte am liebsten geschrien, aber sie blieb stumm.

Als Frannie gegangen war, sagte Maggie: «Und was nun?» Aber niemand antwortete. Es gab keine Antwort.

Bald kam die Nachricht, dass auch Sal und Judy von der Polizei verhört wurden. Alice schloss die Augen und lehnte den Kopf an Maggies Schulter. Plötzlich wurde es im Zimmer blendend hell.

«Was zum Teufel ist das denn?» Simon sprang auf und trat ans Fenster. «Fernsehreporter», zischte er und zog die Vorhänge vor.

Im Zimmer war es jetzt dunkel, und Maggie schaltete alle Lampen ein.

«Ich gebe lieber eine Erklärung ab», sagte Dana, «sonst lassen sie uns die ganze Nacht über nicht in Ruhe.»

Die ganze Nacht über, dachte Alice. Würde es wirklich so lange dauern?

Dana rief Frannie an, um sich die Genehmigung zu holen. «Ja, laufende Ermittlungen, ich verstehe», sagte sie ins Telefon. Dann trat sie vor die Haustür.

In der Zwischenzeit zermarterte Alice sich den Kopf,

wo Sylvie mit ihren Kindern wohl sein mochte. Hatte sie sich mit ihnen in ein Taxi gesetzt und war hierher gefahren, um ihr die Nachricht auf dem Fenster zu hinterlassen? Hatten Nell und Peter vom Rücksitz aus zugesehen? Sie hatten ihr einmal gesagt, Sylvie sei immer so lustig. Hatten sie in völliger Verkennung der Situation ihre einzige Chance vertan, ihr zu entkommen?

Vielleicht war sie ja schon ganz woanders, und Mike suchte vergeblich die gesamte Nachbarschaft ab. Und sie saß hier, untätig und hilflos, während ihr die Panik die Kehle zuschnürte.

Nein, sie durfte so nicht denken. Sie musste sich auf Fakten stützen. Vermutungen brachten sie nicht weiter.

In die Stille hinein klingelte Danas Handy. Sie nahm den Anruf an. «Wir haben versucht, Sie zu erreichen! ... Was? ... Sie waren in der Subway? Wo ist sie? ... Sie haben was ...?»

Sie legte auf und wandte sich zu Alice und den anderen. «Das war Danny, Ihr Andre Capa», sagte sie. «Er hat Sylvie vor dem Kennedy-Airport aus den Augen verloren.»

«Sie ist mit Nell und Peter zum Flughafen gefahren?» Alice stand auf. Eine Welle von Übelkeit überschwemmte sie, aber es war ihr egal. Sie konnte nicht eine Sekunde länger untätig hier sitzen bleiben.

KAPITEL 38

«Warten Sie.» Dana packte Alice am Arm. «Die Kinder waren nicht mehr bei Sylvie, als sie zur Subway gegangen ist. Sie war allein. Alice, sie sind nicht bei ihr.»

«Wo sind sie denn? Lassen Sie mich gehen!»

«Komm!» Simon stand neben ihr. «Ich gehe mit dir, Alice.»

Sie stieß die Haustür auf und hielt sich am Geländer fest, als sie so schnell wie möglich die Treppe hinunterging. Auf der letzten Stufe versagten ihr die Beine den Dienst, und sie wäre beinahe gestürzt, wenn Simon sie nicht aufgefangen und sicher gehalten hätte.

«Langsam», sagte er. «Lass es ganz ruhig angehen.»

Er streckte die Hand aus, und Alice sah, dass sein goldener Ehering ganz verschrammt war. Hatte er ihn nie abgelegt? «Jetzt komm», sagte er.

Alice stand auf und ging, gestützt von Simon, die Clinton Street in Richtung ihrer alten Wohnung entlang.

«Wo sollen wir suchen, Alice?»

«Ich glaube, wir sollten zur President Street gehen, das ist die einzige Adresse, die sie sich gemerkt haben.»

Sie wohnten noch nicht lange genug bei Simon, als dass sich die Kinder diese Adresse hätten einprägen können. Mike und sie hatten zwar schon begonnen, ihnen ihre neue Adresse am Third Place beizubringen, aber an das Naheliegendste hatten sie dummerweise nicht gedacht.

«Sollten wir nicht die Court Street entlanggehen?», fragte Simon.

«Ja, okay», stimmte Alice zu. «Vielleicht sind sie ja in ein Geschäft gegangen.»

Sie gingen in jeden Laden auf der Court Street und fragten, ob zwei Kinder, ein kleiner braunhaariger Junge und ein etwas größeres blondes Mädchen, da gewesen seien. Die Antwort lautete immer wieder *Nein. Was ist denn los?*, fragten die Leute. *Die Polizei war auch schon hier und hat uns dieselbe Frage gestellt.* Simon blieb auf der Straße, hielt die Augen offen und sprach jeden Bekannten an, der vorbeikam. Aber niemand hatte die Kinder gesehen. Sie gingen weiter, so schnell Alice konnte. Der Schweiß lief ihr übers Gesicht. Sie waren jetzt ganz in der Nähe der President Street, bei ihrem alten Haus. *O Kinder,* flehte sie im Stillen, *bitte seid da, bitte seid da.*

Keuchend marschierte sie vorwärts. «Langsam», ermahnte Simon sie und packte sie am Arm. Aber sie achtete nicht auf ihn und ging immer weiter, bis sie schließlich fast vor ihrem Haus war. Mikes hastig geparkter Lieferwagen stand dort, mit weit offener Fahrertür und laufendem Motor. Vor dem Pick-up stand ein Polizeiwagen mit blinkendem Blaulicht.

Vom Park her ertönte eine Sirene, und ein weiterer Polizeiwagen bog um die Ecke und hielt hinter Mikes Auto. Alice und Simon begannen zu laufen.

«Mike!», schrie Alice. Ihre Stimme schien vom Pflaster widerzuhallen. «Mike!»

«Alice!» Da war Mike. Und dann, im Duett, vom Spielplatz her: «Mommy!»

Simon rannte an ihr vorbei, und Alice keuchte hinter ihm her, so schnell es ihr schwerer Bauch zuließ. Nachbarskinder und ihre Mütter und Babysitter hatten sich versammelt und beobachteten die Szene. Alice blickte sich suchend nach den Kindern um.

«Mommy!», rief Peter lachend. «Hier sind wir! Siehst du uns denn nicht?»

Er hatte sein Gesicht gegen die Eisenstäbe gedrückt, die den Bereich für die großen Kinder auf dem Spielplatz abtrennten. Er kniete rückwärts auf einer Bank, und neben ihm schmiegte sich Nell an Mike. Auch sie drehte sich jetzt um und winkte. Alice stürmte durch das Tor und riss ihre Kinder in die Arme.

«Sylvie hat sie während des Unwetters ins Autumn Café gebracht», sagte Mike, als Alice den Kopf hob. Seine Augen waren nass, auch er hatte geweint.

Das Autumn Café, wo sie zahllose Nachmittage mit ihren Freundinnen verbracht hatte. Die Kinder waren in dem Laden praktisch aufgewachsen, und man kannte sie dort mit Namen.

Simon stand neben der Bank und blickte lächelnd auf seine wiedervereinten Freunde. «Ich rufe Maggie an und sage ihr Bescheid», erklärte er.

«Sie weiß es wahrscheinlich schon», erwiderte Mike. «Frannie hat gerade vom Revier aus angerufen. Sie sagte, wir sollten mit den Kindern zurück zu dir gehen. Sie kommt auch zum Haus, damit sie selbst mit ihnen reden kann.»

«Sylvie hat gesagt, sie kommt gleich zurück.» Nell

zuckte mit den Schultern. Ihr dunkelrotes T-Shirt war vorne völlig durchnässt, und auch Peter sah so aus, als seien sie lange im Regen umhergeirrt.

«Wie lange wart ihr denn allein?» Alice fuhr mit den Fingern durch Peters Haare, die ihm in die Stirn fielen.

Peter zuckte mit den Achseln. «Ich weiß nicht.»

«Hat euch denn niemand gefragt, warum ihr allein seid?» Sie wollte nicht direkt fragen, ob die Polizei sie im Café gefunden hatte oder erst auf dem Spielplatz, sondern hoffte, dass die Kinder es von sich aus erzählen würden.

Nell zuckte erneut mit den Schultern. «Wir sind nach Hause gegangen, als es aufgehört hatte zu regnen», sagte sie. «Dann haben wir draußen gewartet, aber es ist keiner gekommen.»

«Wir hatten es nämlich vergessen!», kicherte Peter.

«Dann sind wir auf den Spielplatz gegangen», fuhr Nell fort. «Ich habe Peter an der Hand genommen, als wir über die Straße gegangen sind, Mommy, du brauchst dir keine Sorgen zu machen. Okay?»

«Okay, Süße. Danke.»

Frannie wollte, dass die Kinder in einem der Polizeiwagen zum Haus zurückgefahren werden sollten, aber Alice protestierte. «Es geht ihnen gut», sagte sie zu Frannie am Telefon. «Wir gehen zu Fuß mit ihnen dorthin. Wir müssen uns alle erst einmal ein bisschen beruhigen. Bitte.»

«Wir müssen sie vernehmen, Alice.»

«Das ist mir klar.»

«Ich weiß, dass es Ihnen schwer fällt, Alice, aber versuchen Sie, die Kinder nicht so viel zu fragen. Je mehr wir beim ersten Gespräch aus ihnen herausbekommen, desto besser.»

KAPITEL 39

Simon fuhr mit dem Pick-up nach Hause, und so konnten die Halperns gemeinsam dorthin spazieren, wobei ein Polizeiwagen im Schritttempo hinter ihnen herfuhr. Sie hielten einander an den Händen und gingen langsam den Bürgersteig entlang. Alice hatte das Gefühl, sich aufzulösen, der Nachmittag war zu anstrengend und quälend gewesen. Peters kleine, feuchte Hand in ihrer fühlte sich so zerbrechlich an, dass sie am liebsten geweint hätte. Sie waren zwei Stunden lang allein gewesen, zwar allein in einer vertrauten Umgebung, aber in New York gab es immer Fremde.

Doch Fremde brauchte man wohl nicht immer zu fürchten.

Am anderen Ende der Familienkette lief Mike, Nell fest an der Hand. Er bemühte sich sehr, die Ängste der Kinder gar nicht erst entstehen zu lassen, und erzählte einen blöden Witz nach dem anderen. Sie lachten fröhlich, während Alice tausend Fragen durch den Kopf gingen. Warum hatte Sylvie die Kinder so abrupt allein gelassen? Die Tatsache, dass sie sie an einem vertrauten Ort zurückgelassen hatte, zeigte Alice, dass sie die Kinder wohl trotz allem gern hatte. Aber was hieß gern haben für Sylvie?, fragte sich Alice voller Abscheu. Immerhin hatte sie

Laurens Haare in ein Kissen gestopft und die winzigen Initialen in die Ecke gestickt. Oder hatten sie und Judy zusammengearbeitet? Aber Judy machte in ihrem betrunkenen Elend nicht den Eindruck, als ob sie zu konsequentem Handeln fähig wäre. Also musste Sylvie Lauren getötet haben. Warum nur? Der Kopf schmerzte Alice von all den bohrenden Fragen. Warum hatte Sylvie es getan? Warum war sie anschließend noch geblieben? Hatte es etwas mit Ivy zu tun? War Ivy noch in Brooklyn?

Als sie die Treppe zu Simons Haus hinaufstiegen, öffnete Frannie ihnen die Tür. Dana stand neben ihr, und sie lächelten beide.

«Willkommen zu Hause! Ich habe Popcorn und Limonade besorgt!» Sie gab sich wie die liebe Tante Frannie, schlug vor, die Kinder sollten sich etwas Trockenes anziehen, und sie würde in der Küche auf sie warten.

Als ihr die beiden am Küchentisch gegenübersaßen, beugte Frannie sich vor. «Na, das war aber ein Gewitter heute, was? Wie fandet ihr das denn da draußen, als ihr darauf gewartet habt, dass eure Mom euch abholen kommt?»

Nell nahm sich eine Hand voll Popcorn und ließ es sich in den Mund tröpfeln. «Sylvie ist mein Lieblingsbabysitter. Sie hat gesagt, ich sei schon alt genug, um selbst babysitten zu können. Sie hat gesagt, ich könnte heute schon mal an Peter üben.»

«Das hat Spaß gemacht», warf Peter ein. «Wir sind schon groß.»

Stückchen für Stückchen entlockte Frannie ihnen die Geschichte. Dana saß dabei und machte sich Notizen.

Die Kinder erinnerten sich an den ersten Anruf, kurz

vor dem Regen. Auch Alice erinnerte sich nur zu gut daran: wie sie sich umgedreht und gesehen hatte, wie Sylvie im Park an ihr Handy ging. Da hatte es zum ersten Mal gedonnert. Nach dem Anruf war sie mit ihnen zum Parkausgang in Richtung von Simons Haus gegangen.

Dann hatte ihr Telefon erneut geklingelt.

Danach war sie mit den Kindern in die entgegengesetzte Richtung zum Autumn Café gegangen. Es hatte angefangen zu regnen und sie waren klatschnass geworden. Bei dieser Schilderung wurde auch Alice klar, dass Sylvie offensichtlich schnell irgendwohin musste, und das Autumn Café lag in der Nähe der Subway. Aber zuerst brachte sie die Kinder ins Café, sagte dem Mädchen hinter der Theke, sie müsse rasch noch etwas erledigen und wäre gleich zurück. Sie drückte Nell zehn Dollar in die Hand und verschwand.

Eines allerdings blieb unklar.

Hör auf, sonst sind sie die Nächsten.

Das war schon geschrieben worden, bevor sie im Regen nach Hause kamen. Wenn Sylvie aber direkt zur Subway gegangen war, konnte sie es nicht geschrieben haben. Und wenn sie es nicht gewesen war, wer dann?

KAPITEL 40

«Julius Pollack», klärte Frannie sie auf. «Wir haben vor einiger Zeit eine Schriftprobe von ihm genommen.»

«Es war also doch Julius?» Alice blickte Mike an. «Julius und Sylvie? Vielleicht war Ivy wirklich eine Zeit lang in seiner Wohnung, vielleicht war es nicht nur das Video.»

«Darüber wissen wir noch nichts Konkretes», belehrte Dana sie. «Zum jetzigen Zeitpunkt sollten wir keine Hypothesen aufstellen.»

«Dana hat Recht.» Frannie schlug die Beine übereinander. «Die Fingerabdrücke am Tatort werden noch untersucht.»

Aber Alice bekam den Gedanken nicht aus dem Kopf. Waren Julius und Sylvie gemeinsam an Laurens Tod beteiligt? Irgendwie ergab es Sinn: der ältere Mann, zynisch und reich, und die naive, junge Frau.

Mike marschierte mit geballten Fäusten durch die Küche. «Ich bringe ihn um.»

«Schscht!», sagte Alice. «Die Kinder!» Sie spielten nebenan mit Ethan. Maggie und Simon passten auf sie auf.

«Ich kann verstehen, was Sie empfinden», sagte Frannie zu Mike. Um ihre Mundwinkel hatten sich tiefe Falten eingegraben, die das junge Gesicht um Jahre gealtert erscheinen ließen. «Aber das brauchen Sie nicht selbst zu machen, Mike. Wenn Pollack schuldig ist, dann wird sich das FBI schon damit befassen.»

Sie blickte auf die Uhr und stürzte ihre dritte Tasse Kaffee hinunter. Dann verkündete sie: «Ich fahre jetzt aufs Revier. Es gibt viel zu tun. Dana bleibt hier.»

«Bis später, Chefin!» Dana salutierte vor der anderen Frau. Frannie lächelte, und auf einmal sah sie wieder sehr jung aus. Sie zeigte auf einen Beamten an der Tür. «Nestor fährt mich, aber Rula steht immer noch draußen.»

Es erschien Alice absurd, dass Dana immer noch bei ihnen bleiben musste – Sylvie war weg und Pollack in Haft –, aber sie verstand doch, dass das gesamte Gebilde wesentlich komplizierter war und sie immer noch nicht genau wussten, was eigentlich passiert war.

Am späten Abend – sie hatten sich thailändisches Essen nach Hause bestellt und zwei Flaschen Wein getrunken, nur Alice hatte zu ihrem Bedauern verzichten müssen – erhielt Dana weitere Neuigkeiten. Die erste kam herein, als die vier Eltern oben gerade dabei waren, die Kinder ins Bett zu bringen. Alice und Mike kuschelten mit Nell und Peter im Gästezimmer auf dem Doppelbett. Allerdings würden die Kinder später mit ihren Schlafsäcken auf dem Boden schlafen, damit ihre Eltern eine ungestörte Nacht verbringen konnten. Maggie und Simon brachten in der Zwischenzeit Ethan ins Bett und waren vor Alice und Mike schon wieder im Wohnzimmer. Als die beiden gähnend die Treppe herunterkamen, rief Maggie ihnen die Nachricht entgegen.

«Sie hat es geschafft! Sie ist uns entwischt!» Sie klang wütend.

«Sylvie?», fragte Mike.

«Ja, es sieht so aus», antwortete Simon.

«Was ist passiert?» Alice wandte sich an Dana, um eine verlässliche Auskunft zu bekommen.

Dana saß auf dem Klavierhocker, die Beine in der Lotusposition verschränkt. «Frannie hat mich gerade angerufen. Danny hat sie im Zug zum John-F.-Kennedy-Flughafen verloren, aber jetzt haben wir einen Augenzeugen, der sie am Air-France-Schalter gesehen hat.»

«Also hat sie das Land verlassen», sagte Alice.

«Jemand hat sie angerufen und ihr gesagt, dass das Tatfahrzeug entdeckt worden ist.» Mikes Augen glänzten in seinem blassen Gesicht. «Der zweite Anruf heute im Park.»

«Der Anruf hat ihr Angst eingejagt», warf Alice ein. «Sie musste weg.»

«Und deshalb ist sie zurück nach Frankreich geflogen, wo man sie nicht ohne weiteres ausliefert», ergänzte Simon.

Dana hörte ihnen zu, schwieg aber. Schließlich sagte sie: «Frannie und Paul geben in ein paar Minuten eine Pressekonferenz. Dann können Sie alle Fakten erfahren.»

Sie gingen nach oben, und Simon schaltete den Fernseher ein. Die meisten Lokalsender hatten sich zu der Pressekonferenz zugeschaltet. Frannie und Giometti standen vor der blau gefliesten Polizeiwache, vor sich das unvermeidliche Gewirr von Mikrophonen. Sie sahen beide todmüde aus.

«Heute Nachmittag haben wir eine Suchmeldung für zwei Kinder herausgegeben, die offenbar in Brooklyn von ihrem Babysitter entführt wurden. Die Kinder wurden mittlerweile gefunden und sind jetzt wieder zu Hause. Der

Babysitter heißt Sylvie Devrais. Von Ms. Devrais fehlt bisher jede Spur.»

Ein Foto von Sylvie erschien auf dem Bildschirm. Sie so, als Verdächtige, zu sehen, beraubte sie der süßen Unschuld, die Alice immer in ihr gesehen hatte. Dann kamen die beiden Ermittler wieder ins Bild und erklärten, sie werde wegen Mordes gesucht und habe möglicherweise einen Komplizen.

«Wir haben eine Liste von Verdächtigen, die Sylvie Devrais unter Umständen geholfen haben, aber ohne relevante Beweise werden wir niemanden festnehmen.»

Alice las zwischen den Zeilen. Frannie hatte ihre Worte sorgfältig gewählt: *wir werden nicht* statt *wir können nicht.* Freier Wille statt Hilflosigkeit. Als Frannie auf die nächste Frage eines Reporters antwortete, wurde noch deutlicher, wie genau sie kalkulierte, was sie der Presse sagte.

«Ich habe gehört, dass JFK abgeriegelt wurde. Es kommen weder Flüge an, noch gehen welche raus. Wie lange soll das anhalten?», fragte ein Reporter.

«So lange wie nötig», erwiderte Frannie. Schärfer fügte sie hinzu: «Wir suchen nach einem Mörder.»

«Was ist mit Tim Barnet?»

Frannie zögerte den Bruchteil einer Sekunde, also musste irgendetwas mit Tim sein.

«Tim Barnet ist einer der vielen, mit denen wir gesprochen haben», erwiderte Frannie. «Aber wir haben keine Veranlassung, ihn mehr als jeden anderen zu verdächtigen.»

«Er hat die Stadt verlassen.»

«Wir stehen in engem Kontakt zu ihm», erwiderte Frannie eine Spur zu schnell.

Hatte der Mann, der Tim überwachte, ihn etwa auch

verloren? War mit Austin alles in Ordnung? Alice spürte schon wieder die ersten Vorboten der Schlaflosigkeit. Sie würde heute Nacht gar nicht erst versuchen zu schlafen, dachte sie. Solange Frannie auf dem Revier war, würde sie auch wach bleiben, um sofort Neuigkeiten zu erfahren.

«Was ist mit Simon Blue?», fragte eine Reporterin.

«O nein, das darf doch nicht wahr sein!», heulte Simon, der zwischen Maggie und Mike auf der Couch saß, auf. «Hast du etwa jeden gegen mich aufgehetzt, Maggie?»

Lachend versetzte Maggie ihm einen Schlag aufs Knie. «Wenn ich das nur könnte!»

«Ms. Devrais hat für ihn gearbeitet», sagte Frannie in die Mikrophone, «deshalb gibt es im ganzen Haus Spuren von ihr, aber wir haben keinen Beweis dafür gefunden, dass er in diesen Fall involviert ist.»

«Da hast du verdammt Recht!», rief Simon aus.

«Gibt es eine Spur des Geldes? Wie passt Metro Properties in den Fall hinein?», fragte ein Reporter.

«Wir haben alle Konten von Metro Properties überprüft.» Ein Lichtstrahl blendete Frannie kurz, und sie beschattete die Augen mit der Hand. Dann fuhr sie fort: «Es gibt keinen Hinweis darauf, dass jemand eine außergewöhnlich große Summe Geld erhalten hat. Wir konnten nichts Ungewöhnliches feststellen. Wir haben allerdings ...», hier zögerte sie, «keine Bankkonten von Sylvie Devrais finden können.»

«Dann ist der Babyhandel also ...»

«Das wissen wir nicht», unterbrach Frannie den Reporter. Über dieses Thema ärgerte sie sich offensichtlich. Es war eine der vielen Hypothesen, die Erin Brinkley als Erste mit ihren Artikeln ins Spiel gebracht hatte. «Wir arbeiten mit Beweisen und geben uns nicht mit Vermutungen ab.»

«Noch eine Frage ...», rief eine Reporterin, wurde jedoch von einer lauteren Stimme übertönt: «Was für eine Verbindung besteht zwischen Sylvie Devrais und Julius Pollack?»

Frannie kniff die Augen zusammen. «Nach unseren Erkenntnissen zurzeit überhaupt keine», erwiderte sie.

«Was ist mit ...»

Giometti trat vor und sagte: «Das ist alles für den Moment.»

Sie drehten sich um und gingen in die Polizeiwache hinein.

Simon schaltete den Fernseher mit der Fernbedienung aus, machte ihn aber sofort wieder an.

«Ich bin viel zu aufgedreht, um jetzt ins Bett zu gehen», sagte er. «Ich sehe mir noch die Sportergebnisse an.»

«Ich mache uns eine heiße Milch, meine Damen», erklärte Maggie. «Ich glaube, wir haben auch noch ein paar Ingwerplätzchen.»

Dana stand auf und reckte sich. «Ich fahre rasch zum Revier. Wenn Sie etwas brauchen, wenden Sie sich an Rula. Er steht vor der Tür.»

Mike warf ihr einen Blick zu. «Holt er einem auch Pizza?»

Dana zwang sich zu einem spöttischen Lächeln. «Mein Lieber, wir sind hier in Brooklyn. Hier bekommen Sie vierundzwanzig Stunden am Tag Pizza ins Haus geliefert. Auch ohne Hilfe der Polizei.»

Alice brachte Dana zur Tür, während Maggie in die Küche eilte.

«Danke für alles», sagte sie.

«Ich mache nur meine Arbeit.» Dana beugte sich vor, um sich von Alice mit einem Kuss auf die Wange zu verabschieden, zog sich aber im letzten Moment verlegen zurück und beschränkte sich darauf, Alice fest die Hand zu drücken.

Alice sah ihr nach, wie sie die Vordertreppe hinunterging. Rula, ein junger Latino, schien in dem verbeulten Honda, der am Straßenrand stand, zu schlafen.

Maggie hatte zwei rote Keramikbecher mit heißer Milch und einen Teller mit Ingwerplätzchen auf den Couchtisch im Wohnzimmer gestellt. Alice machte es sich auf der Couch gemütlich. Sie ergriff einen Becher und pustete in die heiße Milch, stellte sie aber dann noch einmal auf den Tisch, um auf Maggie zu warten.

Sie ließ die Ereignisse des Nachmittags noch einmal Revue passieren. Gott sei Dank waren die Kinder wieder heil zu Hause und lagen schlafend in ihren Betten. Auch um sie herum war alles still. Ob wohl in der Nachbarschaft alle schliefen? Wie viele Menschen in dieser Stadt mochten jetzt wohl ebenso wach sein wie sie?

«Weißt du», sagte Maggie und warf sich neben Alice auf die Couch, «ich glaube, Simon und ich versuchen es noch einmal.»

«Na ja», erwiderte Alice, «ihr seid ja auch füreinander geschaffen.»

«Findest du?» Maggie blickte Alice an. «Sag die Wahrheit. Glaubst du, Tim hat etwas mit der Sache zu tun?»

Bei dem furchtbaren Gedanken erschauerte Alice. «Ich möchte es mir lieber nicht vorstellen», erwiderte sie.

Maggie beugte sich vor. «Aber du glaubst es?»

«Vielleicht», antwortete Alice zögernd. «Und du?»

Maggie nickte entschlossen. «Ich fand den Mann schon immer zu gut, um wahr zu sein. Er war zu unbeschwert, weißt du, was ich meine? Beklagte sich nie und war am Boden zerstört, als Lauren tot war. Aber dann verließ er die Stadt.»

«Er sagte, er könne hier nicht mehr bleiben.» Alice wollte gerne glauben, dass Tim zu etwas so Grauenhaftem nicht fähig war. «Es ergab doch Sinn, Mags, oder? Selbst du hast ihn ja verteidigt. Er musste einfach gehen.»

«Ich habe darüber nachgedacht», erwiderte Maggie. «Simon ist hier geblieben, als es wirklich schwierig wurde, und ich habe ihm bestimmt die Hölle heiß gemacht.»

«Er ist wegen Ethan geblieben.»

«Zum Teil, ja», erwiderte Maggie. «Aber er ist auch geblieben, weil das hier sein Zuhause ist. Tim ist gegangen, weil er sich hier, mit uns, nicht mehr wohl fühlte. Es hatte sich noch etwas anderes geändert. Verstehst du?»

Wenn Maggie Recht hatte, dachte Alice, dann hatte die Polizei richtig gelegen, als sie von Anfang an einen aus dem Freundeskreis für Laurens Mörder gehalten hatten. Sie hatten schon festgestellt, dass Sylvie in das Verbrechen verwickelt war. War das denn noch nicht genug?

Wenn Alice etwas aus den Ereignissen gelernt hatte, dann, dass es nicht ratsam war, voreilige Schlüsse zu ziehen. Und sie wusste, dass die Menschen, die den Fall aufklären wollten, die ganze Nacht durcharbeiten würden, wenn es sein musste. Frannie, Giometti und Dana waren auf dem Revier; das FBI war eingeschaltet. In der ganzen Stadt und am Kennedy-Airport suchte die Polizei nach Sylvie, um die Spur zu dem vermissten Baby zu finden.

KAPITEL 41

«Wie spät ist es?» Pam blickte an sich herunter. Selbst unter der weißen Bettdecke war zu erkennen, dass sie mindestens zwanzig Pfund abgenommen hatte. «Wo bin ich?»

«Du meinst, welcher Tag heute ist?», korrigierte sie Ray.

«Nein, Raymond», warf Esther ein, «sie meint, welche Woche wir haben.»

«Na, wie ich sehe, kommt ihr immer noch prächtig miteinander aus.» Pam zwinkerte Alice zu, die gerade hinter Frannie und Giometti ins Krankenzimmer getreten war. Sie hatte sie überredet, sie mitzunehmen, weil sie hoffte, dass Pam sich bei ihrem Anblick an die Zeit vor dem Überfall erinnerte.

«Na, ich muss ja länger weg gewesen sein», sagte Pam und legte die Hand auf Alices Bauch. «Hassen Sie es eigentlich, wenn die Leute das machen? Sie sehen so aus, als ob Sie zugelegt hätten. Hatten wir zwei nicht eine Verabredung?»

«Wir haben uns das Haus angesehen», erwiderte Alice. Sie wusste nicht so recht, wo sie beginnen sollte. Das Haus interessierte sie im Augenblick eigentlich am wenigsten.

«Seltsam», sagte Pam erschöpft, obwohl ihrer Stimme die Lebensfreude bereits wieder anzumerken war. «Mom behauptet, ich hätte lange geschlafen, aber um ehrlich zu sein, fühle ich mich nicht besonders ausgeruht.» Sie sank in die Kissen zurück. «Hört mal, Leute, ich muss euch was sagen. Alice, Ihnen wird es nicht gefallen. Setzen Sie sich.»

Ray schob Alice sofort einen Stuhl ans Bett und drückte sie sanft darauf.

«Für euch zwei Bullen könnte es auch interessant sein», fuhr Pam augenzwinkernd fort.

Frannie lächelte. Alice fiel auf, dass Frannies Ponyfransen in den letzten zwei Wochen lang geworden waren und ihr fast in die Augen fielen. Sie musste dringend zum Friseur, und außerdem brauchte sie vermutlich Schlaf und etwas Ordentliches zu essen. Wenn sie alles überstanden hatten, dachte Alice, dann würde sie Frannie zum Abendessen in ihr neues Haus einladen, um zu versuchen, sie als Freundin zu gewinnen.

«Legen Sie los», ermunterte Frannie Pam. Giometti zückte bereits Füller und Notizblock.

«Es könnte sie zu sehr anstrengen, wenn sie zu viel redet», wandte Esther ein. «Wir dürfen nicht vergessen, was sie durchgemacht hat.»

«Wenn sie müde wird, hören wir sofort auf», erwiderte Frannie. «Aber es könnte wirklich wichtig sein.»

«Hast du gehört, Mom? Es ist wichtig. Also lass mich reden.» Pam räusperte sich und wollte gerade beginnen, als Ray sie unterbrach.

«Soll ich fotografieren?», fragte er, «um das Gespräch zu dokumentieren? Ich habe meine Kamera dabei.»

«Funktioniert sie denn auch?», fragte Pam.

«Liebling, ich habe dich mit jedem Besucher, jedem

Arzt und jeder Krankenschwester fotografiert. Ich habe schon ein ganzes Album voll!»

«Hoffentlich nicht das blöde rotschwarze, oder?»

«Nein. Ich habe extra ein neues gekauft, das wird dir gefallen.»

Pam und Ray tauschten einen innigen Blick.

«Ist schon okay», warf Giometti ein und zeigte auf seinen Notizblock. «Das hier reicht.»

Achselzuckend lehnte Ray sich an die Wand am Kopfende von Pams Bett und legte ihr die Hand auf die Schulter, als sie sagte: «Unsere süße kleine Sylvie ist kein Engel.»

Sie berichtete, was am Morgen ihres angeblichen Selbstmordversuchs geschehen war.

«Ich habe versucht herauszufinden, wer der Partner Ihres Vermieters ist», sagte sie zu Alice. «Zuerst fragte ich im Büro herum, aber niemand wusste etwas. Judy war an dem Tag nicht da, und da sie die Chefin ist, reichen ihre Akten natürlich am weitesten zurück, deshalb dachte ich, ich schaue mal bei ihr im Computer nach. Ich stocherte also so herum und geriet zufällig in das Netzwerk, das mit ihrem Computer zu Hause verbunden ist.»

«Zufällig absichtlich, oder?», warf Esther ein. «So wie ich es dir beigebracht habe.»

Pam grinste. «Judy arbeitet viel zu Hause.»

«*Arbeitet.*» Ray verdrehte die Augen. «Trinkt würde es wohl eher treffen. Pam leitet dieses Büro seit Jahren.»

«Na ja», fuhr Pam fort, «ich schaute mich also ein bisschen um und entdeckte ein paar interessante Dinge. Auf Judys Dateien zu Hause gab es eine ganze Menge über Metro, das sage ich euch, eine ganze Menge. Es stellte sich heraus, dass sie nicht nur Geschäfte mit den Typen macht, sondern auch eine starke persönliche Beziehung zu der Firma hat.»

Natürlich war ihnen mittlerweile allen klar, dass Judy Sal Cattaneos Geliebte war, aber sie ließen Pam weitererzählen, um ihr nicht die Überraschung zu verderben.

«Der Partner ist niemand anderer als Sal Cattaneo», fuhr Pam fort, «und meine altjüngferliche Chefin Judy scheint auch nicht gerade ein Engel zu sein.» Pam schwieg, um die dramatische Wirkung ihrer Worte zu erhöhen. «Ich fand heraus, dass Judy und Sal ein Paar sind, und zwar schon seit vielen, vielen Jahren.»

Letzteres war Alice dann doch neu, aber Frannie wirkte nicht besonders überrascht, als sie sich erkundigte: «Wie lange denn schon?»

«Seit mindestens dreißig Jahren, seit Sal verheiratet ist. Es hat sogar schon angefangen, bevor er heiratete. Judy hat alles aufgeschrieben und im Computer gespeichert. Es liest sich wie ein herzzerreißender Liebesroman. Ich konnte gar nicht aufhören.»

«Warum auch?», warf Esther ein. «Sie hat es doch extra da hineingeschrieben, damit es jeder lesen kann.»

«Das befand sich in einer ihrer persönlichen Dateien auf ihrem Computer zu Hause, Esther.» Ray presste die Lippen zusammen, offensichtlich war er mit den Ermittlungsmethoden seiner Frau und seiner Schwiegermutter nicht einverstanden.

«Jedenfalls war Sal verlobt mit seiner Sandkastenliebe, Angie, ließ sich aber mit Judy ein, als sie in die Nachbarschaft zog. Zu dieser Zeit waren Leute, die von woanders hierher zogen, noch richtige Außenseiter.»

«Heute immer noch», warf Alice ein.

«O nein, meine Liebe, damals war es viel, viel schlimmer. Judy Gersten war eine unabhängige Frau. Sie war Jüdin, und sie kam aus Michigan. Sie war eine Ausländerin!»

«Beeil dich», drängte Esther. «Komm endlich zum interessanten Teil.»

«Kennst du die Geschichte schon?», fragte Ray.

«Nein, ich höre sie zum ersten Mal, genau wie du.»

«Woher weißt du denn dann, dass es noch einen interessanten Teil gibt?»

«Weil ich weiß, wie man eine Geschichte richtig aufbaut. Und meine Pammie weiß das auch.»

«Wollt ihr zwei mich jetzt endlich weiterreden lassen?» Pam blickte ihren Mann und ihre Mutter liebevoll an.

«Ja, mach weiter», erwiderte Esther.

«Sal ist also mit Angie verlobt, und dann kommt Judy Gersten daher, die auf der Court Street eine Immobilienagentur eröffnet. Eine Außenseiterin. Mittlerweile hat Sal angefangen, Immobilien in der Nachbarschaft zu kaufen. Er mag Judy, deshalb gibt er ihr ein paar Geschäfte ab. Dann gibt er alle Geschäfte an sie ab. Als er sich mit Julius Pollack zusammentut und sie gemeinsam Mietshäuser kaufen, bekommt Judy einen großen Anteil an ihren Geschäften. Und die drei werden gemeinsam reich. Und Judy und Sal? Sie lieben sich.»

«Aber der Typ heiratet Angie trotzdem, oder?», fragte Ray.

«Darauf kannst du wetten», erwiderte Judy mit Nachdruck. «Angie erklärt ihm, sie sei schwanger.»

«Aber ich dachte, Sal und seine Frau hätten keine Kinder?», sagte Alice.

«Haben sie auch nicht.»

«Dann hat sie eine Fehlgeburt erlitten», vermutete Esther.

«Nein», sagte Pam.

«Sag es uns doch einfach», drängte Ray. «Was ist denn passiert?»

«Angie hat zwar behauptet, sie sei schwanger, war es aber gar nicht.»

«Wieso denn das?», fragte Ray.

Pam kostete den Moment aus und blickte triumphierend von einem zum anderen. «In Wahrheit war Judy schwanger.»

Schweigend verdauten alle diese Information. Alice fiel auf, dass nur Frannie ungerührt wirkte. Sie hatte Judy Gersten auf dem Revier vernommen, und vermutlich hatte sie ihr die Wahrheit entlockt.

«Es war neunzehnhundertdreiundsiebzig», fuhr Pam fort. «Abtreibung war gerade legalisiert worden. Aber Judy liebte Sal ...»

«Judy Gersten bekam das Baby? Und Sal heiratete Angie trotzdem?», sprudelte Alice hervor.

«Weil er glaubte, Angie sei schwanger, und sie war ihm als Frau nun mal bestimmt. Damals war es eben so. Noch bevor er überhaupt die Chance hatte herauszufinden, dass Angie gar nicht schwanger war, stand er schon vor dem Traualtar ... sagen wir mal, Angies Vater ließ ihm keine andere Wahl.»

«Warte mal», warf Ray ein. «Ist ihr Vater nicht Anthony Scoletto?»

«Genau.» Pam holte tief Luft. «Der Familie Scoletto schlägt man besser nichts ab. Und Sal liebte Angie wahrscheinlich auch. Sie kannten einander seit ihrer Kindheit, also heirateten sie. Aber sie hat nie Kinder bekommen. Judy aber bekam ihr Kind.»

«Und wo ist es?», fragte Ray. «Es müsste ja mittlerweile erwachsen sein.»

«Dreißig», sagte Alice. Ihre einfache Frage an Pam – wer Julius Pollacks Partner war – hatte dazu geführt, dass jemand Pam umbringen und es als Selbstmord hinstellen wollte. «Hat Judy das Kind aufgezogen?»

«Sie hat im letzten Augenblick einen Rückzieher gemacht. Damals gab es nur sehr wenige allein erziehende Mütter. Es gab noch nicht einmal eine Bezeichnung dafür. Man nannte die Babys, die in außerehelichen Beziehungen gezeugt wurden, immer noch Bastarde.»

Alice schlug die Hände vors Gesicht.

«Sie gab es zur Adoption frei. Es war ein kleines Mädchen, das von einer französischen Familie adoptiert wurde – der Vater war Diplomat. Sie kehrten nach Frankreich zurück, als Judys Tochter noch ein Säugling war.»

Über Frannies Gesicht lief ein leichtes Zucken. Diesen Teil hatte Judy offensichtlich nicht zugegeben. Warum hatte sie gerade das verbergen wollen?

«Judy versuchte, das Baby zu finden, es gelang ihr aber nicht», fuhr Pam fort. «Das tat ihr weh, und ich glaube, in dieser Zeit fing sie an zu trinken. Sie ist im Übrigen immer noch mit Sal zusammen, und sie machen auch noch gemeinsame Geschäfte – aber er ist auch immer noch mit Angie verheiratet.»

«Das muss man sich mal vorstellen!» Esther schüttelte den Kopf.

«Lassen Sie mich raten.» Alice blickte Pam an. «Judy hat ihre Tochter nie gefunden. Aber ihre Tochter fand sie.»

«Bingo», erwiderte Pam.

Pams größter Fehler war nicht gewesen, dass sie die geheime Geschichte von Judy Gersten und Sal Cattaneo entdeckt hatte, sondern dass sie das am Ende des Arbeitstages Sylvie gegenüber erwähnte. «Das war vielleicht ein Tag», hatte sie zu Sylvie gesagt, als sie am Abend vor dem Überfall das Büro zusammen abschlossen. «Bitte, erzähl mir nicht auch noch, dass du adoptiert bist.» Sylvie hat sie so fassungslos angeschaut, dass Pam das Thema nicht weiterverfolgte, und natürlich erzählte sie der Aushilfe auch nicht, was sie über ihre Chefin herausgefunden hatte.

Am nächsten Morgen erschien Sylvie unangekündigt bei Pam zu Hause, kurz vor ihrem Termin mit Alice am Third Place.

«Judy hat mir gesagt, ich solle mitkommen», erklärte sie mit ihrem süßen Lächeln.

Sie trank noch einen Kaffee mit Pam. Pam hatte eigentlich vorgehabt, zu Fuß zum Third Place zu gehen, aber Sylvie gab vor, sich beim Sport am Fuß verletzt zu haben, deshalb beschlossen sie, mit dem Auto zu fahren. Gemeinsam gingen sie in die Garage und setzten sich ins Auto.

«Und auf einmal schaute Sylvie mich mit einem Furcht erregenden Gesichtsausdruck an und drückte mir den Lauf einer Pistole an den Hals», sagte Pam.

Das war das Letzte, an das sie sich erinnerte.

Danach blieben sie nicht mehr lange im Krankenhaus. Pam war völlig erschöpft, und die Ermittler hatten alles, was sie brauchten. Alice küsste Pam zum Abschied auf die Stirn und versprach ihr, sie bald wieder zu besuchen. Sie roch nach Krankenhaus, und Alice fehlte der Duft nach Babypuder.

«Wenn Sie das nächste Mal kommen, fotografiere ich Sie für das Album», sagte Ray.

«Okay.» Alice schüttelte ihm die Hand und umarmte Esther. «Passen Sie gut auf sie auf.»

«Auf jeden Fall.» Esther lächelte und enthüllte dabei gelbliche, schiefe Zähne, die so aussahen, als seien es alle noch ihre eigenen. «Abgesehen von Ray ist sie alles, was ich habe.»

Frannie und Giometti bestanden darauf, Alice an Simons Haus abzusetzen. «Gehen Sie nirgendwohin», sagte Frannie, als Alice ausstieg.

Alice zögerte. «Ist das ein Befehl?» Sie lächelte, als ob sie einen Witz machte, aber alle wussten, dass das nicht der Fall war.

«Eigentlich nicht.» Frannie beugte sich aus dem Fenster. Man sah ihr an, wie erschöpft sie war. «Aber es könnte sein, dass wir Sie brauchen, Alice. Die Spurensicherung hat die Fingerabdrücke am Tatort analysiert. Wir haben nur die von Sylvie gefunden, abgesehen von einem Dutzend Fahrern von Mr. Frosty, die wir alle einzeln verhört haben.»

«Und von Julius Pollack oder Sal Cattaneo haben Sie nichts gefunden?»

«Nein. Auch nicht von Judy Gersten, falls Sie sich das gefragt haben sollten.»

«Dann hat Sylvie die Tat also allein begangen?»

Die Polizistin schüttelte den Kopf, aber obwohl sie es nicht aussprach, hörte Alice sie förmlich sagen: *Keine Vermutungen.*

KAPITEL 42

Die Freunde beschlossen, ihr normales Leben wieder aufzunehmen; das war nach Meinung aller am besten für die Kinder und auch für sie selbst. Und so brachten Mike und Simon Ethan, Nell und Peter am nächsten Tag in ihre jeweiligen Schulen. Mike fuhr in seine Werkstatt und Simon gab Unterricht. Maggie und Alice hatten ein wenig Ruhe allein im Haus, bevor sie um elf Uhr das Blue Shoes aufmachen mussten. Zwei Tage waren seit Sylvies Flucht vergangen und einer, seitdem Pam aufgewacht war. Wenn heute etwas Entscheidendes passieren sollte, dann wussten die Ermittler, wo sie zu finden waren.

Kurz nach neun läutete es an der Tür. Alice und Maggie, die gerade in der Küche frühstückten, blickten einander an.

«Vielleicht sollten wir gar nicht erst aufmachen», meinte Maggie.

«Wahrscheinlich ist es nur irgendein Bote.» Alice zog ihren rosafarbenen Chenille-Morgenmantel fester um ihren dicken Bauch. «Oder», sie lächelte verschmitzt, «es ist Simons Geliebte.»

«Oder ein Irrer, der dich umbringen will.» Maggie lachte, und die beiden Frauen liefen in die Halle. Maggie war als Erste an der Tür und machte sie auf.

Vor der Tür stand Lizzie in voller kalifornischer Pracht – gebräunt in einem blassgelben Overall – und streckte ihnen die Zeitung entgegen.

«Mom!», rief Alice.

«Mein Liebes.» Lizzie umarmte Alice, die sich glücklich an ihre Mutter schmiegte. «Unter den Umständen konnte ich doch nicht zu Hause bleiben.»

Alice wischte ihrer Mutter die Mascara-Tränenspuren von den Wangen. «Den Kindern geht es gut», sagte sie. «Sie sind schon wieder in der Schule. Alles ist in Ordnung.»

«Das ist ja wohl kaum möglich.» Lizzie gewann die Fassung wieder. «Wie kann denn alles in Ordnung sein?»

Maggie ergriff Lizzies roten Koffer, der oben an der Treppe stand, und trug ihn in die Eingangshalle.

«Hallo, Maggie.» Die beiden Frauen tauschten Luftküsse. «Wie geht es Ihnen?»

«Ein bisschen durcheinander, wie üblich. Immer dieselben Probleme mit den Männern.» Maggie lächelte Lizzie strahlend an.

«Sie und Ihr Mann sind also wieder zusammen.» Lizzie trat ins Wohnzimmer und blickte sich um. «Sehr hübsch. Ein bisschen barock, aber eigentlich gefällt es mir.»

«Also, offiziell sind Simon und ich eigentlich nicht zusammen. Das Haus habe übrigens ich eingerichtet, und bis jetzt hat Simon noch nichts verändert.»

Lizzie warf ihr einen Blick über den Rand ihrer Hornbrille zu und lächelte ein wenig spöttisch. «Es ist prachtvoll, meine Liebe.»

Maggie erwiderte das Lächeln und sagte gelassen: «Ich glaube, ich mache uns Frühstück. Sie sterben bestimmt vor Hunger, Lizzie. Soll ich auch Eier und Speck braten?»

«Ja, das wäre wunderbar.» Lizzie ließ sich seufzend auf die Couch sinken.

Alice setzte sich neben ihrer Mutter aufs Sofa und umklammerte die Zeitung, die noch in ihrer blauen Plastikhülle steckte. Sie hätte sie schrecklich gerne aufgemacht, um zu erfahren, was Erin Brinkley über die Ereignisse der letzten Tage geschrieben hatte, traute sich jedoch nicht, weil sie wusste, dass ihre Angst dann wieder zunehmen würde.

«Wie war dein Flug, Mom?»

Lizzie streichelte ihr über die Wange. «Wie geht es dir, mein Liebling? Ich habe mir solche Sorgen gemacht.»

«Mir geht es gut. Es war ein Albtraum, aber jetzt ist es ja vorbei.»

«Hoffentlich.» Lizzie gähnte. «Ob eine alte Frau hier wohl einen starken Kaffee bekommen kann?»

«Ich bringe dir sofort einen.»

Als Alice fünf Minuten später wieder ins Wohnzimmer kam, hatte Lizzie sich die Schuhe ausgezogen, sich auf der Couch ausgestreckt und las die Zeitung. Die blaue Plastikhülle lag zerknüllt neben dem Lokalteil auf dem Couchtisch. Alice stellte den Kaffeebecher ab und ergriff die Zeitung. Und da stand es.

In ihrem Artikel unter der Schlagzeile *Falsche Identität führt Polizei in die Irre* behauptete Erin Brinkley, dass es Sylvie Devrais nie gegeben habe. Das Baby, das Judy Gersten zur Adoption freigegeben habe, sei in Paris unter dem Namen Christina Dreux aufgewachsen, aber es gebe keinen Anhaltspunkt dafür, dass sie jemals in New York gewesen sei. Laut ihrer Adoptiveltern war sie ein rebellischer Teenager gewesen und hatte mit siebzehn ihr Elternhaus verlassen, war allerdings nach einem Jahr demütig wieder zurückgekehrt. Sie hatte eine Ausbildung als Krankenschwester gemacht, diesen Beruf aber nie ausgeübt, und es blieb unklar, womit sie ihren Lebensunterhalt verdiente. Auch die französischen Behörden rollten zurzeit ungeklärte Fälle wieder auf, bei denen schwangere Frauen verschwunden waren.

Unter der Überschrift «Internationaler Schwarzmarkt für Babys» erläuterte Brinkley, dass das Fehlen einer zusammenhängenden Datenbank illegale Adoptionen erleichtere, weil jeder Fall mit großem Zeitaufwand einzeln untersucht werden müsse. Und sobald ein Kind über eine Grenze gebracht werde, sei es fast unmöglich, es wiederzufinden.

In einem weiteren Artikel «Miethai vor Gericht» prangerte Brinkley erneut die Praktiken von Julius Pollack und Sal Cattaneo an und beschrieb ihre schlimmsten Kündigungsmethoden. Alice lief ein Schauer über den Rücken. Was sie mit Pollack erlebt hatte, war nichts im Vergleich zu dem, was andere Mieter hatten aushalten müssen: abgestellte Heizungen, zerbrochene Fensterscheiben, Ratten.

Und in dem Artikel «Eine geheime Geschichte» beschrieb Brinkley schließlich, wie Metro Properties und Garden Hill Realty zusammenhingen, wobei sie die langjährige Beziehung von Sal Cattaneo und Judy Gersten offen legte. Irgendwie hatte sie die Fotos in die Hand bekommen, die Alice in Judys Wohnung gesehen hatte. Sie schrieb auch über Angie Cattaneo und ihre kinderlose Ehe, und sie stellte die Verbindung zu Sylvie her, die als uneheliche Tochter nach vielen Jahren zurückkehrt und ihren Anteil haben will. Ihrer Meinung nach war Sylvie von den uralten Motiven Rache und Geldgier getrieben. Brinkley stellte die These auf, dass Sylvie ihre leiblichen Eltern vernichten wollte, indem sie hochschwangere Mieterinnen, denen gekündigt worden war, ermordete, ihnen die Babys wegnahm und sie auf dem Schwarzmarkt verkaufte.

Alice kam das alles viel zu kompliziert vor. Sie konnte sich nicht vorstellen, dass Sylvie ihnen so lange etwas vorgelogen hatte. Frannie bestätigte sie in ihrer Skepsis, als sie am Abend mit ihr telefonierte. «Brinkley ist viel zu dramatisch», erklärte Frannie. «Sie hat manchmal gute Ansätze, aber die meiste Zeit lachen wir doch über sie.»

«Kennen Sie sie, Frannie?»

«Ja, ich bin ihr einige Male begegnet. Sie ist Anfang zwanzig und versucht mit allen Mitteln, sich den Pulitzer-Preis zu erschreiben, damit sie ihr endlich einen eigenen Schreibtisch geben. Na ja, es gibt immer eine Geschichte hinter der Geschichte.»

«Erzählen Sie mir jetzt bitte alles, ja?», bat Alice.

Als Frannie zögerte, dachte sie zunächst, dass sie noch auf dem Revier sei und nicht sprechen könne, aber als Frannie gestand, sie sei schon zu Hause, wiederholte Alice ihre Bitte.

«Gut, dann können Sie ja offen mit mir reden, Frannie. Ich war von Anfang an in den Fall verwickelt und wäre wahrscheinlich das nächste Opfer gewesen. Er ist Teil meiner Lebensgeschichte, und ich möchte jetzt alles wissen.»

«Okay. Erst einmal sind wir der Frage nachgegangen, wer ZL ist. Das führte allerdings zu nichts, weil niemand mit diesen Initialen als vermisst gemeldet war.»

«Dann gab es also keine weitere schwangere Frau, die verschwunden war?», fragte Alice.

«Und es gab auch nichts über Christine Craddock. Soweit wir wissen, gehört sie also nicht in dieses Bild hinein. Und die Füllung in den Kissen war Standardmaterial, außer in Laurens Kissen.»

«Sie haben die Haare in dem Kissen untersucht», warf Alice ein, die sich fragte, ob vielleicht Ivys Haare dabei gewesen waren.

«Wir haben auch Sylvies Haare darin gefunden, aber das war kein Wunder: Ihre Fingerabdrücke waren überall am Tatort.»

«Sie meinen Christina», sagte Alice. «Ich habe nämlich die Zeitung gelesen.»

«Ja, okay. Ich sage das auch nur aus Gewohnheit», erwiderte Frannie. «Christina Dreux war das Baby, das Judy Gersten zur Adoption freigegeben hat.»

«Dann hat Erin Brinkley also Recht?», fragte Alice. «Ist sie wirklich zurückgekommen, um sich zu rächen?»

«Das hätte Erin Brinkley gern, weil es so eine tolle Story ergäbe.»

«Ich finde ja auch, dass es ziemlich verworren klingt», antwortete Alice.

«Es klingt deshalb verworren, weil es nicht stimmt», sagte Frannie. «Christina Dreux war nie hier, sondern eine Frau namens Analise Krup. Das ist eine Deutsche, die in Paris aufgewachsen ist. Ihre Mutter war Übersetzerin, und sie haben allein gelebt. Analise hat Christina auf der Krankenschwesternschule kennen gelernt, und sie haben sich angefreundet. Christina wollte gern wissen, wer ihre leiblichen Eltern sind, und ihr Adoptivvater half ihr dabei. Er ist Diplomat, deshalb hat er Zugang zu allen möglichen Informationen. Ihre Eltern respektierten ihren Wunsch, etwas über ihre Vergangenheit zu erfahren, aber als sie es herausgefunden hatten, beschloss sie, nichts zu unternehmen.»

«Aber Analise tat etwas, nicht wahr?», fragte Alice.

«Genau.»

«Ihre Mutter hat uns mit ihrem Therapeuten zusammengebracht», sagte Frannie. «Er sagte, Analise sei eine klassische Psychopathin. Verstehen Sie etwas davon, Alice?»

«Nein, nicht wirklich.» Sie wusste nur aus dem Fernsehen, dass das allesamt irre Killer waren, aber das war wahrscheinlich eine viel zu vereinfachende Aussage.

«In erster Linie sind sie Verwandlungskünstler, äußerst manipulativ, aber selten gewalttätig. Sie passen sich sehr gut an.» Frannie gähnte. «Deshalb sind sie ja so gefährlich.»

Alice zog sich die rote Decke über die Knie. Sie fröstelte ein wenig.

«Also hat diese Analise sich als Christina ausgegeben, die so tat, als ob sie Sylvie sei.»

«Genau.»

«Und Analise wollte Christinas leibliche Eltern vernichten, indem sie es so aussehen ließ, als ob sie unliebsame Mieter umbrächten?» Alice schwirrte der Kopf.

«Pst!» Lizzie, die mit den Kindern auf dem Teppich saß und ihnen beim Spielen zuschaute, mahnte sie mit einem zurechtweisenden Blick, den Kindern keine Angst einzujagen.

Alice stand auf, schlang sich die rote Decke um die Schultern und ging ins Gästezimmer, um das Gespräch in Ruhe weiterführen zu können.

«Das glauben wir nicht», sagte Frannie. «Wir wissen es nicht genau, aber wir nehmen an, dass sie ursprünglich Geld von ihnen wollte, indem sie so tat, als sei sie ihre Tochter. Aber dann hat sie ihre Pläne geändert.»

«Warum?» Alice legte sich auf das Bett im Gästezimmer.

«Wir wissen es nicht genau», erwiderte Frannie. «Aber sie hat sie nie um Geld gebeten. Sie sammelte Informationen und hat ein ziemlich kompliziertes Netz gestrickt, um zu verbergen, was sie mit Lauren getan hat.»

«Sie meinen, sie beschloss, Lauren umzubringen, um an Ivy heranzukommen?», fragte Alice ungläubig. «Warum?»

«Das wissen wir im Moment noch nicht genau.»

Aber Alice war auf einmal alles klar. Maggie hatte wieder einmal Recht gehabt. Das kleine Luder hatte sich verliebt, und sie wollte den Mann unbedingt haben. Aber er liebte seine Kinder und hätte sie nie verlassen.

«Frannie?»

«Sprechen Sie es aus, Alice.»

«Dann war es doch einer von uns.»

Im Hintergrund hörte Alice, wie es bei Frannie an der Tür läutete. Eine Frau sagte: «Ich mache schon auf.» Ihr wurde klar, dass sie überhaupt nichts über Frannie wusste.

«Wissen Sie, wo er ist?», fragte Frannie ruhig.

Einen Augenblick lang war Alice von der Frage schockiert. Glaubte Frannie allen Ernstes, sie würde einen Komplizen an Laurens Ermordung decken?

«Sie machen Witze, Frannie, oder?»

«Nein, eigentlich nicht.»

«Aber wenn ich die Antwort auf die Frage wüsste, dann

würde ich sie Ihnen geben. Ich würde es Ihnen doch sagen.»

«Ja, ich weiß», erwiderte Frannie.

Alice beließ es dabei. Sie hatte keine Ahnung, was Frannie wirklich von ihr dachte. Und es spielte auch keine Rolle. Frannie war eine gute Polizistin, klug und entschlossen, und Alice respektierte sie, auch wenn sie keine neue Freundin gewonnen hatte.

In der Woche, die folgte, wurde unermüdlich nach Tim Barnet und Analise Krup gefahndet. Man ging davon aus, dass sie Ivy bei sich hatten und sich in irgendeinem fernen Land aufhielten. Aber wie war es ihnen gelungen, so spurlos zu verschwinden? Warum hatte niemand sie gesehen? Es gab einige Hinweise, aber alle verliefen im Sand. Waren sie vielleicht zu unauffällig, um bemerkt zu werden? Amerikanischer Vater, französische Mutter, ein kleiner Junge und ein Baby? Und was war mit ihrem süßen Austin, dachte Alice. Was hatten sie mit ihm gemacht?

Nach einer Zeit, in der Alice noch einmal sämtliche Qualen der Erinnerung durchlebte, verliefen die Tage ereignislos, und jede ruhige Stunde war ein Versprechen, dass die Normalität zurückkehren würde. Schließlich dachte Alice, es sei überstanden, es sei endlich vorbei. Und dann kam sie eines Nachmittags allein zu Simons Haus, kurz bevor sie Nell und Peter von der Schule abholen musste.

In dem Augenblick, als sie seine Stimme hörte, wusste sie, es war unvermeidlich.

KAPITEL 43

«Pst!»

Der Laut war kaum zu hören, aber Alice wusste sofort, dass er real war.

Sie blieb einen Augenblick lang still stehen, dann machte sie einen Schritt durch die Eingangshalle.

«Pst.»

Sie blieb wieder stehen, lauschte angestrengt. «Simon?» Sie trat an den Bogen, der ins Wohnzimmer führte. Es hatte ein Gewitter gegeben, und jetzt kam gerade wieder die Sonne durch und tauchte Simons Flügel in goldenes Licht.

«Alice, bist du allein?», flüsterte die Stimme.

Es klang nicht nach Simon, aber Alice hoffte dennoch verzweifelt, er möge es sein.

«Simon, bist du das?»

«Bist du allein?»

«Wer ist da?»

«Antworte mir.»

Er saß in der Ecke, im Schatten. Jemand kauerte neben ihm.

Ein Sonnenstrahl glitt langsam über ihn hinweg. Er beugte sich vor.

In der hohlen Hand hielt er eine kleine schwarze Pistole mit weißem Griff.

Alice wich zurück und griff nach ihrem Handy.

«Simon!», rief sie, in der Hoffnung, dass er oben war. «Simon!»

«Pst!» Er beugte sich noch weiter vor, seine grünen Augen glänzten. Er hatte einen üblen Sonnenbrand. «Simon ist nicht zu Hause.»

«Daddy», flüsterte eine kleine Stimme, «darf ich bitte herauskommen?»

Tim verbarg die Pistole unter einem Kissen. «Ja, komm», sagte er dann.

Austin glitt aus dem Schatten. Er wirkte dünner. Sein Gesicht, sein Hals und seine Arme waren ebenfalls sonnenverbrannt. Er kauerte neben seinem Vater und blickte Alice flehend an.

Ohne auf Tim zu achten, ließ sie sich auf die Knie sinken und breitete die Arme aus. Austin stürzte sich hinein. Liebevoll umfing sie seinen kleinen Körper und wiegte ihn.

«Ich kann es nicht glauben», flüsterte Alice an Austins Nacken. Tief atmete sie seinen Zimtduft ein. «Ich kann nicht glauben, dass es wahr ist.»

«Du hast es doch von Anfang an vermutet.» Tim schlug die Beine übereinander. Sorgfältig achtete er darauf, dass sein Sohn die Pistole nicht sah.

«Nein, ich habe es nie wirklich geglaubt, Tim.» Seine Augen waren feucht. Das sollte er lieber lassen. Sie würde es nicht dulden, dass er weinte.

«Das ist egal», sagte er. «Dein Instinkt hat dich nicht getrogen.»

«Wo ist das Baby, Tim? Wo ist sie?»

Sein Blick wurde hart. «Auf der Beerdigung wollte ich dich etwas fragen», sagte er, «aber ich wusste nicht wie.»

«Ich mag das nicht», flüsterte Austin Alice ins Ohr.

«Lass Austin nach oben gehen, Tim», verlangte Alice. Sie verabscheute ihn. Sie würde ihm jetzt die Meinung sagen. Wenn die Pistole nicht gewesen wäre, hätte sie schon längst die Polizei gerufen.

Tim nickte Austin zu, der sich aus Alices Armen wand und wie der Blitz zur Treppe schoss.

«Warum tust du das, Tim?»

Er veränderte seine Position im Sessel, und die Hand, die die Pistole hielt, kam wieder zum Vorschein. Lauren hatte sie gesehen, Pam hatte sie gesehen und jetzt Alice.

Wenn sie doch nur ihr Handy zu fassen bekäme, bevor er sie erschoss. Vielleicht konnte sie ja eine Leitung zu jemandem herstellen, der Zeuge ihres Todes wurde. Nicht Mike natürlich. Das konnte sie ihm nicht antun. Aber Frannie, oder Maggie.

«Ich will das nicht tun.» Er verzog das Gesicht und begann tatsächlich zu weinen.

Alices Angst schlug in Wut um. Was für ein Recht hatte Tim Barnet zu weinen?

Entschlossen zog sie ihr Handy aus der Tasche und drückte die Kurzwahl für Maggie.

Er stand auf und zielte auf Alice. Der Abzug klickte.

«Sag mir nur, warum.» Ihre Stimme klang brüchig, aber sie hatte keine Angst vor diesem Mann.

Er hob den Arm höher und richtete die Pistole plötzlich auf sich selbst.

«Nein!», rief Alice.

Tim war ihr egal, aber sie dachte an Austin, der oben war. Das würde ihn vernichten.

«Warum?», fragte sie noch einmal.

Tims Hand zitterte, als er die Waffe an seine Schläfe presste. Ganz langsam begann er, auf den Abzug zu drücken, aber dann hielt er plötzlich inne. Der Feigling. *Tu es,* drängte sie ihn im Stillen. *Tu es, du Schwein.*

Weinend brach er zusammen und ließ die Pistole los, als könne er es nicht mehr ertragen, sie zu berühren. Alice trat rasch hinzu und schob die Waffe mit der Fußspitze von ihm weg. Sie rutschte in die Ecke neben einen vergessenen Power-Ranger in Kampfpose.

Mitleidslos betrachtete sie Tim.

«Warum, Tim? Warum hast du Lauren umgebracht?»

«Ich habe sie nicht umgebracht», weinte er.

Am liebsten hätte sie ihm für diese Lüge einen Tritt versetzt; auch wenn er nicht am Tatort gewesen war, so hatte er sie doch umgebracht.

«Warum?»

Er stand auf und wischte sich mit dem Ärmel über die Augen.

«Bitte, nimm Austin», bat er sie. *«Bitte.»*

«Was hast du mit dem Baby gemacht?», fragte Alice.

«Nimmst du ihn, Alice?»

«Ja. Und jetzt sag es mir.»

Er griff in seine Hosentasche und zog einen zerknitterten Briefumschlag heraus. «Mit diesem Schreiben übertrage ich dir das Sorgerecht.»

Am liebsten hätte sie ihn geohrfeigt. Stets der Anwalt, der an alles dachte.

«Meine Tochter ist irgendwo auf dieser Welt.» Tim legte den Umschlag neben sich auf den Boden. «Wir haben überall nach ihr gesucht.»

Irgendwo, wo es heiß sein musste, dachte Alice, sonst hätten sie nicht beide einen solchen Sonnenbrand.

«Woher weißt du, dass sie lebt, Tim?»

Traurig schüttelte er den Kopf. «Ich muss sie jetzt finden.» Er stand auf und ging an Alice vorbei zum Fuß der Treppe. «Austin!»

Der Junge antwortete nicht, obwohl er seinen Vater gehört haben musste.

«Ich gehe jetzt!»

Stille. Austin war erst fünf Jahre alt, aber er wusste es. Er wusste es.

«Ich liebe dich!», rief Tim.

Er wandte sich wieder zu Alice und machte eine Bewegung, als wolle er gehen.

Alice trat in die Ecke des Wohnzimmers, in der die Pistole lag. Sie hob sie auf, hielt sich an der Wand fest, um nicht das Gleichgewicht zu verlieren, und richtete die Waffe auf Tim. «Nein, du gehst noch nicht!», erklärte sie.

«Alice ...»

«Sag mir erst, warum. Dann kannst du gehen.»

«Ich habe einen schrecklichen Fehler gemacht.» Sein Blick irrte erneut zur Tür.

«Hast du mit ihr geschlafen?»

Er antwortete nicht.

Sie hob die Waffe und fragte noch einmal: «Hast du mit Sylvie geschlafen? Hat damit alles angefangen?»

«Ja», flüsterte er. «Ich habe Lauren noch nie zuvor betrogen. Sylvie hätte sich nicht in mich verlieben dürfen.»

Am liebsten hätte Alice geschrien: *Das ist keine Liebe!*

«Warum hast du sie denn nicht einfach verlassen,

Tim? Warum musstest du sie ermorden?» Die Tränen schnürten ihr die Kehle zu, aber sie schluckte sie hinunter. Erst musste sie das hier erledigen. Weinen konnte sie später.

Er schüttelte den Kopf. «Ich habe Sylvie gesagt, dass ich meine Frau nie verlassen würde. Dass ich auch meine Kinder nie verlassen würde.» Er hob das Gesicht und blickte Alice an. «Ich habe Lauren geliebt.»

«Vergangenheit», erwiderte Alice. «Du hast gesagt *habe geliebt*.»

«Ich wusste es erst, als alles vorbei war.» Er spannte die Kiefernmuskeln an und schluckte. Dann zwang er sich, weiterzusprechen. «Sylvie hat es getan, damit sie mich haben konnte, ohne dass ich meine Kinder aufgeben musste.»

Alices Hand begann zu schwitzen, aber es gelang ihr, die Pistole weiterhin auf Tim zu richten.

«Wo ist das Baby?»

«Irgendwo da draußen.» Er wies mit dem Kopf auf die Tür. «Ich habe sie überall gesucht.»

«Aber Sylvie war doch noch so lange hier, nachdem ... nachdem sie Lauren ermordet hat. Warum hast du sie nicht einfach gefragt?»

«Sie hätte es mir nicht gesagt.» Er verzog bitter das Gesicht. «Sie wollte es mir erst sagen, wenn ich sie mitnähme. Sie hat auf mich gewartet.»

«Sie ist weg.»

«Ich weiß. Ich bin nur zurückgekommen, um dir Austin zu bringen. Er kann so nicht leben.» Eine Andeutung von Scham glitt über Tims gequältes Gesicht.

«Ich sollte dich erschießen.»

«Lass mich meine Tochter finden, und dann hat das alles ein Ende. Ich verspreche es dir. Bitte, Alice, lass mich gehen, damit ich sie finden kann.»

Von der Treppe her kam ein Geräusch. Austin stand da und beobachtete sie.

Alice ließ die Pistole sinken und steckte sie in die Tasche.

«Sie heißt Ivy», sagte sie zu Tim, bevor er ging.

EPILOG

ZWEI JAHRE SPÄTER

Der Minivan holperte die Küstenstraße in Mexiko entlang, von Puerto Vallarta nach Cruz de Loreto. Seit zwei Stunden fuhren sie nun schon die kurvenreiche Strecke, und Alice machte sich langsam Sorgen. Als Lizzie ihnen die Reise zu Weihnachten geschenkt hatte, hatte sie ihnen nicht gesagt, wie unwirtlich die Gegend war. Sie hatte im letzten Frühjahr mit ihrem frisch gebackenen Ehemann George die Flitterwochen im Hotelito verbracht und hatte in ihrer Begeisterung sofort einen Urlaub für die gesamte Familie gebucht; ihr letzter Film war so erfolgreich gewesen, dass sie sich solche Extravaganzen leisten konnte. Angeblich handelte es sich um ein Luxushotel ohne Elektrizität, mit fabelhaftem Essen und Kerzenlicht jeden Abend – ein wunderbarer Gedanke. Und auf der Website hatte es auch hinreißend ausgesehen. Aber je tiefer sie ins ländliche Mexiko vordrangen, desto weniger wohl fühlte Alice sich. Das Land war ausgedörrt von der Hitze. Die Häuser, an denen sie vorbeikamen, konnte man bestenfalls als Hütten bezeichnen, und die gelegentlich auftauchenden Raststätten waren nicht mehr als Blechdosen, die vor Fliegen summten.

Mike saß vorne beim Fahrer, Miguel, und sie konnte seine Reaktion auf die verlassene Gegend, durch die sie fuhren, nicht sehen. Vor Jahren, als sie noch allein waren, hätte sie so ein Abenteuer gereizt, aber jetzt war sie Mutter von fünf Kindern. Wenn nun eins von ihnen krank wurde? Lizzie hatte behauptet, dass es im Hotelito ärztliche Hilfe gab, aber Alice sah hier nirgendwo ein Anzeichen dafür.

Nell, Peter und Austin, die in der dritten Sitzreihe des Vans saßen, schienen die Schlaglöcher zu gefallen. Aber die Zwillinge, die in der Reihe davor bei Alice saßen, wirkten ein wenig grün im Gesicht. Henry schlief in seinem Kindersitz, aber Oscar wurde immer quengeliger, vermutlich brauchte er eine frische Windel.

Alice hätte es lieber vermieden, Miguel abzulenken, damit er sich auf die holperige Straße konzentrieren konnte, aber sie würden trotzdem anhalten müssen. Sie beugte sich vor und sagte mit lauter Stimme, damit er sie über dem Rumpeln der Reifen auch verstand: «Entschuldigung, ich müsste Oscar die Windeln wechseln. Könnten wir mal kurz anhalten?»

Miguel, der ziemlich gut Englisch sprach – er arbeitete im Hotelito und hatte sie am Flughafen in Empfang genommen –, drehte sich um und erfasste die Situation mit einem Blick. Er bog abrupt ab und hielt vor einer verfallenen Hütte mit dem handgeschriebenen Schild «Café». Dort stieg er aus dem Wagen und öffnete ihr die Seitentür. Die drei älteren Kinder sprangen sofort heraus. Mike blieb im Auto, um auf den schlafenden Henry aufzupassen, während Alice Oscar aus dem Kindersitz hob und sich die Windeltasche schnappte.

Die Luft war wunderbar und tat Alice gut. Da die Luftfeuchtigkeit nicht so hoch war wie in New York, hatte man nicht das Gefühl zu ersticken, sondern fühlte sich eher von der trockenen Wärme liebkost. Auf einmal freute Alice sich darüber, so weit weg von zu Hause zu sein.

Miguel war mit den großen Kindern ins Café gegangen und hatte ihnen Orangenlimonade in Glasflaschen gekauft. Jetzt standen sie da und beäugten einige mexikanische Kinder, die sie ihrerseits ebenfalls musterten. Aber als einer der Jungen seine Yu-Gi-Oh-Karten herauszog, war der Bann sofort gebrochen.

«Sehen Sie?», sagte Miguel lächelnd. «Kinder finden überall auf der Welt zueinander.»

«Sie sollten bei den Vereinten Nationen arbeiten.» Mike war aus dem Van gestiegen und reckte sich.

Alice setzte Oscar ab, der sich sofort an ihre Beine klammerte. Henry war der Unternehmungslustigere von den beiden. Oscar hielt sich die meiste Zeit in ihrer Nähe auf. An der Seite war ein Fleckchen Rasen, das so aussah, als sei es gut zum Windelnwechseln geeignet. Oscar legte sich bereitwillig hin und reckte ihr die Beinchen entgegen. Er wollte seine schmutzige Windel loswerden. Rasch machte Alice ihn sauber und kitzelte sein weiches Bäuchlein dabei. Dann stellte sie ihn wieder hin und packte zusammen.

In diesem Moment ertönte Motorengeräusch, das sich von hinten dem Café näherte. Auf einem schmalen Feldweg, der hinter einem Hügel verschwand, näherte sich ein Auto. Es war ein alter Saab, kein Geländewagen, mit dem man hier bestimmt besser vorwärts gekommen wäre.

Alice drehte sich nach Oscar um, der zu den anderen Kindern wackelte. Auch Miguel hatte das andere Auto gesehen und lächelte sie an. «Das sind Gringos, wie Sie.»

Alice lachte. Ja, Gringos wie sie. Wieder blickte sie zu dem Auto, das mittlerweile vor dem Café angehalten hatte. Auf dem Beifahrersitz saß eine sehr gelangweilt aussehende, gebräunte Frau mit kurzen schwarzen Haaren. Sie kam Alice irgendwie bekannt vor – und dann sah sie den Mann, der gerade ausgestiegen war.

Er war schlank, und seine etwas längeren, blonden Haare kräuselten sich im Nacken. Er hatte sehr grüne Augen und ein strahlendes Lächeln.

Die Frau gähnte und stieg ebenfalls aus. Sie trug ein schwarzes Bikini-Oberteil und einen langen, weißen, fließenden Rock, der tief auf ihren Hüften saß. Ein rubinroter Stein schmückte ihren Bauchnabel, und um den Knöchel wand sich ein Tattoo.

Hinten im Auto saß ein ungefähr zweijähriges kleines Mädchen im Kindersitz und schlief. Sie hatte den Kopf abgewandt, und Alice konnte ihr Gesicht nicht erkennen, aber ihre braunen Haare waren zu Rattenschwänzchen zusammengebunden, und man konnte das rote Muttermal an ihrem Nacken deutlich sehen. Das war so gut wie ein Gesicht und ein Name. Es war exakt Laurens Muttermal in Miniatur. Das Muttermal, das sich seit mittlerweile vier Generationen auf jedes weibliche Mitglied der Familie vererbte.

Mike machte einen Schritt nach vorn. Also hatte auch er sie gesehen. Tim, Analise, Ivy. Sie standen direkt vor ihnen.

Auch Austin hatte sie gesehen. Er war jetzt sieben, ein schlaksiger, selbstbewusster Junge. Er ließ seine Limonadenflasche fallen und machte ein paar Schritte vorwärts.

Analise drehte sich abrupt zu Tim, der sie mit einem

Nicken zurück in den Wagen schickte. Dann ging Tim mit raschen Schritten auf Austin zu, wobei seine Strohsandalen kleine Staubwolken aufwirbelten. Seine Zehennägel waren schmutzig. Er packte Austin an der Hand und versuchte, ihn zum Auto zu zerren.

«Nein!», protestierte Austin.

«Bitte!», bat Tim. «Ich kann dich nicht schon wieder zurücklassen.»

Austin riss sich los und rannte zu Alice, die sich wie ein Schutzschild vor ihn stellte. Für sie war die Sache klar: Austin war jetzt *ihr* Sohn. Sie würde ihn nie gehen lassen.

«On y va!», rief Analise Tim zu. Ihr Tonfall war hart, nicht so süß und weich wie damals in Brooklyn.

Mike stand am Wagen und versuchte verzweifelt, sein Handy in Gang zu bringen, aber er bekam keinen Empfang. Tim drehte sich um und lief zum Auto zurück. Mike ließ sein Handy fallen und setzte ihm nach. Kurz bevor Tim das Auto erreichte, packte er ihn am T-Shirt.

«Bleib stehen!», schrie Mike. «Es reicht!»

Tim wand sich aus seinem Griff, und es gelang ihm, sich in sein Auto zu setzen und den Motor zu starten. Aber bevor er losfuhr, sagte er noch etwas zu Mike. Es war ein seltsamer Moment: Tim redete drängend auf Mike ein, Mike hörte zu, beide Männer verschwitzt und erschöpft, verängstigt und wütend; was von ihrer alten Freundschaft übrig war, zerbrach in diesem Augenblick ganz.

Kurz bevor das Auto losfuhr, bemerkte Alice, dass Analise sie aus kalten, leeren Augen ansah. Als sie Tim anherrschte, *«Vite!»,* wachte Ivy auf und drehte sich um.

Alice prägte sich ihr Gesicht ein. Sie war wunderschön. Runde Wangen und Laurens sandbraune

Haare, die ihr fransig in die Stirn fielen. Lebhafte grüne Augen.

Tims Augen. Sie würde die Welt mit seinen Augen sehen.

Mike zog einen Zettel und einen Stift aus der Tasche und schrieb sich das Kennzeichen des weißen Saab auf.

«Ich habe es mir notiert», rief er Alice zu, als der Wagen verschwand.

«Kennen Sie diese Leute?», fragte Miguel.

«Sehr gut sogar», erwiderte Alice. «Können wir hier irgendwo telefonieren?»

Bis das Telefon im Café eingestöpselt war und Empfang hatte, damit sie die örtliche Polizei anrufen konnten, die dann ihrerseits Interpol, das FBI und schließlich Francesca Viola im 76. Revier in Brooklyn, New York, informierte … bis alle Landstraßen, Highways und Flughäfen in Puerto Vallarta und Mexico City abgeriegelt waren … war es zu spät.

Sie waren weg.

Als sie später am Abend im Bett unter einem weißen Moskitonetz lagen, fragte Alice Mike: «Was hat Tim eigentlich zu dir gesagt?»

Mike lag auf dem Rücken, die Hände hinter dem Kopf verschränkt. Er verzog das Gesicht. «Ich liebe sie.» Er rollte sich auf die Seite, um Alice anzusehen. «Was glaubst du, wen er damit gemeint hat? Ivy oder Analise?»

«Ich weiß nicht», erwiderte Alice. Sie schob die weiße Bettdecke beiseite und schloss die Augen.